KB239648

기린 新무협 판타지 소설

EXCITING ORIENTAL FANTASY

單雲情歌

단운정가

단운정가 3권

기린 新무협 판타지 소설

초판 1쇄 찍은 날 § 2007년 12월 20일
초판 1쇄 펴낸 날 § 2007년 12월 28일

지은이 § 기린
펴낸이 § 서경석

편집장 § 문혜영
편집책임 § 이재권
편집 § 조수회

펴낸곳 § 도서출판 청어람
등록번호 § 제1081-1-89호
등록일자 § 1999. 5. 31
어람번호 § 제2-1374호

주소 § 경기도 부천시 원미구 심곡1동 350-1 남성B/D 3F (우) 420-011
전화 § 032-656-4452 팩스 § 032-656-4453
http://www.chungeoram.com
E-mail § eoram99@chollian.net

ISBN 978-89-251-1084-4 04810
ISBN 978-89-251-0952-7 (세트)

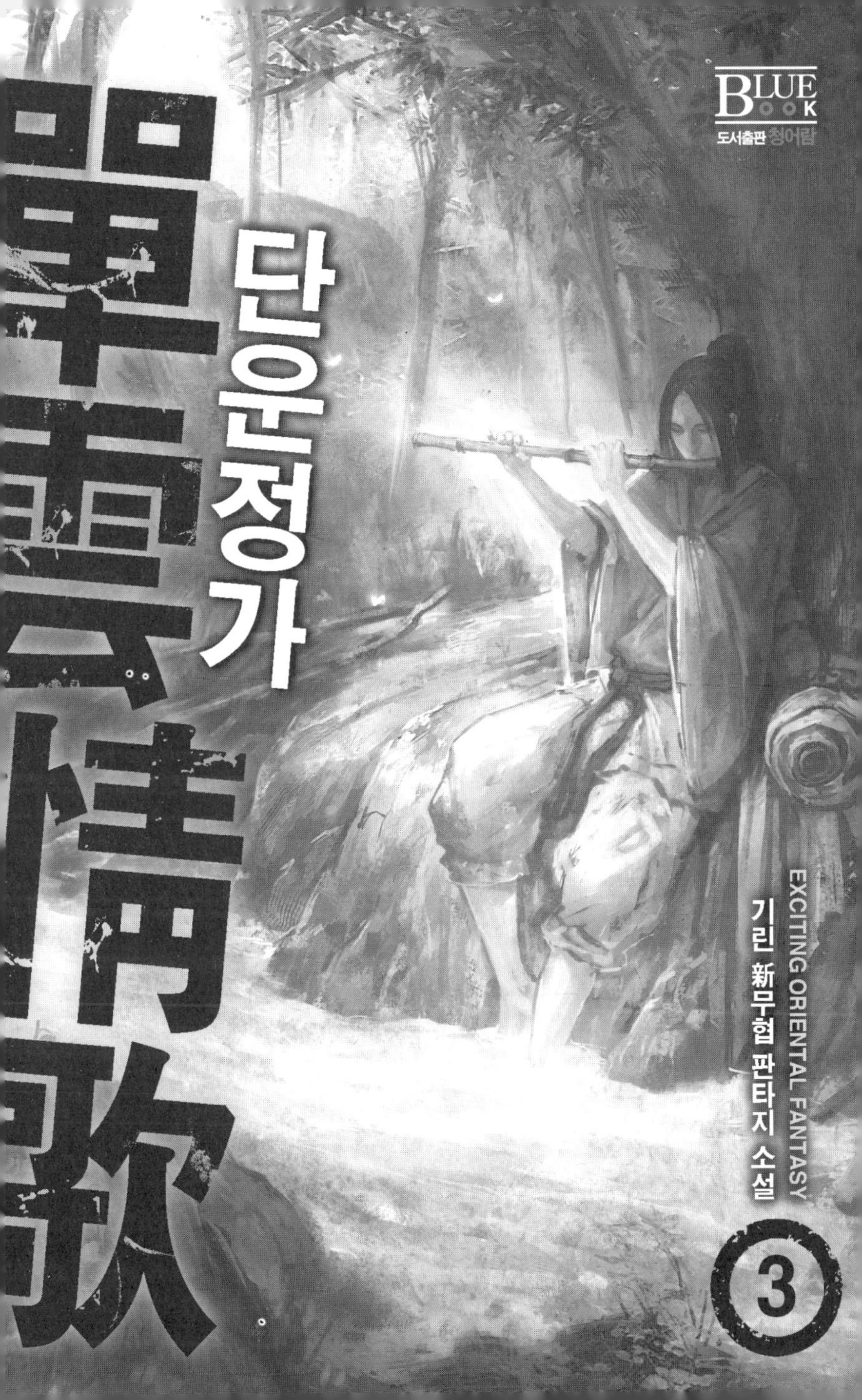
BLUE BOOK
도서출판 청어람
單雲情歌
단운정가
EXCITING ORIENTAL FANTASY
기린 新무협 판타지 소설
3

第一章
도주

聲雲情歌

　운정은 갑자기 주변의 분위기가 싸늘하게 변하자 왠지 모를 위화감을 느꼈다.

　"단 소협, 혹시 영호세가와 관계가 있으신가요?"

　등소혜를 대신해 황보난영이 물었다.

　운정은 황보난영의 물음을 듣고서야 위화감의 정체를 알 수 있었다.

　'마교의 보물을 훔쳤다는 내 혐의는 없어진 걸로 아는데…….'

　황보난영이 운정의 고향을 묻고, 등소혜가 영호세가를 언급하려 하자 이들이 무슨 생각을 하는지 어렵지 않게 알 수 있었다.

운정은 원정산을 내려오기 무섭게 정마대전의 추이와 영호세가의 생존자들, 그리고 자신의 누명에 대한 소문들을 수소문했다. 그리고 얼마 지나지 않아 자신의 혐의가 벗겨졌다는 사실을 알게 됐다. 소문으로 혐의가 벗겨진 걸 알게 됐지만 무작정 믿을 수 없는 노릇이라 산서로 향하는 내내 진의 여부를 확인했었다.

그런 이유로 이곳까지 오는데 오 개월이나 걸렸다.

오 개월여의 확인 끝에 자신의 혐의가 풀린 걸 확신했는데 이 같은 반응은 무엇이란 말인가.

운정은 그동안 자신이 확인해 온 정보들에 무언가 문제가 있음을 깨달았다. 소문의 진위를 확인한 대상의 대부분이 일반인이었다는 것이다. 가끔 중이나 도사들도 있었지만 무림인은 단 한 명도 없었다. 혹여라도 잘못된 정보면 일이 틀어질 수도 있었기에 무림인을 피한 것인데 오히려 그것이 실수였던 것 같다. 무림맹에서 종적을 찾을 길이 없는 운정을 양지로 끌어내기 위해 혐의를 풀었다는 거짓 정보를 흘렸을 수도 있기 때문이다. 무림맹뿐만 아니라 개방의 거지들도 의심스러웠다.

"저는 감숙 출신이지만 영호세가완 아무런 관계가 없습니다."

운정은 잡아떼기로 했다. 어디서부터 잘못됐는지 알 수 없지만 이곳에서 자신의 정체를 그대로 알려줄 수도 없는 노릇이었다.

운정의 대답에 등소혜의 표정이 복잡해졌다.

"혹, 오해가 생길까 봐 미리 말씀드리는데 저는 마교의 보물을 훔쳤다는 그 단운정과 아무런 관계가 없는 사람입니다. 제가 정운이란 가명을 쓴 이유도 따지고 보면 그 단운정이란 자와 이름이 같아 한동안 골치 아픈 일을 여러 번 당해서였습니다."

운정을 오늘 처음 보는 석양일과 황보난영은 운정에 대한 아무런 지식이나 선입견이 없어 별말없이 수긍하는 데 반해 등소혜의 표정은 그렇지가 않았다.

등소혜의 표정이 미묘하게 변하자 운정은 아진평에서 자신이 영호헌에 대해 물었던 게 생각났다.

'내가 영호헌에 대해 물었던 것을 기억하고 있구나.'

운정은 등소혜의 표정을 보고 그 같은 추측을 할 수 있었다.

"영호세가의 소가주인 영호헌과는 사천에서 잠시 인연이 있었고, 전해줄 것도 있었던지라 그에 대해 물었던 것입니다."

운정은 등소혜의 의심이 커지기 전에 싹을 잘라야 했다.

"네……."

운정의 말에 등소혜는 알았다는 대답을 했지만 여전히 표정을 풀지 않고 있었다.

"이러고 있을 게 아니라 어디 가서 차라도 마시며 이야기를 나누도록 하지요."

경직된 분위기를 풀어보려는 듯 남언학이 말했다.

"등천루로 가는 게 어때요? 그곳의 차 맛이 일품이라는데 꼭 맛을 보고 싶어요."

황보난영이 애초에 남언학을 따라 시내로 나온 이유가 등천루의 차를 마시기 위해서였기에 남언학이 찻집에 가자고 말하자 냉큼 대답했다.

황보난영의 말에 모두들 이견이 없었는지 일행은 등천루로 향했다.

운정은 자신의 거짓말이 언제 들통날지 알 수 없었기에 등천루로 향하는 길이 가시밭길 같았다. 한시라도 빨리 자리를 벗어나고 싶었지만 좀처럼 기회가 없었다. 괜히 지금 서둘렀다간 오히려 의심을 사게 될 것이기 때문이다.

운정의 뒤를 조용히 따르는 영옥은 괜히 자신들 때문에 곤란을 겪는 것 같아 미안한 마음이 들었다.

일다경쯤 걷자 호화로워 보이는 등천루가 보였다.

황보난영은 등천루로 들어서기 무섭게 총총히 계단을 뛰어올라 이층의 전망 좋은 창가에 자리를 잡았다.

일행은 말괄량이 같은 황보난영의 행동에 희미한 미소를 지으며 자리에 앉았다.

일행을 따라 자리에 앉던 운정은 화들짝 놀라 다급히 고개를 숙였다. 지금 이 순간 절대 마주치지 말아야 할 사람들이 반대편 자리에 앉아 있었기 때문이다. 그들이 대화에 집중하느라 아직 자신을 보지 못했지만 식당에 머무는 한 그들이 자신을 발견하는 건 시간문제일 것이다.

"영영아, 오라비랑 자리 바꿔 앉지 않을래?"

운정이 영영에게 속삭이듯 말했다.

영영과 자리를 바꾼다면 그들을 등지고 앉을 수 있기 때문이었다.

"자리를 바꾸는 거야 어렵지 않은데 어디 아파? 왜 갑자기 속삭여?"

운정 딴에는 조용히 자리를 바꾸고 싶었는데 영영이 눈치 없이 큰 소리로 말했다.

"오라비가 몸에 열이 있어 햇볕이 안 닿는데 앉고 싶어서 그래."

운정은 반대편의 인물들이 자신을 발견하기 전에 자리를 바꾸고 싶었기에 서둘러 대꾸를 했다. 한데 영영의 옆 자리에 앉아 있던 영옥이 일어나 자리를 바꿔줬다.

운정은 영옥의 자리도 등을 보이는 곳이라 사양하지 않고 서둘러 자리를 옮겼다.

그런데 자리를 바꾸며 소란을 일으켜서일까 반대편에 앉아 있던 인물들이 운정 일행을 돌아봤다.

잠시 일행을 살피던 인물들이 이내 자리에서 일어나 다가오기 시작했다.

"이게 누구십니까. 황보난영 소저와 등소혜 소저 아니십니까?"

자리로 다가온 인물 중 한 명이 반가운 목소리로 말했다. 운정은 인물이 다가오자 바닥에 물건을 줍듯 탁자 아래로 몸을 숙였다.

"자네 눈에는 우리가 보이지도 않는가?"

남언학이 퉁명한 목소리로 석양일과 자신을 가리키며 말했다.

"이렇게 아리따운 소저 분들을 보는데 눈 두 개로도 부족할 판인데 남 형과 석 형 같은 사내들을 볼 여유가 어디 있겠소."

사내는 남언학의 핀잔에 상관없다는 듯 능글거리며 말했다.

"말이나 못하면……. 자네가 그러고도 도사가?"

"도사는 어디 남자 아니랍디까? 안 그렇소, 사형?"

사내가 등 뒤로 다가오는 덩치 큰 사내에게 말했다.

"암, 역시 사제는 내 사제라니까!"

"어찌 사형제가 저리 똑같을까……. 쯧쯧."

남언학은 눈앞의 도사들을 보고 혀를 찼지만 이들의 이런 모습을 한두 번 본 게 아닌 듯 화가 난 표정은 아니었다.

"사제 뭐 하나 어서 자리 옮기지 않고?"

덩치 큰 사내가 처음 황보난영과 등소혜에게 인사를 했던 사내에게 말하자 그는 재빨리 자신들의 자리에 있던 찻잔을 일행의 자리로 옮기기 시작했다.

"허락도 받지 않고 합석을 하다니……."

남언학이 다시 한 번 딴지를 걸자 덩치 큰 도사는 별일 아니라는 듯 대뜸 자리에 앉으며 말했다.

"남 형과 내가 어디 남이요? 목숨을 걸고 전장을 헤쳐 온 피로 맺어진 전우지 않소? 으하하하!"

덩치 큰 도사의 넉살이 싫지 않은 듯 일행은 피식 미소를 지었다. 자리를 옮긴 사내들은 남언학을 제외한 다른 일행과도 친한지 합석을 반대하거나 눈살을 찌푸리는 사람은 없었다.

"그런데 댁은 거기서 뭐 하고 있는 거요?"

덩치 큰 사내는 자리에 앉고서야 탁자 아래로 허리를 숙이고 있는 운정을 발견했는지 물었다.

운정은 덩치 큰 사내가 자신에게 말을 걸자 이러지도 저러지도 못하고 있었다.

자신에게 말을 건 덩치 큰 사내가 공동파의 도사인 곡언이었기 때문이다. 처음 일행에게 말을 건 도사가 지소명이고 지금 기척도 없이 자리에 앉고 있는 이가 도욱이었다.

'하필 이곳에서 이놈들을 만나게 되다니!'

이들은 운정의 얼굴은 물론이고 정체도 알고 있었기에 탁자에서 허리를 든다면 필시 들키고 말 것이다.

"소, 속이 안 좋아서 그러는 것이니 신경 쓰지 않으셔도 됩니다."

등천루로 오기 전 술술 나오던 거짓말이 무색할 정도로 운정의 변명은 궁색했다.

"허, 그렇구료. 나도 산서로 오고 물이 바뀌어서 그런지 이틀이나 배탈로 고생했지 뭐요. 마침 나에게 배탈에 잘 듣는 약이 있으니 이거라도 좀 드시오."

곡언은 선의로 약을 권했지만 운정은 조금도 고맙지 않았다.

"고, 고맙습니다."

운정은 전혀 배탈이 나지 않았지만 거절하는 게 더 이상했기에 선선히 약을 받았다. 하지만 정체를 들킬 수는 없었기에 약을 받을 때도 고개를 푹 숙이고 있었다.

곡언은 그런 운정의 모습이 눈에 익은지 연신 고개를 갸웃거렸다.

"형장 나와 면식이 있지 않소? 왠지 눈에 익은 게 어디선가 만난 듯한데……. 소명, 이 형장 어디선가 본 것 같지 않아?"

"그게 저도 왠지 눈에 익네요."

지소명도 곡언과 같은 생각이 들었지만 어디서 만났는지 선뜻 기억이 나지 않았다. 운정의 덥수룩한 머리가 얼굴을 반쯤 가리고 있어 알아보지 못한 것도 있었지만 체형이 무공을 수련하느라 많이 변해 있었고, 형색도 하인 때와 여러모로 달라져 있었기 때문이다.

"그럴 리가요. 제가 종종 누군가와 닮았다는 소리를 듣곤 합니다."

"흠, 그런가?"

곡언은 운정의 말에 고개를 한번 갸웃하곤 황보난영과 등소혜에게로 시선을 돌렸다.

한순간의 위기는 어떻게 넘겼지만 운정은 마음이 급해졌다. 갑작스런 공동파 도사들의 합석으로 아직 통성명이 이뤄지진 않았지만 곧 자신을 소개하려 들 것이기 때문이다.

'하… 이일을 어쩐다……'

지금이야 속이 안 좋다는 핑계로 허리를 숙이고 있지만 계속 이러고 있을 수는 없었다.

"오빠 속이 많이 안 좋아?"

좀 전부터 숙인 허리를 들지 못하는 운정을 보고 영영이 걱정되었는지 등을 두드리며 물었다.

"조금 있으면 괜찮아 질 거야. 그러니 영영인 걱정하지 않아도 돼."

"단 소협, 몸이 많이 안 좋은 것 같은데 근처에 방을 잡고 잠시 쉬시는 게 좋을 것 같아요."

영옥의 근심 섞인 말에 운정은 이곳을 빠져나갈 방법을 떠

올렸다.

"설 소저, 몸이 좋지 않아서 그런데 부축 좀 해주시겠습니까?"

영옥은 운정의 말에 내심 놀랐다. 처음 만났을 때 걷지 못하던 몸인데도 부축을 거절했었는데, 지금은 자진해서 부축해 달라 말하는 걸 보니 몸이 상당히 안 좋은 듯 보였기 때문이다.

영옥은 서둘러 자리에서 일어나 운정을 부축했다. 운정은 영옥이 다가오자 그녀의 어깨 아래로 고개를 파묻은 채 자리에서 일어섰다.

"저는 몸이 안 좋아서 이만 일어설까 합니다."

남언학과 일행은 운정이 등천루로 들어선 후 계속 몸이 안 좋은 모습을 보여 왔기에 선선히 그러라고 했다.

"단 소협, 몸이 낫거든 꼭 남가장에 들러주시오."

계단으로 향하는 운정의 등 뒤에서 남언학의 목소리가 들렸다.

"네, 그러겠습니다."

운정은 서둘러 자리를 피하고 싶은 마음에 짧게 대답하고 재빨리 계단으로 향했다.

"잠깐."

운정이 막 계단을 밟고 아래로 내려서려는데 곡언이 불러 세웠다.

운정은 자신의 정체가 들킨 줄 알고 깜짝 놀라 자리에 멈춰 섰다.

"남 형이 하는 말을 들어보니 내일 남가장에서 보게 될 것 같은데 미리 통성명이나 합시다. 난 공동의 곡언이라 하고 이쪽은 내 사제인 도욱과 지소명이라 하오."

'니미럴!'

운정은 속으로 욕설을 퍼부었다. 지금 자신의 이름을 밝히면 정체를 까발리는 것과 다름없기 때문이다. 하지만 지금 이름을 밝히지 않으면 의심을 사게 될 것이다.

"몸이 좋지 않아 제대로 인사를 하지 못하는 것을 이해해 주시오. 내 이름은 단… 우 에췌! 라고 합니다."

운정은 이름을 말하는 것과 동시에 기침을 하며 얼버무렸다.

"단, 뭐라고? 갑자기 기침을 하는 바람에 듣지 못했는데 다시 한 번 말해주시오."

"우리 남가장에 백운심공을 돌려준 은인인 단운정 소협이네."

옆에서 지켜보고 있던 남언학이 대신 말했다.

"아, 그 백운심공을 돌려줬다는 일권일… 뭐, 단운정!!"

운정의 이름을 되뇌던 공동파 도사들은 깜짝 놀라 자리에서 벌떡 일어섰다.

"그렇게 놀라지 말게. 마교의 보물을 훔친 엉호세가의 그 단운정관 다른 인물이니 말일세."

운정은 남언학이 자신의 이름을 밝히는 바람에 계단을 내려가지 못하고 낭패한 모습으로 어정쩡하게 서 있었다.

"아니…… 분명 눈에 익다고 생각했더니 이제야 생각이 나는 것 같아."

곡언이 자리에서 일어나 운정에게 다가서며 말했다.

운정은 이미 들통났다 생각하고 영옥의 어깨에 묻고 있던 얼굴을 들었다. 이미 탄로난 것 더 이상의 거짓은 통하지 않을 것이다. 이대로 도망치느니 진실을 말하는 게 앞으로를 위해서라도 나을 것이다.

"그렇소. 내가 소문의 그 단운정이오."

"역시! 네놈은 영호세가의 하인이었던 그 단운정이구나!"

운정의 얼굴을 알아본 곡언이 소리쳤다.

"단 소협!"

가장 크게 놀란 이는 마지막까지도 운정이 소문의 운정이 아니라고 굳게 믿고 있던 남언학이었다.

"무림맹에서 나에게 현상금을 걸고, 마교의 보물을 훔쳤다는 누명을 씌웠지만 난 절대 마교의 보물을 훔치지 않았소!"

운정이 혈영신교전과 동패를 지니고 있는 건 맞지만 마교의 보물을 훔쳤다는 건 잘못된 말이었다. 혈영신교전과 동패는 엄연히 전대 교주였던 종가휘의 것이고, 종가휘는 지금 운정의 몸속에 살아 있기 때문이다. 오히려 종가휘의 혈영신교전과 동패를 빼앗아 중원을 차지하려는 마교가 누명을 씌운 것이다.

운정은 보물을 훔친 적이 없다고 확실하게 말했으나, 듣는 사람들에겐 보물을 훔쳤는지 안 훔쳤는지가 중요하지 않았다. 그들에겐 눈앞의 운정이 이번 정마대전의 원흉인 단운정이란 사실이 더욱 중요했다.

"당신이 바로 소문의 그 단운정이었군."

종남파의 석양일이 자리에서 일어서며 말했다.

"한때 나에 대한 헛소문이 돌고, 무림맹에서 현상금까지 걸었다고 들었지만 이미 모든 혐의가 풀린 것으로 알고 있소!"

운정의 외침에 석양일의 얼굴에 비웃음이 스쳐 지나갔다.

"역시, 그 소문을 믿고 모습을 드러낸 것이로군."

운정은 석양일의 대답을 듣고 자신이 전해 들었던 모든 소문들이 자신을 양지로 끌어내기 위한 무림맹의 수작임을 알게 되었다.

"다시 한 번 말하지만 소문은 잘못된 것이오. 난 마교의 보물을 훔친 적이 없소! 마교에서 나를 잡기 위해 누명을 씌운 것이오!"

"누명? 마교에서 왜 당신에게 누명을 씌운다는 것이오?"

"그건……"

석양일의 말에 운정은 대꾸할 말이 없었다.

자신의 몸속에 들어온 종가휘의 비급과 동패를 노린 마교가 누명을 씌운 것이라고는 말할 수는 없었기 때문이다.

"왜 말이 없는 것이오? 누명을 썼다면 무슨 누명을 썼는지 말해야 할 것이 아니오?"

사실을 말할 수 없는 운정은 사면초가 상태였다. 누명을 썼다고 말하는 바람에 상황이 더 나빠지고 말았다.

운정은 이러지도 저러지도 못하는 상황에서 남언학을 바라봤다.

남언학은 믿지 못하겠다는 얼굴로 운정을 바라보고 있었다. 운정의 정체가 밝혀지면서 가장 큰 충격을 받은 건 남언학인 것 같았다.

"남 대주 처음부터 속이려 했던 건 아니오. 사정상 나를 밝힐 수 없었던 것뿐이오."

운정은 대답을 기다리는 석양일이 아닌 남언학에게 말했다.

더 이상 변명할 여지도 없고, 이들을 설득할 능력도 없었다. 운정은 이곳을 빠져나가야겠다고 생각했다.

운정의 능력으로 이곳을 빠져나가는 것은 그다지 어려운 일이 아니었다. 무공을 모르는 영옥과 영영을 데리고 빠져나가는 일이 쉽진 않겠지만 음양종선공 일단공을 이뤘기에 불가능한 일은 아니었다.

문제는 이곳을 빠져나가려면 이들과 부딪쳐야 한다는 것
인데, 그렇게 되면 현재 운정이 겪고 있는 상황이 더욱 나빠
지게 된다.

　운정이 마인의 길을 걷겠다고 결심을 한다면 아무런 걱정
이 없겠지만 마인이 될 생각이 없다면 이들과 부딪쳐 은원을
만드는 일은 가급적 피해야 했다.

　가뜩이나 마교의 보물을 훔쳐 정마대전을 일으킨 원흉이
란 말도 안 되는 죄목이 붙어 있는데, 명문가의 후기지수들과
분란이라도 일으킨다면 돌이키기 어려운 상황에 처하게 될
것이다.

　"난 이대로 이곳을 떠나려 하오. 괜한 분란을 만들고 싶지
않으니 내 앞길을 막지 말아주시오."

　운정이 남언학을 보며 말했다. 가문에 백운심공을 돌려준
빚을 이번 기회에 갚으라는 뜻이었다.

　운정의 너무도 당당한 말에 석양일과 장내의 인물들은 기
가 막히는지 한동안 아무런 대답을 못했다.

　"막는다면?"

　운정은 남언학을 보며 말했는데 석양일이 나서며 말을 받
았다. 운정은 모르고 있었지만 운정을 양지로 끌어내기 위해
거짓 소문을 퍼뜨린 장본인이 석양일의 스승이자 무림맹의
호법장로(護法長老)인 모종기였다.

　"힘으로 누르고 갈 것이오."

운정의 대답에 모두의 얼굴이 일순간 굳어졌다.

"하, 하핫! 하하하하!!"

갑자기 석양일이 고개를 뒤로 젖히며 크게 웃었다.

한참을 웃던 석양일은 일순간 웃음을 멈추고 운정을 노려보며 말했다.

"네놈의 눈엔 나와 이곳의 인물들이 그렇게 하찮게 보인단 말이냐?"

운정은 석양일의 물음에 답하지 않았다.

"좋다! 주둥이만큼 실력이 있는지 어디 확인해 보자."

말을 마치기 무섭게 석양일은 허리춤에 매달려 있던 검을 빼 들며 운정에게 달려들었다.

운정은 영옥과 영영을 한쪽으로 피해 있게 한 후 달려오는 석양일을 바라봤다.

슈악!

석양일의 검이 바람을 가르는 소리와 함께 운정의 목을 노리고 날아왔다.

스스슷.

석양일의 검이 지척에 다가올 동안 전혀 미동도 없던 운정이 한순간 장내에서 사라졌다.

운정이 마영신보를 전개해 석양일의 검을 피한 것이다.

마치 한순간 세상에서 사라진 듯 흐릿한 잔상만을 남기며 사라진 운정의 모습에 장내의 인물들은 모두 헛바람만 짚어

삼켰다. 음양종선공 일단공을 이루며 운정의 마영신보는 한층 진일보해 있었다.

아진평에서 마영신보를 본 적이 있던 남언학과 등소혜는 그때보다 운정의 무공이 한층 더 높아졌음을 알 수 있었다.

공동파 도사들은 영호세가에서 야명에게 잡혀 움직이지도 못하던 하인 단운정을 기억하고 있었기에 더욱 놀람이 컸다.

기세등등하게 검을 내질렀던 석양일은 운정의 신형을 놓치자 일순간 당황했다.

"이놈!!"

석양일은 운정의 기척이 등 뒤에서 느껴지자 그대로 몸을 비틀며 검을 재차 찔렀다.

탕!

심장을 향해 찔러오는 석양일의 검을 운정은 손등으로 가볍게 튕겨내고 그대로 가슴팍으로 파고들었다.

석양일은 대경해 피하려 했지만 운정의 움직임이 더 빨랐다.

후웅!

운정이 가슴팍으로 파고들었다고 생각하는 순간 바람을 가르는 소리와 함께 주먹이 석양일의 코끝으로 날아와 잠시 머물렀다가 다시 제자리로 돌아갔다. 그와 함께 석양일의 가슴팍으로 파고들었던 운정의 몸도 뒤로 훌쩍 물러났다.

장내의 인물들은 눈으로 쫓기도 힘든 운정의 몸놀림에 놀라 입을 벌리고 서 있었다. 좀 전 운정이 살심을 품었더라면 석양일은 감당하지 못하고 죽었을 것이다.

운정은 그들의 표정을 보고 자신이 연출하고 싶었던 상황을 충분히 연출했다는 생각에 천천히 고저없는 목소리로 말했다.

"다치게 하고 싶지 않소. 그러니 조용히 보내주시오."

"이 자식!"

장내의 인물들이 자신들의 실력으로 운정을 잡을 수 있는지 가늠해 보는데 반해, 석양일은 하인 출신인 운정에게 놀림을 당했단 굴욕감에 욕설을 뱉으며 달려들었다.

스스슥.

석양일이 재차 달려와 검을 휘둘렀지만 운정은 어느새 사라지고 없었다.

턱.

운정이 어느새 석양일의 등 뒤로 돌아가 명문혈(命門穴)을 점했다.

운정에게 제압된 석양일의 모습에 장내의 인물들은 움찔거렸지만 어떤 행동도 할 수가 없었다. 지금 운정이 악한 마음을 먹고 명문혈로 내기를 흘려 넣는다면 석양일은 반신불수가 될 수도 있었기 때문이다.

"계속하겠다면 나도 제대로 손을 쓸 수밖에 없소."

운정이 말을 함과 동시에 손끝으로 미세하게 진기를 흘려

보냈다.

　석양일은 자신의 명문혈을 타고 흘러들어 오는 운정의 내기에 몸을 부르르 떨었다.

　석양일이 아무 말도 못하고 있자 운정은 장내의 인물들과 눈을 한 번씩 마주친 후 그대로 몸을 뒤로 빼 영옥과 영영을 옆구리에 끼고 순식간에 등천루를 빠져나갔다.

　운정이 사라지는 모습을 보면서도 누구 하나 쫓아갈 생각을 하지 못했다. 억지로 잡으려 했다간 오히려 자신들이 당할 수도 있었기 때문이다.

　운정은 자신들의 능력으론 잡을 수 없는 고수였다.

　장내의 인물들이 침중한 표정으로 굳어 있는 가운데 석양일의 눈빛만이 섬뜩하게 빛나고 있었다.

　운정은 등천루를 빠져나오기 무섭게 마차를 찾아 산서를 벗어나기 시작했다.

　영옥과 영영은 등천루에서 일어났던 일로 궁금한 게 많았지만 무엇 하나 묻지 않았다. 운정은 자신의 심란한 마음을 헤아려 주는 영옥과 영영에게 말로 표할 수 없는 고마움을 느꼈다.

　운정은 영옥과 영영을 남가장에 맡기고 영호세가를 찾아갈 생각이었는데 자신의 혐의가 풀리지 않은 걸 알고 생각을 바꿨다. 이대로 영호세가를 찾아간다면 또다시 같은 일이 벌어질 것이기 때문이다. 어쩔 수 없이 한동안 종가휘의 안가(安家)에서 머물러야겠다고 생각했다. 영옥과 영영도 숨어 지낼 곳이 필요했지만 자신도 음양종선공을 대성할 때까지 숨어 있을 곳이 필요했기 때문이다.

한편, 남언학 일행은 운정이 사라진 잠시 후 등천루를 빠져 나와 무림맹 산서 지부를 찾았다.

운정이 산서에 나타났음을 신고해야 했기 때문이다.

남언학과 등소혜는 운정에게 은혜를 입었기에 자신들의 입으로 무림맹에 신고하고 싶지 않았지만, 무림맹의 호법장로의 제자인 석양일이 운정에게 당한 직후라 신고를 하지 않을 수가 없었다.

남언학 일행의 신고가 있은 후 무림맹 산서 지부는 대천대(大天隊)를 파견해 운정을 쫓기 시작했다.

운정은 산서에 무림맹 지부가 있기에 곧 추격이 시작될 것이라 생각했다.

종가휘의 안가에 숨는다면 천하의 무림맹이라도 자신들을 찾을 수 없겠지만 나귀가 끄는 느린 마차로 영옥과 영영을 데리고 안가까지 무사히 갈 재주는 없었다.

한동안 달리기만 하던 운정이 마차를 세웠다.

"설 소저, 시간이 없어 상황을 설명하긴 힘들지만 저를 믿어주시겠습니까?"

운정의 물음에 영옥은 고개를 끄덕였다.

"소저도 등천루에서 일어난 일을 보셔서 알겠지만 저는 무림맹에 쫓기는 신세입니다. 산서에 무림맹의 지부가 있으니 지금쯤 추격이 시작됐을 겁니다. 그래서 하는 말인데……. 이제부터 따로 움직여야 될 것 같습니다."

영옥은 현명한 여자였다. 운정의 말이 무엇을 뜻하는지 잘 알고 있었다. 무공도 모르는 자신과 영영을 데리고 무림맹의 추격을 따돌리기란 쉽지 않을 것이다.

영옥은 오히려 자신들이 지낼 곳을 마련해 주려다 쫓기게 된 운정에게 미안한 마음을 가지고 있었다.

"저희는 걱정 마시고 어서 몸을 피하세요."

운정은 왜 따로 움직여야 되는지 설명하려 했는데 영옥이 이미 이해했다는 듯 오히려 자신을 걱정하며 몸을 피하라 하자 말문이 막혔다.

"오빠, 같이 가!"

옆에서 듣고 있던 영영이 당장이라도 울 듯한 얼굴로 운정에게 말했다.

"영영아, 잠시만 떨어져 있으면 돼. 오라비가 추격을 따돌리고 바로 따라갈게."

운정은 자신과 떨어지기 싫어하는 영영의 머리를 쓰다듬으며 말했다.

"한동안 몸을 숨길 만한 곳을 알고 있습니다. 지금부터 제가 하는 말을 잘 듣고 그곳으로 가서 기다리도록 하세요."

운정은 종가휘의 안가로 향하는 길을 자세히 설명해 줬다.

"그곳에 주위의 바위들보다 유난히 진한 회색빛을 띠는 큰 바위가 있을 겁니다. 그곳에서 가장 높은 산봉우리를 바라본 채 호수 안으로 걸어 들어가면 움막이 나올 겁니다. 진식이 펼쳐져 호수로 위장되어 있는 것이니 두려워하지 마시고 안으로 들어가시면 됩니다."

운정은 안가로 향하는 길과 그곳으로 들어가는 방법을 자세히 설명한 후 자신의 짐을 들고 마차에서 내렸다.

종가휘의 안가까지 영옥과 영영 둘만 보낸다는 게 마음에 걸렸지만 모두 무사하려면 어쩔 수 없는 선택이었다.

운정은 짧은 인사로 영옥과 영영을 떠나보냈다.

영옥은 사태의 심각성을 잘 이해했지만 아직 어린 영영은 받아들이기 힘들었는지 영옥이 떨어뜨려 놓을 때까지 운정의 품에 매달려 있었다.

"오빠, 빨리 와야 해!"

운정은 눈물이 그렁그렁 매달려 영옥에게 끌려가는 영영의 모습을 한동안 말없이 바라봤다.

영옥이 끄는 마차의 모습이 사라지자 운정도 이내 깊은 숲 쪽으로 움직이기 시작했다.

第二章
은사묘

　어두운 숲길을 가로지르는 운정의 기감에 집요하게 뒤를 쫓는 한 무리의 무인들이 감지되었다.

　애써 확인하지 않아도 그들이 자신을 잡기 위해 무림맹에서 파견된 무인들이란 것쯤은 충분히 알 수 있었다.

　어떻게 자신을 찾아냈는지 알 수 없지만 충분히 떨어뜨릴 수 있을 것이라 생각했다. 음양종선공의 넘치는 내공과 장거리에 특화된 환뇌신법을 믿었기 때문이다.

　한데 얼마 지나지 않아 자신의 생각이 틀렸다는 걸 알 수 있었다.

　운정은 추적을 따돌리기 위해 강을 건너기도 하고 험한 협곡을 가로지르기도 했다. 하지만 도저히 뒤를 쫓는 무인들을 떨칠 수가 없었다.

처음엔 환뇌신법으로 그들과의 거리를 쉽게 벌릴 수가 있었다.

한데, 어느 순간 정신을 차리면 바로 뒤까지 쫓아와 있는 것이다.

처음 이들을 떨어뜨린 후 종가휘의 안가로 돌아가려던 운정은 불과 몇 리 떨어지지 않은 거리에서 이들의 기운이 느껴지자 소스라치게 놀랐다.

다시 환뇌신법을 이용해 그들을 따돌렸지만, 불과 반나절이 지나지 않아 그들은 또다시 뒤를 쫓아왔다.

운정은 마치 귀신이 자신의 뒤를 쫓고 있는 듯한 느낌을 받았다.

운정은 쫓고 쫓기는 추격전이 오 일간 지속되자 추적자들 중에 자신의 기운을 감지할 만큼 기감이 밝은 자가 있을 것이라 생각했다. 그렇지 않고서는 이렇게 벌어진 거리를 정확히 파악하고 쫓아올 수가 없기 때문이다.

운정은 영옥 자매와 헤어질 때 지니고 나왔던 짐 속에서 옷한 벌을 빼 들었다. 잠형은사포였다.

천마성에 잠입할 때 사용하고 오 개월 만에 다시 사용하는 것이다. 잠형은사포의 존재는 아는 사람이 적을수록 좋기 때문에 최대한 사용을 하지 않으려 했다.

한데 추적자들이 자신의 기척을 파악해 쫓아오는 듯하자 입지 않을 수가 없었다.

그때부터 잠형은사포를 입고 달렸지만 여전히 추적자들을 떨쳐 낼 수가 없었다.

운정은 이해할 수가 없었다.

잠형은사포를 착용하면 신형은 물론이고 기척까지 완전히 지워지는데 어떻게 쫓아온단 말인가?

해가 떠 있는 낮엔 잠형은사포가 제 위력을 발하기 어려우니 쫓아올 수도 있다지만 지금은 밤이었다. 밤엔 신형은 물론이고 기척까지 완전히 지워주는 잠형은사포였다.

한데 이들은 밤임에도 불구하고 운정의 위치를 정확히 파악해 따라오고 있었다.

'채취를 따라오는 건가?'

신형과 기척을 완전히 지웠는데도 따라온다면 남은 건 자신의 채취밖에 없었다. 종가휘의 기억으로 후각이 발달한 동물이나 영물을 이용하는 추적술이 있음은 알고 있었다.

운정은 추적자들이 채취를 따라오는 것이라 생각했지만 확인할 방법은 없었다. 그렇다고 채취를 지우는 방법도 알지 못했다.

운정은 달리던 몸을 멈춰 세우고 고민을 하기 시작했다.

이대로 계속 달아날 것인가, 아니면 위험을 무릅쓰고서라도 일전을 치러 억지로라도 떼어놓을 것인가였다.

한동안 고민하던 운정은 이들과 일전을 벌이기로 결심했다.

벌써 오 일째 추격전이 벌어지고 있다. 잡히지는 않겠지만 그렇다고 떨쳐 낼 수도 없었다.

잠형은사포를 입고도 떨쳐 내지 못했으니 언제까지 답답한 추격전이 이어질지 알 수가 없었다.

운정에겐 더 이상 허비할 시간이 없었다.

영옥과 영영 때문이었다.

무공도 모르는 여자 둘이 험한 강호를 여행하고 있으니 안가에 도착할 때까지 그들의 안전을 장담할 수가 없었다.

산적을 만날 수도 있고, 중간에 마차가 망가져 발이 묶일 수도 있었다. 운이 좋아 아무 일 없이 안가에 도착한다 해도 또다시 문제가 있었다.

안가에 먹을 만한 식량이 얼마 없는 데다가 주위에 마을도 없어 누군가의 도움이 없다면 안가에서 생활하는 게 사실상 불가능했다.

영옥과 영영으로 인해 운정은 언제 끝날지 모를 이 지겨운 추격전을 계속할 수가 없었다.

한때 스치는 인연이라 생각할 수도 있는 영옥과 영영이었지만 운정에겐 스치는 인연만은 아니었다.

영영은 굶주림에 죽어가던 자신을 살려준 은인이고, 영옥은 움직이지 못하던 자신을 보살펴 준 은인이었다. 그뿐 아니

라 자신이 추곡문을 죽이는 바람에 고향을 등진 채 금오전장
에 쫓기는 신세가 되고 말았다.

운정에겐 영옥과 영영이 조용히 정착할 수 있도록 도와줘
야 할 도의적인 책임이 있던 것이다.

도의적인 책임뿐이라면 운정은 자신이 처한 위기를 핑계
로 외면했을지도 모른다. 그 둘을 도와주려는 진정한 이유는
지금 이 순간에도 그들이 보고 싶고, 걱정되고, 그립다는 것
이다. 십팔 년 가까이 살아오면서 처음 느껴보는 감정이었
다.

영옥이나 영영을 이성으로서 그리워하는 건 아니다.

거리에서 구걸하던 어린 시절부터 지금까지 줄곧 고아나
다름없던 운정에게 그들은 가족처럼 다가왔다.

영옥은 자신을 챙겨주는 든든한 누이 같았고, 영영은 뭐든
지 다 해주고 싶은 귀여운 여동생 같았다.

운정 자신도 그들이 자신의 내면에 이렇게 깊숙이 파고들
었다는 걸 미처 깨닫지 못했다. 한데 추격전이 계속되고 몸과
마음이 지쳐가자 그 둘의 얼굴이 떠오르기 시작했다.

힘들 때, 누군가에게 기대고 싶을 때, 그때 가장 먼저 떠오
르는 얼굴. 그 둘의 얼굴을 떠올리니 없던 힘도 다시 나기 시
작했다. 운정으로선 참으로 불가사의한 경험이었다. 물론 자
신 혼자만의 감정일 수도 있지만 상관없었다. 그리고 누군가
에게 이런 감정을 갖게 된다는 게 싫지만도 않았다.

운정은 갑자기 일어난 사치스러운 감상을 접고 추적자들을 생각하기로 했다. 지금은 감상에 젖을 때가 아니라 당면한 문제를 먼저 처리해야 할 때였다.

추적자들의 정확한 수는 파악되지 않지만 그동안 느껴왔던 기감에 의하면 최소 열 명 이상이었다. 그중 둘은 자신과 비슷한 절정에 이른 고수였다.

그런 적을 상대하려면 지형지물을 이용해 일대일의 대결을 유도해야만 했다. 다수와 정면으로 싸운다면 당연히 자신이 불리하겠지만 지형지물을 이용해 기습의 묘를 잘 만 살린다면 충분히 승산이 있기 때문이다.

음양종선공의 일단공을 이루면서 일권에 많은 양의 내공을 격발해도 이제 몸에 무리가 없었고, 사 일에 한 번씩 꿈속에서 종가휘와 비무를 하며 무공 실력도 한층 진일보해 있었다. 게다가 이미 해가 진 밤이라 주위가 어두워 마영신보의 위력이 한층 빛을 발할 때였다.

운정은 자신을 쫓는 무리들과 일전을 치르기로 결심하고 다수와 싸우기 유리한 잡목 지대를 찾아 나섰다.

지금껏 운정을 쫓아왔던 대천대(大天隊)는 운정이 멈추자 자신들도 잠시간의 휴식 시간을 가졌다.

대원들이 모두 휴식을 취하는 가운데 양정탁은 어둠에 잠긴 깊은 숲 속을 주시하고 있었다.

한참 숲 속을 주시하던 양정탁의 얼굴에 미미한 변화가 일어났다. 그리고 얼마 지나지 않아 어두운 숲 속에서 등의 털이 은빛인 고양이를 닮은 짐승 한 마리가 달려왔다.

양정탁은 달려온 짐승을 안아들고 잠시간 굳은 표정으로 서 있더니 이내 한쪽으로 걸어가기 시작했다.

대천대의 대주인 광한검(廣寒劍) 장태곤이 휴식을 취하고 있는 곳이었다.

은빛 털을 지닌 짐승은 은사묘(銀使猫)란 이름을 가진 고양이의 한 종으로 독특하게도 길들일 때 은을 먹여야 했다.

새끼일 때는 온몸이 붉은색의 털로 뒤덮여 있지만 성장하면서 등의 털이 모두 은색으로 바뀌게 된다. 등의 털이 모두 은색으로 변해야지만 성장이 끝나고 진정한 은사묘로서의 능력을 발휘할 수 있다.

이 은빛 털은 빛을 반사하지 않고 흡수하는 성질이 있어 어두운 곳에서 모습을 감춰주는 탁월한 효능을 지니고 있었다.

새끼에서 등이 완전한 은색으로 변할 때까지 이 년여의 시간이 걸리는데 매 끼니마다 상당량의 은을 먹여야 한다.

일반적인 고양이보다 성장 기간이 배는 긴 데다가 매 끼니마다 은을 먹여야 하기에 웬만한 재력이 아니고서는 은사묘를 기를 엄두도 내지 못한다.

운정이 그동안 대천대의 추적을 떼어놓지 못한 이유가 바로 이 은사묘 때문이었다.

은사묘는 눈은 어두운데 청각과 후각이 극도로 발달해 추적술에 뛰어난 능력을 발휘하는 데다가, 자신이 확인한 정보를 주인에게 전하는 능력까지 있어 능률적인 추적이 가능케 했다. 운정의 예상대로 대천대는 은사묘의 뛰어난 후각을 이용해 지금까지 운정의 채취를 쫓아왔던 것이다.

은사묘의 감지 거리는 대략 이백 리에서 이백오십 리 사이라고 알려져 있다. 음양종선공과 환뇌신법을 지닌 운정이지만 대천대가 추적을 전문으로 하는 부대인 데다가 은사묘를 대동한 채 쫓고 있었기에 그 정도의 거리를 벌리기가 쉽지가 않았다.

이런 은사묘에게도 약점이 있는데 워낙 덩치가 작고 약해서 추적 중 야생동물들의 공격을 받아 죽는 일이 허다하다는 것이다. 다 큰 성묘(成猫)의 경우에도 어른 손바닥 크기를 벗어나지 못하니 고양이치곤 상당히 작은 편에 속했다. 그뿐 아니라 추적 내내 은을 먹어야 한다는 것도 문제였다. 추적이 장기화돼 은이 떨어진다면 은사묘는 발이 빠르고 후각과 청각이 발달한 조그만 고양이로 전락하고 만다.

은사묘를 기르고 관리하는 데 너무도 큰돈이 들기에 강호 최대 단체라는 무림맹에서도 보유한 은사묘가 열 마리를 넘지 못했다.

그래서 어지간히 중요한 일이 아니고서는 은사묘를 사용

하지 않는다.

그런 은사묘가 운정을 추적하는 데 사용되고 있었다.

"대주님 여전히 놈의 움직임이 없습니다."

양정탁이 대주 장태곤에게 말했다.

"꽤 오랫동안 움직이지 않는데 휴식을 취하는 것인가?"

"멈춰 있긴 하나 무얼 하는지는 정확히 알아내기 어렵습니다."

"거리는 얼마나 되는가?"

"북서쪽으로 육십 리쯤 떨어진 곳이니 석구(石口) 인근입니다."

"반 시진 정도 떨어진 거리로군."

장태곤은 운정이 움직이지 않고 있는 지금 쫓아가 잡을지 좀 더 진을 뺀 후 잡을지를 놓고 고민하고 있었다.

웬만한 무인이라면 생각할 필요도 없이 지금 바로 쫓아가 잡아들이겠지만, 오 일간 운정의 뒤를 쫓았던 장태곤은 운정의 경공 실력이 녹록치 않음을 알게 되었다.

운정이 마음먹고 달린다면 자신들의 경공 실력으론 잡을 수가 없었다. 물론 은사묘가 있어서 놓치진 않겠지만 잡을 수도 없다는 게 문제였다.

그동안 일정한 간격을 유지한 채 뒤를 쫓았던 이유도 운정의 빠른 발을 느리게 만들기 위해서였다.

간격을 늘였다 줄였다 하며 도주하는 자의 신경을 건드려 쉬지 못하고 달리게 만드는 것이다. 자신들은 은사묘와 인원수의 우위로 교대로 추적을 하니 상대적으로 피로를 줄이고 체력도 아낄 수가 있었다.

운정이 스무 명이 넘는 대천대의 수를 열 명 정도로 예상하는 것도 이들이 두 개조로 나눠 교대로 추적을 하고 있었기 때문이다.

지금 운정이 체력에 부담을 느껴 휴식을 취하고 있는 것이라면 그동안의 성과를 거둬들여야 할 시점이지만, 휴식을 취하는 게 아니라면 괜한 경각심만 일으키게 될 것이다.

자칫 잘못되면 자신들의 계획을 들켜 운정이 역으로 이용할 수도 있었다.

운정의 발이 더 빠르기 때문에 휴식을 취해가며 대천대가 따라붙었을 때 역으로 간격을 유지하며 달아날 수도 있기 때문이다.

장태곤은 운정이 자신들을 상대할 생각을 하고 있을 것이라곤 상상조차 하지 못했다.

운정의 일권일사란 별호와 멸천마 대주를 일권에 제압했다는 소문은 이미 들어 알고 있었지만, 으레 그렇듯 과장된 소문이라 생각하고 있었다.

운정의 나이가 어린 데다가 수련 기간이 너무 짧았기 때문이다. 세상사 일들이 대부분 그렇겠지만 무공은 특히나 하루아침에 이루어지는 게 아니었다.

하나, 실상은 운정의 무공이 장태곤보다 높았다.

"추적을 시작한 지 오 일이 지나고 있습니다. 그동안 놈은 한시도 쉬지 못하고 달렸으니 분명 지쳐 있을 겁니다."

부대주인 염혼도(炎魂刀) 목담철이 장태곤에게 말했다.

"그렇게 생각되긴 하는데 이제껏 쉬지 않던 놈이 갑자기 휴식을 취하니 왠지 마음에 걸려서 말일세."

"늘 있어 왔던 일이지 않습니까? 오히려 다른 놈들보다 오래 견뎌서 놀랄 정도입니다."

"음……."

대천대는 이런 일을 자주 경험했었다. 대부분 추적이 시작되고 이삼 일을 넘기지 못하고 지쳐 쓰러지는데, 운정이 의외로 길게 버티고 있는 것이었다.

잠시 생각하던 장태곤은 대원들을 둘러보더니 이내 결심한 듯 말했다.

"지금부터 최종 작전을 실행하겠다. 대원들은 몸에 지닌 짐들을 모두 이곳에 풀어두고 경공을 발휘할 수 있는 최상의 몸 상태로 대기하도록."

장태곤의 말이 떨어지자 대원들은 나무 아래 자신들이 지니고 있던 물건들을 모으기 시작했다.

이제부턴 경공이 작전의 승패를 결정한다. 최대한 경공을 펼치기 쉬운 몸 상태를 만들어야 했다.

적이 지쳐 있는 지금 체력의 우위로 한번에 적을 몰아 잡지 못하면, 또다시 지루한 추격전을 이어가야 하기 때문이다.

대원들은 그동안 이와 유사한 작전을 숱하게 치러왔기에 체력을 보충하거나 피로를 줄이는 각종 환약들을 항시 몸에 지니고 다녔다. 나무 아래 짐들을 모아놓은 대원들은 각자 준비한 약을 입에 털어 넣었다. 이제부터는 경공 실력과 지구력 싸움이었다.

얼마간의 시간이 지나고 모든 대원들이 준비를 끝내자 양정탁이 선두에 섰다.

이제 은사묘를 풀어 죽을힘을 다해 쫓아가야 한다.

양정탁이 은사묘의 머리를 한 번 쓰다듬은 후 바닥에 내려놓자, 은사묘는 빛살 같은 속도로 숲을 헤쳐 나가기 시작했다.

숲 속으로 사라진 은사묘를 쫓아 대천대도 달려나가기 시작했다.

나무둥치에 앉아 명상에 잠겨 있던 운정은 어느 순간 대천대의 기운이 자신에게로 다가오는 게 느껴지자 천천히 눈을 떴다.

눈을 뜬 운정은 한동안 움직이지 않고 자리에 앉아 있었다. 그들을 잡목 지대로 끌어들이려면 먼저 움직여선 안 된다. 그들과의 거리가 최대한 가까워졌을 때 홀리듯 끌고 들어가야 한다.

운정은 대천대와의 거리가 가까워지자 천천히 자리에서 일어나 미리 물색해 뒀던 잡목 지대로 천천히 움직였다.

운정은 서둘지 않고 천천히 움직였다.

일부러 속도를 늦춰 무인들이 충분히 따라올 만한 속도로 달렸다.

운정이 평소보다 느리게 달려나가자 대천대와의 간격이 빠르게 좁혀졌다.

대천대를 육안으로 확인할 수 있을 때쯤 잡목 지대로 들어설 수 있었다.

장태곤은 운정이 잡목 지대로 들어가자 손을 들어 올려 대천대를 멈춰 세웠다.

"대주, 무슨 일입니까?"

목담철이 의아한 표정으로 장태곤에게 물었다.

"이 앞은 나무가 많은 잡목 지대다. 놈이 무얼 생각하는지 알겠는가?"

장태곤의 말을 듣고 생각해 보니 운정이 자신들을 이곳으로 유인한 것이었다.

"대주, 그게 무슨 상관입니까? 놈이 저 숲에서 기다리는 것이라면 오히려 잘된 일이지 않습니까. 설마 놈의 말도 안 되는 소문을 믿고 계신 겁니까?"

장태곤도 운정의 소문을 믿는 건 아니었지만 왠지 모를 위화감과 함께 잡목 지대로 들어서는 게 꺼려졌다. 자신도 왜 이런 기분이 드는지 그 이유를 알 수가 없었다.

"대주! 우리를 믿지 못하시는 겁니까?"

"그런 소문만 요란한 어린놈은 저 혼자서도 충분합니다!"

대주가 어린놈 하나 때문에 작전을 중지했다는 사실에 대원들은 당장 놈을 잡으러 가자며 저마다 한마디씩 했다.

"대주, 잡목 지대라고 걱정하실 것 없습니다. 우리가 움직이기 어려우면 놈도 움직이기 어렵습니다."

부대주를 비롯한 대원 전체가 눈앞의 목표물을 한시라도 빨리 잡으러 가자고 하니 장태곤은 더 이상 자신의 위화감을 내세울 수가 없었다.

"좋다. 놈을 잡기 전에 짧은 휴식을 취했다 생각하고 지금부터 전속력으로 달려간다. 놈을 잡는 자에겐 만족할 만한 포상이 있을 것이다!"

"와아아아!!"

장태곤의 명령이 내려지자 대원들은 오 일간 이어졌던 작전이 이미 끝나기라도 한 것처럼 환성을 지르며 달려나갔다. 지금껏 달아나다 최후의 발악을 하듯 역공을 가하는 적을 한두 번 상대해 본 게 아니었다. 쫓기던 자가 악에 받쳐 휘두르는 공격은 전혀 무서울 게 없었다.

운정은 무인들이 자신을 쫓아오다가 갑자기 멈춰 서자 자신의 계획이 들킨 줄 알고 마음을 졸였는데 다시 자신을 향해 다가오자 다행이란 생각이 들었다.

잡목 지대로 들어선 운정은 중앙에 위치한 높은 나무를 타고 올라가 잠형은사포를 걸쳤다.

운정이 나무 위에서 기다리자 얼마 지나지 않아 대천대가 잡목 지대로 들어섰다. 그들은 경공을 사용해 달리고 있지만 대열을 흐트러뜨리지 않고 빽빽이 들어선 나무 사이를 미끄러지듯 달려오고 있었다.

추적을 전문적으로 하는 부대이다 보니 이런 잡목 지대도 그다지 낯선 것이 아니었다.

한동안 잡목 지대를 헤쳐 오던 대천대가 갑자기 멈춰 섰다.

운정과 이십여 장 떨어진 곳이었다.

운정은 대천대 속에서 자신의 채취를 쫓는 동물이나 영물이 어디 있는지 살폈지만 은사묘가 너무 작은 데다가 양정탁이 품에 감추고 있어 찾을 수가 없었다.

"대주, 놈이 나무 위에서 매복을 하고 있습니다."

양정탁이 은사묘를 통해 얻은 정보를 장태곤에게 전음으로 전했다.

양정탁의 전음을 들은 장태곤이 한 손을 들어 주먹을 말아 쥐었다.

그 순간, 대천대 전원이 손목에 착용하고 있던 비도를 꺼내 일제히 운정이 숨어 있는 곳을 향해 던졌다.

쉬쉬쉬쉭!

이십여 개의 비도가 바람을 가르는 소리와 함께 운정이 숨어 있는 곳으로 날아갔다.

운정은 비도가 날아오자 최대한 소리가 나지 않게 나무 아래로 내려섰다.

"음?"

비도를 스무 개나 던졌는데 아무런 일이 없자 장태곤은 의아한 표정을 지었다.

잠형은사포로 인해 나무 아래로 내려 선 운정을 그들은 전혀 보지 못하고 있었다.

운정은 최대한 소리가 나지 않게 대천대 쪽으로 움직였다.

"아닙니다. 분명 은사묘가 나무 위에서 놈의 냄새가 난다고… 헉! 바로 앞입니다!!"

양정탁이 소리쳤지만 운정의 모습은 그 어디에도 보이지 않았다.

운정은 갑자기 소리친 양정탁으로 인해 세 가지를 알 수 있었다.

첫째는 이들이 자신의 채취를 쫓아왔다는 생각이 맞았다는 것이고, 두 번째는 자신의 채취를 쫓은 무언가가 은사묘란 이름을 가지고 있다는 것이다. 그리고 마지막으로 그 은사묘를 가지고 있는 게 방금 소리친 인물이라는 것이었다. 운정은 상황 파악이 되자 지체하지 않고 주먹을 날렸다.

쾅!

폭음과 함께 백색 섬광이 터져 나왔다.

맨 앞에 서 있던 대원 한 명이 실 끊어진 연처럼 날아가 바닥에 처박혔다.

바닥에 처박힌 사내는 죽진 않았지만 갈비뼈가 함몰된 채 의식을 잃었는지 움직이지 못했다. 빨리 치료하지 않는다면 불구가 될지도 모를 만큼 치명적인 상처였다.

"놈이다!!"

대천대는 섬광 사이로 한순간 보인 운정의 모습에 공격이 시작되었음은 알았지만, 섬광이 사라지면서 운정의 모습이 또다시 사라져 버리자 우왕좌왕하기 시작했다.

"정탁! 놈은 어디 있나?"

"대주님 바로 앞입니다!!"

쾅!!

또다시 폭음이 울렸다.

장태곤은 양정탁의 외침을 듣고 바로 몸을 피했기에 운정의 주먹에 맞지 않았지만 대신 뒤에 있던 부하가 운정의 주먹에 맞고 말았다.

"큭······!"

장태곤은 보이지도 않는 적을 상대해야 한다는 사실에 황당함을 느꼈다. 유령도 아니고 살아 있는 사람이 어찌 신형을 감출 수 있단 말인가.

"모두 모여 양소팔진(梁少八陣)을 형성하라!!"

상대가 보이지 않는다고 당황한 채 우왕좌왕하고 있을 수

만은 없었다.

장태곤의 명에 대천대는 진을 형성하려 했지만 곳곳에 자라나 있는 잡목들로 인해 제대로 된 진을 형성할 수가 없었다.

대천대가 잡목들을 피해 양소팔진을 짜느라 허둥대는 사이 또 한 번의 폭음이 울렸다.

후미에서 폭음 소리와 함께 섬광이 터져 나오자 모든 이의 이목이 대천대 후미로 돌아갔다. 맨 뒤쪽에 서 있던 대원이 운정의 주먹을 맞고 피를 토하며 바닥을 미끄러져 갔다. 한참을 미끄러져 가던 사내는 나무등치에 걸려서야 멈춰 섰다.

나무등치에 걸린 사내의 목이 옆으로 꺾여 있었다.

다행히 가슴의 기복이 있는 걸로 보아 죽지는 않았지만 이전에 당한 사내 못지않게 상태가 심각해 보였다.

동료의 처참한 모습에 대천대가 술렁거리기 시작했다.

공격을 받아 쓰러지는 사람은 있는데 적의 모습은 볼 수도 기척을 느낄 수도 없기 때문이었다.

마치 귀신과 싸우고 있는 기분이 들었다.

보이지 않는 적과 바닥에 쓰러져 있는 동료를 바라보는 대천대원들의 내면에 기이한 공포가 싹트기 시작했다.

이다음에 쓰러지는 건 나일지도 모른다는 공포였다. 게다가 잡목 지대를 빠져나갈 수도 없었다. 잡목 지대를 빠져나가려다가 더 큰 피해를 입을 수도 있었기 때문이다.

'소문보다 더하지 않은가!'

목이 꺾인 부하와 공포감에 질려 가는 부하들을 보며 장태곤은 운정에 대한 소문이 오히려 축소됐단 생각이 들었다.

일권일사란 운정의 별호가 말도 안 되는 광오한 별호라 생각했는데 직접 겪어보니 그 이상 표현할 말이 없었다.

장태곤과 목담철은 무림맹 내에서도 상당한 실력자로 인정받는 이들이었다.

처음 이들에게 은사묘까지 내주며 운정을 잡아오란 명이 내려졌을 때 주위 사람 모두 무림맹에서 소 잡는 칼로 닭 잡는다고 수군거렸다.

주위 사람뿐 아니라 명을 받은 자신들도 애송이 한 명을 잡는데 자신들이 나서야 한다는 게 탐탁지 않았다.

한데 오늘 운정을 만나보니 오히려 부족했다.

어느 정도의 고수가 돼야 기척과 모습을 감춘 운정을 상대할 수 있을지 알 수 없지만 분명 자신들의 수준으론 감당하기 어려웠다.

장태곤은 운정의 무공 수위에 대한 소문이 왜 절정고수로 났는지 이해할 수가 없었다. 자신이 보기에 운정의 수준은 이미 초절정을 넘어선 듯 보였기 때문이다.

운정이 잠영은사포를 이용해 모습과 기척을 감춘 걸 모르는 장태곤은 이 모두가 운정의 무공이라 생각했다.

운정은 보이지 않는 자신을 대처하지 못해 우왕좌왕하는

대천대를 보며 낮은 목소리로 말했다.

"은사묘를 주시오."

운정이 잠형은사포까지 사용하며 이들을 끌어들인 최대 목적은 자신의 채취를 맡는 무언가를 제거하기 위함이었다.

운정의 말에 대천대는 이러지도 저러지도 못하고 있었다.

그냥 키우던 고양이 정도면 아무런 망설임 없이 넘겨주겠지만 은사묘는 무림맹에서도 귀하게 취급하는 영물이었다.

"지금 내놓지 않으면 내놓을 때까지 공격할 수밖에 없소."

운정의 협박에 대천대원들의 얼굴이 창백해졌다.

장태곤은 은사묘를 내놓지 않을 수가 없었다. 자신들은 상대를 볼 수조차 없는데 상대는 자신들을 훤히 파악하고 있었다. 지금 은사묘를 내놓지 않는다면 스무 명이 넘는 대천대가 모두 희생될지도 모를 일이다.

대원들을 모두 희생하고 내주느니 지금 내놓는 게 그나마 나은 선택이었다.

이미 시작 전부터 상대를 제대로 파악하지 못해 실패한 임무였다. 이대로 은사묘를 운정에게 내어주고 아무런 소득 없이 돌아간다면 그에 따른 문책이 있겠지만 장태곤은 오히려 그들에게 호통을 치고 싶었다.

아무리 명령에 죽고 사는 무인이라지만 감당할 수 있는 적을 상대하게 해야 하지 않겠는가.

"정탁, 은사묘를 내어주게."

장태곤의 명이 있었지만 양정탁은 섣불리 은사묘를 내어주지 못했다.

"난 참을성이 강하지 못하오!"

운정이 채근하자 양정탁은 마지못해 은사묘를 들고 앞으로 나왔다.

"바닥에 내려놓고 당장 이곳을 떠나도록 하시오. 그리고 다시는 내 뒤를 쫓을 생각 마시오. 이번엔 살수를 쓰지 않았지만 다음번엔 나도 살수를 쓰지 않는다고 장담할 수가 없소."

대천대원들은 운정의 잔인한 손속과 공포심에 미처 느끼지 못했는데, 지금 보니 쓰러진 동료 중 죽은 동료는 한 명도 없었다.

양정탁이 은사묘를 내려놓자 장태곤은 대천대를 데리고 서둘러 잡목 지대를 빠져나갔다.

대천대가 완전히 사라지자 운정은 잠형은사포를 벗고 바닥에 있던 은사묘를 들어 올렸다.

"나를 귀찮게 했던 게 네놈이구나!"

운정은 은사묘를 우악스럽게 잡아 올려 잠시 바라보다 이내 손에 내기를 모으기 시작했다. 자신의 채취를 기억하고 있는 은사묘를 살려둘 순 없었기 때문이다.

은사묘는 자신을 죽이려 하는 걸 아는지 큰 눈으로 자신을 바라보며 바들바들 떨다가 급기야 새끼손가락을 핥기 시작했다.

"음……."

자신의 손가락을 빨며 큰 눈으로 바라보는 은사묘를 보니 누군가가 떠올랐다. 영영이었다.

은사묘의 모습에 영영이 떠올랐지만 자신의 채취를 기억하고 있기에 살려둘 순 없었다.

불쌍한 마음이 한편에 들기도 했지만 모두의 안전을 위해선 어쩔 수 없었다.

파악!

운정은 은사묘를 처리한 후 영영과 영옥의 뒤를 쫓았다.

第三章
혈교

單雲情歌

　영호헌과 영호우겸은 남가장의 잔치에 들렀다가 운정의 소식을 들을 수 있었다.

　"대천대에서 소식이 좀 있습니까?"

　영호우겸이 남가장의 총관인 남서명에게 물었다.

　"석구(石□) 인근에서 대천대와 한차례 전투를 벌였다는데……. 대천대를 따돌리고 종적을 감췄다고 합니다. 줄곧 서쪽으로 향했다고 하니 섬서나 감숙으로 향하는 것이 아닌가 생각됩니다."

　"대천대와 전투를 벌이고도 달아났다는 것입니까?"

　"그렇습니다."

"대천대라면 광한검 장태곤과 염혼도 목담철이 있는 곳인데, 그런 대천대가 운정을 놓쳤다니⋯⋯."

장태곤과 목담철은 자신이 싸워도 이긴다고 장담하기 힘든 절정의 고수들이었다.

그 둘 중 한 명을 이기는 것만으로도 대단하다 할 수 있는데, 그 둘이 소속된 대천대와 부딪치고도 달아났다니 도대체 운정의 경지가 어느 정도란 말인가?

옆에서 듣고 있던 영호헌의 놀람은 영호우겸보다 더욱 컸다. 자신이 운정의 입장이라면 그들의 추격을 아니, 그들과 격돌하고도 빠져나갈 수 있었을까? 영호헌은 아무리 생각해봐도 어렵다고 생각됐다.

그 둘 중 한 명이라면 자신도 어떻게 뿌리치고 달아날 수 있었을 것이다. 하지만 운정을 쫓았던 대천대엔 두 명의 절정 고수뿐만 아니라 일류와 일류에 근접한 스무 명의 대원들이 더 있었다.

그런 대천대를 한때 세가의 하인으로 있던 운정이 떨쳐 내고 달아났다니 믿어지지가 않았다.

"한데, 대천대가 보낸 전서에 의하면 아무런 힘도 써보지 못하고 일방적으로 패했다고 합니다. 단운정의 무공 수위도 절정이 아니라 초절정에 이르렀다고⋯⋯."

남서명은 자신이 얘기하면서도 말이 되지 않는다고 생각했는지 뒷말을 흐렸다.

아직 스물도 되지 않은 청년이 무공을 배운 지 일 년도 되지 않아 초절정의 경지에 올랐다니 너무도 허황된 얘기였다.

임무에 실패한 대천대가 문책을 면하려 너무 이야기를 부풀렸다고 생각했다.

"허, 허헛……."

남서명의 말을 듣고 있던 영호우겸이 헛웃음을 터뜨렸다.

이야기를 전하는 남서명의 면전에서 웃는 건 예가 아니었지만 너무도 황당해서 저도 모르게 터져 나온 것이다.

남서명도 자신이 전한 말이 황당했기에 영호우겸의 반응을 이해했다.

"저도 믿기지 않지만 운정을 놓친 대천대가 그렇게 주장하고 있다고 합니다."

"흠, 대천대가 운정을 놓친 면책을 면하려고 헛소리를 한 것일 겁니다. 아무리 그래도 정도가 있지 초절정의 경지라니……."

"그러게 말입니다. 저도 그렇게 생각하고 있습니다. 제가 아는 소식은 모두 전해 드렸으니 이만 나가 보겠습니다."

"매번 운정의 소식을 전해줘서 고맙게 생각하고 있습니다."

"별말씀을, 그는 본장의 은인입니다. 은인이 모함을 받고 있는 것이라면 본장이 최선을 다해 그 누명을 벗겨낼 것입니다. 또 다른 소식이 들어오면 알려 드리도록 하겠습니다."

등천루에서 돌아온 남언학은 가주이자 부친인 남조일에게 등천루에서 있었던 일들을 모두 이야기했다. 남조일은 한동안 생각에 빠져 있는 듯하더니 이내 모든 방법을 동원해 운정과 마교의 보물에 대해 조사하라고 일렀다.

운정이 남가장의 은인이기도 했지만 이번 사건엔 여러모로 의문점이 많았기 때문이다.

영호세가의 이름도 모르던 어린 하인이 마교의 보물을 훔쳤다는 것도 이상했지만 마교의 전서 한 장을 믿고 운정을 무조건 잡아들이려는 무림맹의 처사도 수상했다. 그뿐 아니라 운정이 훔쳤다는 마교의 보물이 무엇인지 일 년이 다 되어가는 지금까지도 밝혀진 게 없었다.

남조일은 운정이 가문의 은인이기도 했지만 백운심공이 사라진 후 무림맹과 맹주인 정일학에게 천대를 받았던 것을 생각하며 진상을 조사해 보기로 했다.

남서명이 영호우겸에게 이렇듯 정보를 넘기는 이유는, 운정이 사라지기 전 영호세가에서 하인으로 있었기에 언젠가 영호우겸에게 쓸 만한 정보를 얻게 될지도 모른다는 생각에서였다.

남서명이 방을 나선 후 영호우겸은 한동안 생각에 잠겼다.

"아직도 믿기지가 않는구나… 어떻게 운정이……."

영호우겸의 탄식에 가까운 혼잣말에 영호헌이 동조하며 말했다.

"그러게 말입니다. 그것보다 서쪽으로 향하는 것이라면 본가로 향하는 게 아니겠습니까?"

"너도 그리 생각하느냐?"

영호우겸과 영호헌은 운정이 영호세가가 있는 감숙으로 향하는 것이라 생각했다.

"그리 생각되기는 하나 한편으론 다시 세가로 돌아올 이유가 없는 듯한데……."

영호헌은 말하다가 문득 영호예인과 운정이 어린 시절부터 가깝게 지냈던 일을 생각해 냈다. 그뿐 아니라 얼마 전엔 유구초를 보내와 영호예인의 독을 완전히 해독할 수도 있었다.

"도대체 무슨 일이 있었단 말이냐……."

영호우겸은 처음 운정이 마교의 보물을 훔쳤다는 헛소리를 들었을 때 코웃음조차 나오지 않았다. 코흘리개 때부터 보아왔던 운정은 마교가 있는 신강은 고사하고 감숙을 벗어나본 적도 없는 아이였다. 그런 운정이 마교의 보물을 훔쳤다니 지나가던 똥개가 웃을 일이었다.

한데 시간이 지날수록 혼란스러워졌다.

마교가 운정을 내놓으라며 세가에 쳐들어온 데다가 무림맹에선 현상금까지 걸었다.

그땐 마교가 영호세가를 치기 위해 억지 명분을 내세웠다 생각했지만 시간이 지날수록 자신이 틀렸단 생각이 들었다.

사천에서 당가의 무인들이 운정을 놓쳤다는 이야기를 들었을 때만 해도 그럴 수 있겠다고 생각했다. 한데, 개방의 이결 제자들이 운정에게 당했다는 이야기를 들었을 땐 귀를 의심했었다.

어찌 무공을 배운 적도 없는 아이가 개방의 이결 제자를, 그것도 네 명의 협공을 뚫고 달아날 수가 있단 말인가. 자신이 아는 운정은 무공을 배우기는커녕 오히려 싫어하는 쪽에 가까웠다. 한데 운정의 무공이 절정에 이르러 있다니, 영호우겸은 분명 개방의 제자들과 싸웠던 자는 운정과 이름만 같을 뿐 다른 자일 것이라고 생각했다.

소문으로 듣는 운정의 모습은 자신이 아는 운정의 모습과 너무도 달랐기 때문이다.

한데 얼마 전 더욱 믿지 못할 이야기를 들었다.

정마대전 중에 청풍대를 도와 녹혈단주와 멸천마 대주를 일권에 쓰러뜨리고, 남가장에 백운심공을 돌려준, 요즘 일권일사란 별호로 한창 떠오르는 신진고수가 바로 운정이라는 것이다.

영호우겸은 그 말을 들었을 때도 믿지 않았다.

한데 영호예인의 사형제인 공동파 도사들이 소문의 운정이 영호세가의 하인 단운정임을 확인했다고 하자 더 이상 믿지 않을 수가 없었다. 공동파의 도사들은 세가가 무너지기 전 영호세가에서 운정을 만난 적이 있었기 때문이다.

공동파의 도사들이 운정을 확인했다고 하지만 그래도 풀리지 않는 의문점이 있었다. 운정의 무공이었다.

운정이 세가에서 자신의 눈을 속인 채 무공을 익혔다곤 생각할 수가 없었다.

그 정도의 무공을 익히고 있었다면 자신이 눈치 채지 못했을 리가 없기 때문이다. 그렇다면 세가를 떠난 후 배웠다는 것인데. 그것도 말이 되지 않았다.

운정이 백운심공을 남가장에 돌려준 게 정마대전이 막 일어났을 때쯤이니 세가가 무너지고 넉 달이 조금 못된 시점이다. 소문이 사실이라면 운정은 넉 달만에 백운심공을 익혀 절정의 고수가 되었단 말이었다.

코흘리개 어린아이에게 말해도 믿지 못할 이야기였다.

한데 오늘 남서명은 거기에 한술 더 떠 운정의 무공이 초절정에 이르렀다고 한다.

어떻게 소식을 한 번 들을 때마다 남들이 평생 수련해도 이루지 못하는 경지를 하나씩 올려간단 말인가.

영호우겸은 운정에 대해 생각하면 할수록 골치가 아파 왔다. 이야기를 들어보면 자신이 아는 운정이 아닌데 만나 본 사람들은 자신이 아는 운정이 맞다고 하기 때문이었다.

무림맹에서 운정을 쫓고 있다는 말에 잔치가 끝난 후에도 이곳 남가장에 머물며 소식을 듣고 있지만 이대로 남가장에 계속 머물 수는 없었다.

"이대론 안 되겠다. 운정을 만나서 도대체 무슨 일이 일어난 것인지 직접 들어봐야겠다."

영호우겸은 혼란스러운 마음을 정리하려면 자신이 직접 운정을 만나 이야기를 들어봐야겠다고 생각했다.

"저도 가겠습니다."

"아니다. 인아 혼자 남겨두고 온 것이 맘에 걸리는구나. 혹, 운정이 세가에 들릴지도 모르니 너는 세가에서 인아와 함께 기다리도록 하거라."

영호헌은 영호우겸을 따라나서고 싶었지만 자신도 영호예인을 혼자 두고 온 게 걸렸던 터라 세가로 돌아가기로 했다.

"만약 운정이 세가에 들린다면 내가 도착할 때까지 무슨 일이 있어도 붙들고 있어야 한다."

"알겠습니다."

그 길로 영호헌과 영호우겸은 남가장을 떠나 옥평과 석구로 향했다.

*　　　　　*　　　　　*

무림맹주 정일학은 대천대의 보고에 심기가 불편했다.

운정을 잡으려 귀한 은사묘까지 내어줬는데 잡아오긴커녕 실패하고 은사묘까지 잃어버렸기 때문이다.

"대천대가 맹에 복귀하는 데 얼마나 걸리겠느냐?"

"삼 일 정도 걸린다는 보고가 있었습니다."

정일학의 물음에 전서를 들고 왔던 무사가 대답했다.

대천대는 산서 지부에 소속되어 있었지만 이번 일의 보고를 위해 무리맹 본부가 있는 하남성(河南省)으로 향하고 있었다.

"알았다. 물러가거라."

무사가 물러가자 옆에 앉아 있던 중년인이 정일학을 보며 말했다.

"맹주님, 아무래도 놈이 혈영신교전을 익히고 있는 것 같습니다."

놀랍게도 중년인의 입에서 혈영신교전에 대한 말이 나왔고, 맹주 정일학도 혈영신교전을 알고 있었다.

"내가 보기에도 그런 것 같네. 한데 이게 좋은 일인지 나쁜 일인지 알 수가 없단 말이지. 송 총관의 생각은 어떤가?"

"제가 생각하기엔 나쁘지 않다고 생각합니다. 조만간 놈을 잡을 것이고, 입수했을 때 의외의 수를 줄일 수 있을 것입니다."

"그렇긴 한데 놈의 습득 속도가 너무 빠르다고 생각되지 않는가?"

"그런 면이 있긴 하지만 대천대의 보고를 그대로 믿을 수는 없습니다. 초절정의 경지라니… 문책을 면해보려는 헛소리로밖에 생각되지 않습니다. 아무리 혈영신교전이라 해도 그토록 짧은 시간에 그런 경지로까진 이끌 수가 없습니다."

송 총관이라 불린 중년인의 말에 정일학은 자신도 동의한다는 듯 고개를 끄덕였다.

"그래서 이번에 자룡단(紫龍團)을 보낼 생각이네."

맹주 입에서 자룡단이란 말이 나오자 송 총관의 눈이 조금 커졌다.

자룡단은 무림맹에서도 특별한 단체였다. 인원은 네 명밖에 되지 않지만 개개인이 절정에 이르지 않은 자들이 없었다. 하지만 넷 모두 성격이 괴팍해서 맹 내의 누구도 가까이 하지 않으려 했다. 이들의 가장 큰 문제점은 맹에서 내려진 임무를 자신들의 입맛대로 가려서 받는다는 것이었다.

맹에 소속된 무인이라면 누구를 막론하고, 내려진 임무를 기꺼이 수행할 각오가 되어 있어야 마땅한데 이들은 끝까지 자신들의 고집을 꺾지 않았다.

그런데도 이들을 내치지 않고 수용하는 이유는 이들이 한 번 맡겠다고 결정한 임무는 무슨 일이 있어도 완벽히 수행해 내기 때문이었다. 그리고 이들은 위험하고 남들이 하기 싫어하는 임무들을 즐겨 맡았다.

맹의 입장에선 다루기 힘든 자들이었지만 일단 임무를 맡게 되면 어떤 식으로든 결과를 내니 한편으론 가장 믿음직하고 내치기 아까운 자들이었다.

"자룡단이 맡는다면 놈을 확실히 잡아올 수는 있겠지만 과연 그들이 임무를 맡으려 하겠습니까?"

"그래서 집법당주에게 미리 말을 해놨네. 그리고 그들도 이번 일에 얼마간의 흥미를 보이는 모양이네."

자룡단은 기이하게도 집법당주 구무현의 부탁은 쉽게 거절하지 못했다.

"그럼, 조만간 혈영신교전을 취할 수 있겠군요."

"그렇게 될 것이네. 한데 원상진경(原象眞經)은 어떻게 되었는가?"

맹주의 질문에 송 총관이 움찔했다.

"최근 산서지방에서 흔적을 찾았으니 조만간 소식이 있을 것입니다."

"지원은 아끼지 않을 테니 좀 더 힘써주게."

"알겠습니다."

잠시 후, 송 총관이 나가자 정일학은 천장을 향해 무어라 중얼거리기 시작했다.

*   *   *

"교주님, 적 선생께서 돌아오셨습니다."

교주전으로 무사 한 명이 들어와 말했다.

"들라하라."

옥능소의 말이 떨어지고 잠시 후 적 선생이 교주전으로 들어왔다.

"교주님, 그동안 강녕하셨습니까?"

"보다시피 이제 움직일 만하오."

정마대전이 끝나고 오 개월이란 시간이 지났다.

종가휘에게 당해 생명이 위독했던 옥능소는 보름이 지나서야 정신을 차렸고, 자리를 털고 일어날 정도로 회복한 건 최근이었다.

"그래, 교의 일은 잘 마무리되었소?"

"교주님 덕분에 무사히 일을 치를 수 있었습니다. 한동안 시끄러웠지만 이천자께서 교주 위에 오르시면 모든 게 제자리를 찾을 것입니다."

"이제야 이천자께서 교주가 되는구료."

"교주님의 도움이 컸습니다."

"이천자께서 교주가 되면 앞으로 본교와의 관계가 더욱 돈독해지겠구료."

"이천자께선 교주님의 도움을 절대 잊지 않으실 겁니다. 그리고 교가 안정되면 본격적으로 교주님을 지원하시겠다 약조하셨습니다."

"듣던 중 반가운 소식이오. 혈교(血敎)만 안정된다면 이번에야말로 반드시 중원을 차지할 수 있을 것이오."

"이천자께서도 그렇게 생각하십니다."

적 선생은 혈교의 인물이었다.

마교가 이번 정마대전에서 강북을 차지하고도 전력을 되돌릴 수밖에 없었던 이유는 그동안 마교를 지원해 주던 혈교의 교주가 의문의 죽음을 당했기 때문이다.

중원무림과 비슷한 전력을 지닌 마교가 중원을 공격할 수 있었던 가장 큰 이유는 혈교의 지원이 있었기 때문이다.

그런데 강북을 차지한 마교가 강남으로 진출하기 며칠 전 혈교의 교주가 너무도 갑작스럽게 세상을 뜨고 말았다.

혈교주의 나이가 많았기에 그의 죽음은 그리 특별날 게 없었다. 한데 문제는 혈교주가 너무도 갑작스럽게 죽는 바람에 대천자가 다음 대 교주 위에 오르게 됐다는 것이었다.

대천자와 이천자는 교내에 비슷한 세력을 지닌 데다가 교주에게 받던 신임도 비슷했다.

원칙대로면 대천자가 교주가 돼야 했지만 평소 이천자를 대천자보다 좀 더 신임했던 혈교주는 후계자를 지목하지 않고 둘의 능력을 겨루도록 했다. 그렇게 보내온 시간이 십 년이 넘어가고 있었다.

아직 자신들의 능력 대결이 끝나지도 않은 상황에서 갑작스레 혈교주가 죽으면서 능력 대결은 자동으로 끝이 나고 대천자가 혈교주 위에 오르게 됐다.

십 년간의 능력 대결로 다음 대 교주 위를 거의 확신했던 이천자는 이 같은 사실을 받아들일 수가 없었다.

정마대전만 성공적으로 끝난다면 자신이 다음 대 교주가

되는 건 확정적이었다.

혈교주도 성격이 폭급(暴急)한 대천자보다 내심 이천자를 후계자로 점찍어두고 있었다.

그런데 교주가 갑작스레 죽는 바람에 십 년 내내 자신에게 밀렸던 대천자가 서열이 앞선단 이유 하나로 교주가 되게 된 것이다.

이천자는 대천자가 교주 위에 오르는 걸 받아들일 수가 없었다. 그뿐 아니라 혈교주의 갑작스러운 죽음도 석연치 않은 부분이 많았다. 공교롭게도 시비를 제외하고 혈교주를 마지막으로 만난 이가 대천자였고, 혈교주의 죽음으로 가장 많은 이득을 보는 자도 대천자였기 때문이다.

자신이 마교를 도와 정마대전에 집중하고 있는 사이 뒤에서 분명 무슨 짓을 벌인 것이다.

이천자는 대천자가 다음 대 교주에 오르는 걸 반대하며 혈교주의 죽음을 조사할 것을 요청했다. 하지만 이천자의 요청은 받아들여지지 않고 오히려 반도(叛徒)로 몰리고 말았다.

대천자는 마치 작정이라도 한 듯 자신의 요청을 묵살하고 언제 복귀시켰는지 정마대전에 참가하고 있어야 할 자신의 세력을 대동해 압박을 가하기 시작했다.

이대론 자신도 제거되겠단 생각에 이천자는 서둘러 마교로 파견했던 자신의 세력을 교로 복귀시켰다.

이즈음 마교는 강북을 차지하는데 성공했기에 이천자의

세력이 빠져도 큰 문제는 없었다.

교의 세력을 양분하고 있던 대천자와 이천자가 대립하자 당연한 수순으로 내전이 일어났다.

처음 대천자와 부딪쳤을 땐 이천자가 유리한 듯 보였다. 한데 어느 순간부터 이천자가 밀리기 시작했다.

대천자가 중립을 지켜야 할 교의 장로들을 어느 틈에 자신의 편으로 끌어들였던 것이다.

이천자는 후계자 다툼에 장로들이 끼어들 것이라 곤 생각지도 못했다. 그야말로 믿던 도끼에 발등을 찍힌 꼴이었다. 장로들이 대천자의 편에 서자 이천자는 일방적으로 몰리기 시작했다. 이천자는 어쩔 수 없이 숨겨놨던 수를 꺼내야 했다.

대천자가 장로들과 손을 잡았다면 자신은 원로원과 이미 긴밀한 관계를 가지고 있었다.

원칙적으로 후계자는 장로나 원로들과 결탁할 수 없지만 이천자는 적 선생을 통해 몇 년 전부터 원로들과 긴밀한 관계를 유지하고 있었다.

이천자는 원로원의 힘을 얻기 위해 적 선생을 교로 불러들였다.

적 선생이 이천자의 호출을 받았던 날은 옥능소가 종가휘에게 당해 사경을 헤맨 지 만 하루가 지날 때였다.

적 선생은, 종가휘에게 당해 생사를 장담할 수 없는 옥능소와 한창 진행 중인 정마대전이 신경 쓰였지만 자신은 혈교의 인물이었고, 이천자가 건재해야 다음을 기약할 수 있었기에 한 장의 전서만을 남기고 미련없이 혈교로 떠났다.

강북을 차지한 후 파죽지세로 강남을 정벌하려던 마교의 장로들은 깜짝 놀라고 말았다.

지원을 나섰던 혈교인들이 혈교로 모두 복귀해 버린 데다가 얼마 전 교주가 교내에서 습격을 받아 위독한 상태였기 때문이다.

교주가 위독해지자 지휘 체계가 흔들리기 시작했다.

그때부터 강북을 사수하자는 장로파와 내친걸음에 이 기세로 강남까지 정벌하자는 장로파로 나뉘어 치열한 공방을 펼쳤다. 그때, 적 선생의 전서가 도착했다.

강북을 포기하고 모두 교로 복귀하라는 전서였다.

양쪽으로 갈라졌던 장로들 모두가 어이없어 했다.

강남을 치지 말라면 이해할 수 있었다. 한데 이미 차지한 강북을 왜 포기해야 한단 말인가?

누구나 그렇겠지만 사람은 지니게 된 물건은 여간해선 내놓기 싫어한다. 하물며 마도일통을 평생 숙원으로 삼고 살아왔던 마인들이 이미 반은 성공한 대업을 쉽게 포기할 리가 없었다. 하지만 마교는 이틀 뒤 철군할 수밖에 없었다.

적 선생이 보낸 전서가 교주령으로 내려진 전서였기 때문이다.

적 선생도 혈교로 떠나기 얼마 전까진 강남을 칠 순 없겠지만 강북은 충분히 사수할 수 있을 거라 생각했다. 한데 각지에서 모이는 정보들을 모아보니 강북을 사수하고 있는 건 오히려 손해였다.

　옥능소가 건재하거나, 혈교의 지원이 있어 이대로 강남까지 모두 정벌할 수 있다면 더할 나위 없겠지만, 숨통을 완전히 끊어놓지 못한 정파무림의 반격에 강북을 사수하고 있는 건 괜한 병력의 손실만 가져올 뿐이었다. 강남을 치지 못할 바엔 아예 강북을 포기하는 게 옳은 선택이었다.

　정파인들은 바퀴벌레 같은 특성을 지녔다.

　죽여도, 죽여도 사라지지가 않고, 자신들이 마도인보다 낫다는 우월감 때문인지 죽어도 굴복을 하지 않았다. 그뿐 아니라 평소엔 마도인보다 더 악랄하고 위선에 찬 이중적인 생활을 하지만 마도가 일어서면 일치 단결해서 생명을 도외시하고 달려든다. 지금도 강북이 마도에 짓밟히자 세상을 등지고 은거했던 고인들까지 이 땅에 정기를 바로 세우겠다며 속속들이 강남으로 모여들고 있었다.

　정파 무림이 지금은 기세에 밀려 강남으로 쫓겨나 있지만 조만간 체제를 정비하고 다시 강북을 수복하려 들 것이다.

　전력은 대등하지만 교주의 부재로 지휘 체계가 흔들린 마교는 혈교의 지원없이 강북을 지켜내는 게 사실상 어려웠다.

괜히 지키고 있다가 전력에 손실이라도 생긴다면 역으로 천마성이 공격을 당할 수도 있었다.

마교가 강남으로 진격하려면 정파 무림에 맞설 제대로 된 지휘 체계를 확립해야 하는데, 그 구심점이 되어야 할 교주 옥능소가 사경을 헤매고 있고, 언제 깨어날지 기약조차 없으니 문제였다. 혹, 운이 나쁘면 옥능소는 다시 일어날 수 없을지도 모른다.

옥능소가 죽게 되면 새로운 교주를 선출해야 하는데 그 과정에서 내부의 혼란은 막을 길이 없었다.

강남까지 차지해 마도일통을 이루지 못할 바에야 괜한 분쟁만 일으키는 땅을 차지하고 있을 이유가 없었다.

중원무림을 압도할 만한 혈교의 지원이 있던가, 교주가 건재해 지휘 체계라도 정상적으로 유지된다면 이렇게 쉽게 강북을 포기하지 않았겠지만 정파 무인들이 바퀴벌레처럼 끈질기게 달려들 게 뻔한데 이곳을 차지하고 있는 건 아무런 이득도 없고 오히려 전력을 낭비하는 일이었다.

괜한 소모전을 할 바에야 전력을 고스란히 유지한 채 교로 회군해 혈교를 안정시키고, 지휘 체계를 정비해 다시 기회를 엿보는 게 현명했다.

그래서 적 선생은 의식을 잃고 있는 옥능소를 대신해 교주령으로 전서를 보냈다. 명백한 월권이었고, 나중에 옥능소가 깨어나 자신이 임의로 교주령을 내린 사실을 알고 어떻게 나올지 알 수 없었지만 후일을 도모하려면 이 방법이 최상의 선택이었다.

의식을 차린 옥능소는 적 선생의 생각이 옳았다고 생각했다. 대규모 전투에서 가장 중요한 건 지휘 체계였다.

옥능소는 정신을 차리기 무섭게 정마대전의 추이를 물었다. 그리고 자신이 정신을 잃고 삼 일째 되던 날 강북을 포기하고 교로 회군했다는 사실을 알게 됐다. 처음엔 이미 차지한 강북을 버렸다는 사실에 분개해 호통을 쳤지만 적 선생이 자신에게 남긴 서신을 보고 옳은 판단이라 생각했다.

그 후, 적 선생의 요청으로 회군한 마교의 전력을 혈교로 보내 이천자를 지원했다.

혈교의 장로들과 대천자의 세력이 무시할 수준은 아니었지만, 원로원과 마교의 지원을 받은 이천자를 감당할 정도는 아니었다. 대천자의 반항이 심해 내전이 생각보다 길어졌지만 삼 개월이 지나지 않아 혈교를 완전히 장악할 수 있었다.

그 후, 이천자는 사분오열 된 교를 수습하고 정식 교주가 되기 위한 준비에 들어갔다.

그렇게 한 달여가 지난 오늘 그동안 서신으로만 소식을 주고받았던 적 선생이 모습을 보이며 이천자가 교주가 될 준비를 마쳤다는 이야기를 하는 것이다.

이천자는 혈교의 후계자들 중 가장 적극적으로 마교를 지원하던 자였다. 그가 교주가 된다면 마교는 더욱 큰 힘을 얻을 수 있을 것이다.

"교주님 혹, 놈에 대한 소식은 들으셨는지요?"

옥능소는 적 선생이 묻고 있는 놈이 누군지 잘 알고 있었다.

"무림맹에서 놈을 잡으려고 혈안이 되어 있단 소식은 들었소. 멍청한 무림맹이 골칫거리인 놈을 잡아준다니 오히려 잘된 일이라 생각하고 있소."

"그렇긴 하지만 이대로 두고보실 생각이십니까?"

동패와 혈영신교전을 염두에 둔 물음이었다.

"생각 같아선 당장이라도 놈을 잡고 싶지만 방법이 없지 않소. 놈은 종가휘를 품고 있는 데다가 잠형은사포를 지니고 있어 뒤를 쫓는 다는 것은 불가능에 가깝소. 그래서 지난 팔 년 동안 종가휘에게도 놀아난 게 아니겠소."

잠형은사포를 지닌 운정이 마음먹고 숨어버린다면 이 넓은 중원에서 그를 찾는 건 불가능에 가까웠다.

"잡으러 갈 게 아니라 놈이 오게 만들면 되잖습니까."

"방법이 있소?"

"방법이야 만들면 얼마든지 있지요. 혹시 이번에 녹혈단의 단주가 된 편주혜란 아이를 아시는지요?"

"편주혜……. 그리고 보니 최근 젊은애들 중에 두각을 나타내는 여자 아이가 있다고 들었소."

"그 아이의 실제 이름은 편주혜가 아니고 염휘란입니다."

"염휘란? 처음 듣는 이름이오. 그리고 교에 가명을 쓰는 이가 한둘이 아닌데 그게 어쨌다는 것이오?"

"염휘란이란 이름이 왠지 귀에 익지 않으십니까?"

적 선생의 물음에 잠시 생각하던 옥능소는 이내 고개를 가로 저었다.

"아니, 기억에 없소."

"이름 전체로 보면 낯설지만 한 자씩 떼어보면 분명 어딘가 낯이 익을 것입니다."

적 선생이 다시 한 번 말했지만 옥능소는 여전히 처음 듣는 이름이었다.

"생각나는 게 없으니 그냥 말해주시오."

"그 아이는 비성 염무극과 모혜란 사이에서 태어난 아이입니다."

"모혜란!!"

적 선생의 입에서 모혜란이란 이름이 나오자 옥능소는 깜짝 놀랐다.

모혜란은 옥능소가 처음으로 사랑했던 여인의 이름이었다.

당시 옥능소는 몇몇 장로들의 호의로 겨우 목숨을 부지한 채 숨어 지내던 처지인지라 비응대의 대주인 염무성과 그녀가 혼인을 할 때 아무것도 할 수가 없었다. 그리고 종가휘를 몰아내고 교주가 된 후 그녀를 찾았지만 그녀는 남편과 딸의 죽음을 듣고 이미 스스로 목숨을 끊은 후였다.

"그 아이는 이미 죽은 것으로 아는데 살아 있었단 말이오?"

옥능소는 모혜란에게 아이가 있었다는 건 알고 있었지만 이름까진 알지 못했다. 당시 야도에서 수련을 하고 있었던 그 아이는 염무극과 모혜란이 죽을 때 같이 죽은 것으로 알고 있었다.

"저도 최근에야 안 사실인데 어떻게 손을 썼는지 야도에서 훈련 중 사고로 죽은 동기의 신분으로 위장해 살아왔다고 합니다."

"음… 그 아이가 살아 있다는 것은 이제 알겠소. 그런데 그 아이와 놈을 꾀어내는 게 무슨 상관이란 말이요?"

옥능소는 기억하고 싶지 않은 기억을 건드려서인지, 적 선생이 이야기를 돌려 말하는 게 마음에 들지 않아서인지 퉁명스럽게 물었다.

"염휘란의 이름 중 염과 란은 부친의 성과 모친의 이름에서 한 자씩 따온 것입니다. 그런데 중간의 휘 자는 누구에게서 따왔는지 아시겠습니까?"

이번엔 옥능소도 알 수 있었다.

염휘란의 휘자는 종가휘의 이름에서 따온 것이다.

모혜란은 염무성의 부인이기도 했지만 종가휘의 야도 동

기이기도 했다. 종가휘가 마교에서 마음을 준 몇 안 되는 인물 중 한 명이었다.

적 선생은 옥능소의 얼굴이 찌푸려지자 다음 말을 이었다.

"그 아이가 살아 있음을 알게 되면 종가휘는 반드시 나타날 것입니다."

"아무리 친구의 딸이라지만 함정인 걸 알고도 나타난다는 말이요? 그리고 이 방법은 이전에 한 번 썼지 않았소?"

종가휘는 모혜란이 살아 있다는 마교의 거짓 소문에 그녀를 찾으러 갔다가 기련산에서 죽음을 맞았다.

종가휘는 소문이 마교의 함정임을 알고 있었지만 위험을 무릅쓰고서라도 확인을 해보지 않을 수가 없었다. 죽어가던 친구 염무성과의 약속 때문이었다.

"의심해도 상관없습니다. 놈이 관심을 가져 주는 것만으로도 반은 성공인 셈입니다. 그러다 놈이 단 한 번이라도 소문을 확인하려 든다면 절대 빠져나올 수 없을 것입니다."

적 선생은 옥능소에게 자신의 계획을 차근차근 설명하기 시작했다.

처음엔 반신반의하던 옥능소의 얼굴이 마지막엔 살짝 미소까지 감돌았다.

운정의 몸속에 종가휘가 살아 있음을 알기에 꾸밀 수 있는 계략이었다.

第四章
산적

운정은 대천대를 떨쳐 낸 뒤에도 한동안 멈추지 않고 달렸다.

잠영은사포는 낮엔 무용지물이기에 밤에만 착용을 했다.

그렇게 이틀을 더 달리고서야 한숨을 돌릴 수 있었다.

"여기가 합양(合陽) 인근이니 이틀만 더 달리면 만날 수 있겠구나."

운정은 영옥과 영영이 타고 간 마차의 속도와 자신이 그간 달려온 거리를 가늠해 보더니 다시 달리기 시작했다.

운정은 숲길을 따라 이틀을 더 달렸지만 영옥과 영영이 탄 마차를 찾을 수가 없었다.

분명 이쯤 어디에 있어야 하는데 마차가 보이지 않자 운정은 주위를 살펴보기 시작했다.

종가휘의 안가로 가는 길은 이곳 한곳밖에 없어 길이 엇갈릴 일은 없었다.

운정은 그동안 지나오며 영옥과 영영을 보지 못했기에 자신의 예상보다 더 멀리 갔을 거라 생각하고 길을 따라 좀 더 달려가 보기로 했다.

하지만 아무리 달려도 영옥과 영영을 태운 마차는 보이지 않았다.

"혹, 마차에 이상이 있거나 산적을 만난 거 아냐?"

운정은 불쑥불쑥 솟아나는 불길한 생각에 가만있지 못하고 연신 길을 따라 달렸다.

하지만 그날 해가질 때까지 영옥과 영영이 모는 마차를 찾을 수가 없었다.

"마차를 아무리 빨리 몰아도 이곳까지 오긴 무린데…….
설마 내가 앞질러 왔나?"

운정은 자신이 영옥과 영영을 앞질렀을 수도 있었기에 다시 왔던 길을 되돌아가기 시작했다. 날이 어두워져 영옥과 영영이 마차를 한쪽에 세워두고 노숙을 할 수도 있기에 경공을 사용하지 않고 천천히 주위를 살피며 걸어갔다.

아직 삼월이라 밤공기가 차가웠지만 운정은 추위를 느끼지 못했다. 그보다 영옥과 영영을 못 찾으면 어쩌나 하는 초조함이 더 컸기 때문이다.

운정은 해가 뜰 때까지 왔던 길을 되돌아가 봤지만 그들의 모습을 찾을 수가 없었다. 한참을 걸어왔는데도 영옥과 영영이 보이지 않자 다시 길을 되돌아가기 시작했다.

해가 질 무렵 운정은 생각도 정리하고 휴식도 취할 겸 근처의 나무둥치에 걸터앉았다.

"두목, 어제부터 웬 놈이 길을 왔다 갔다 하면서 신경 쓰이게 하는데요."

"신경 쓰지 마라 경공을 쓰는 걸 보니 무림인이다. 괜히 기척이라도 냈다간 봉변을 당할지도 모르니 당분간은 구역 내에서만 장사하도록 해라."

수풀에 몸을 가린 채 운정을 지켜보고 있던 네 명의 사내 중 광대뼈가 유난히 돌출된 사내가 덩치가 우람한 사내를 두목이라 부르며 말했다.

이들은 운정이 앉아 있는 길에서 십오 리 정도 떨어진 곳에 근거지를 둔 산적들이었다.

최근 자신들 구역에 사람들의 발길이 뜸하자 새로운 작업장을 찾아 나섰다가 이곳의 길이 잘 닦여 있어 가끔씩 이곳에 작업을 하러 나오곤 했다.

그동안 이곳에서 제대로 손님을 받아본 적이 없었는데 이틀 전 공짜나 다름없던 마차 하나를 턴 후부터는 줄곧 이곳으로 출근을 하고 있었다.

오늘도 대박 손님을 기대하며 출근했는데 지나가라는 행인은 없고, 뭐 마려운 강아지처럼 줄기차게 뛰어다니는 웬 미친놈만 하나 있었다.

"춘삼월에 더위를 먹었나. 다른 좋은 데 놔두고 왜 남의 영업장에서 뛰어다니고 지랄이야."

광대뼈가 돌출된 산적은 미친놈처럼 뛰어다니는 운정이 무림인만 아니면 당장 뛰쳐나가 요절을 내주고 싶었다.

운정이 평소처럼 마음이 평정했더라면 진작 이들의 존재를 눈치 챘겠지만 지금은 보이지 않는 영옥과 영영으로 인해 마음이 초조하고 복잡했다.

뛰어다닐 땐 느끼지 못했던 이들의 기척을 바닥에 주저앉은 지금에서야 느낄 수 있었다.

'누구지?'

운정은 건너편 숲에서 누군가 지신을 주시하는 듯한 기분이 들자 그곳으로 신경을 집중했다. 무림맹에서 보낸 또 다른 추적자일지도 모르기 때문이었다. 신경을 집중시키자 숨어있는 자들의 대화 소리가 희미하게 들리기 시작했다. 운정은 청력을 최대한 집중해 그들의 대화 소리를 엿듣기 시작했다.

'이놈들 산적이구나!'

운정은 미세하게 들리는 이들의 대화에 산적임을 금세 알 수 있었다.

"이놈들아 뭐 하냐? 해 지는데 이만 돌아가자."

"두목 지금 갑니다. 근데 저놈은 지치지도 않는지 하루 종일 뛰어다니네요."

"원래 무림인이란 것들이 그래."

산적들은 해가 지기 시작하자 영업을 파하고 본거지로 돌아가기 시작했다.

한참을 걷던 산적들은 사위가 완전히 어둠에 잠기고서야 본거지인 낡은 움막 앞에 도착할 수 있었다.

"씨발! 오늘 하루도 공쳤네. 이러다가 산 입에 거미줄 치게 생겼어!"

"그래도 이틀 전에 한 건 해서 당분간은 버틸만 하잖아."

"두목 내일은 여기 말고 옆 산으로 한번 가봅시다."

"옆 산으로 간다고 뭐가 달라지겠냐? 이 동네가 원래 드나드는 사람이 워낙 적은 동네라 어딜 가나 마찬가지야. 그 덕에 방해할 놈들이 없어 한 놈 걸리면 완전히 뽕을 뽑을 수 있잖아."

"크크크, 그건 그래요."

산적들은 자기들끼리 신나서 키득거리며 움막으로 향했다.

"두목, 근데 종일 뛰어다니던 아까 그놈 내일도 나타나진 않겠지요?"

광대뼈가 돌출된 산적이 두목에게 물었다. 한데 대답이 없었다.

"두목?"

재차 불렀지만 대답이 없자 산적들은 자신들 뒤에서 걸어오던 두목을 돌아봤다.

"뭐, 뭐야!"

"네놈은!"

산적들이 돌아보자 어느새 다가왔는지 운정이 두목의 목줄기를 움켜쥔 채 노려보고 있었다.

"크윽……."

산적 두목은 목줄기를 우악스럽게 잡혀 신음 소리만 흘리고 있었다.

"두, 두목……."

산적들은 자신들 중 가장 강한 두목이 평범해 보이는 운정에게 반항 한번 하지 못하고 제압당했다는 사실을 믿을 수가 없었다. 두목은 자신들 셋이 한꺼번에 덤벼들어도 이길 수 없을 정도로 힘이 장사였기 때문이다.

한데, 호리호리해서 힘도 없어 보이는 운정이 한 손으로 두목의 목줄기를 잡고 있으니 왜 무림인을 만나면 무조건 피하라고 하는지 알 것 같았다.

"지금부터 내가 묻는 말에 한 치의 거짓도 있어선 안 된다. 만약 거짓을 말했다간 이놈의 목이 꺾이는 것은 물론이고 너희들도 무사하지 못할 것이다."

운정이 메마른 목소리로 스산하게 말하자 산적들은 저도

모르게 마른침을 꿀꺽 삼켰다.

"최근 이삼 일 사이 스무 살 정도의 여자와 열 살 정도의 여자 아이가 마차를 타고 지나가는 걸 본 적 있나?"

운정의 물음에 산적들의 얼굴이 창백해졌다. 대답은 없었지만 이들의 표정으로 알 수 있었다.

"어디 있나?!"

"그, 그게……."

"어디 있나? 그들이 어디 있냔 말이다!"

운정은 자신이 우려하던 일이 생기지 않길 바랐다.

자신이 알고 있기를 산적들은 여자를 잡으면 인신매매 범에게 헐값으로 팔아넘긴다고 했다. 한번 인신매매 범에게 팔려가면 여간해선 찾을 수가 없다.

다행히 중원 내에서 팔린다면 운이 좋아 만날 수도 있겠지만 대부분의 여자들은 외국으로 팔려가기 때문이다.

"벌써 팔아넘긴 것이냐!"

산적들이 우물쭈물하자 운정은 잡고 있던 산적 두목의 복부에 주먹을 꽂아 넣으며 소리쳤다.

픽!

"커억!"

내공을 운기하지 않기에 섬광이 터져 나오진 않았지만 두목은 운정의 주먹을 맞는 순간 절로 다리가 꺾이고 숨이 막혀 옴을 느꼈다.

"아, 아닙니다! 아직 팔지 않았습니다!"

무릎을 꿇고 주저앉은 두목을 보고 산적이 놀라 소리쳤다.

"그러니까 어디 있냐고!!"

운정이 다시 한 번 주먹을 들어 올려 두목의 복부를 가격하며 소리쳤다.

"저, 저기 창고에 가둬놨습니다!"

운정은 영옥과 영영이 이곳에 있다는 말에 두목을 질질 끌고 산적이 가리킨 창고 앞으로 걸어갔다.

"열어라!"

창고 문은 굵은 줄로 밖에서 잠겨 있었다.

산적은 운정의 스산한 목소리에 놀라 서둘러 창고 문을 열었다.

끼이익.

낡은 경첩 소리와 함께 창고 문이 열렸다.

그리고 그 안에 전신에 피를 묻힌 채 정신을 잃고 쓰러져 있는 영옥과 영영이 보였다.

운정은 피칠갑을 한 채 쓰러져 있는 영옥과 영영을 보는 순간 눈앞이 하얘지고 현기증이 이는 걸 느꼈다.

혹시 죽은 게 아닐까 싶어 급히 확인해 보니 다행히 숨은 붙어 있었다.

가뜩이나 살벌하던 운정의 눈빛이 순식간에 살기로 가득 차 올랐다.

"그, 그게… 반항이 하도 심해서……. 보십시오. 그년이 깨물어서 팔뚝의 살이 한 점이나 날아갔습니다."

산적은 온몸을 저미는 운정의 살기를 감당하기 힘들어 애써 변명을 하려 했는데 그 변명이 오히려 운정의 화를 자극하고 말았다.

두목의 목줄기를 쥐고 있던 운정의 손아귀에 힘이 들어갔다.

뿌드득.

"끄, 끄륵."

소름끼치도록 기분 나쁜 소리가 들리더니 산적 두목의 목에서 가래가 끓는 듯한 소리가 새어 나왔다.

그리곤 조용해졌다.

목뼈가 으스러져 비명조차 남기지 못하고 죽어버린 것이다. 산적들은 온몸을 부들부들 떨며 바지에 오줌을 지리기 시작했다.

운정은 목뼈가 으스러져 머리가 덜렁거리는 두목의 시체를 바닥에 질질 끌며 온몸을 떨고 있는 산적들에게로 다가갔다.

"제발!"

산적은 떨어지지 않는 입을 간신히 떼어 운정에게 제발 살려달라고 말했다.

하지만 운정의 귀엔 산적의 애원이 들려오지 않았다.

운정의 몸은 느리다 싶을 정도로 천천히 움직였는데 산적의 목을 향해 뻗어지는 손길은 눈으로 확인할 수 없을 정도로 빨랐다.

"컥!"

운정에게 목줄기를 내준 산적은 숨이 막히는지 컥컥거렸다.

숨이 막혀 얼굴이 벌겋게 달아오른 산적의 얼굴을 잠시 바라보고 있던 운정은 일말의 망설임도 없이 산적의 목을 꺾어 버렸다.

빠드득.

목이 꺾인 산적은 눈도 감지 못한 채 그대로 절명했다.

두목이 죽고 또다시 동료 한 명이 죽자 산적들은 이제 울먹거리기 시작했다.

운정은 이들을 살려둘 생각이 전혀 없었다. 이들을 살려준다면 분명 이곳이 아닌 다른 어딘가에서 이곳과 똑같은 짓을 할 것이기 때문이다. 자신이 정의감에 불타는 열혈남아거나 협객이어서가 아니다. 지인에게 상처 입히고 남의 생혈을 빨아먹고 사는 버러지들을 살려둘 정도로 마음이 넓은 사람이 아니기 때문이다.

운정은 양손에 들고 있던 두목과 산적의 시체를 바닥에 팽개치고 그대로 몸을 날려 남은 산적 세 명의 목도 순식간에 분질러 버렸다.

목이 꺾인 채 황량한 움막 앞에 널브러져 있는 다섯 구의 시체는 날씨만큼이나 을씨년스러워 보였다.

"후우……."

운정은 깊은 한숨을 내쉬었다.

다섯 명의 산적을 죽인 자신도 마음에 들지 않고, 자신에게 살수를 쓰게 만든 산적들도 마음에 들지 않아서였다.

잠시 시체들을 바라보고 있던 운정은 이내 시체들을 짊어지고 어딘가로 달려가기 시작했다.

시체를 이곳에 방치해 둘 순 없었기 때문이다.

한참을 숲길을 따라 달리던 운정이 멈춰 선 곳은 물살이 거센 계곡이었다.

운정은 계곡으로 다가가 산적들의 시체를 그곳으로 던져 버렸다. 잠시 물살에 삼켜지는 시체들을 바라보다 이내 신형을 돌려 산적들의 움막으로 다시 향했다.

창고로 돌아온 운정은 정신을 잃고 있는 영옥과 영영을 움막 안으로 옮겼다.

움막 안은 지저분했지만 창고보단 나았다.

바닥에 영옥과 영영을 눕힌 운정은 근처에 있던 천에 물을 묻혀 몸에 들러붙어 있는 피를 닦아내기 시작했다. 놈들은 어린 영영에게도 폭력을 가했는지 몸 곳곳에 멍이 들고 상처가 나 있었다.

운정은 산적들을 좀 더 고통스럽게 죽이지 않은 게 후회스러웠다.

한참 만에 핏자국을 다 지운 운정은 이내 움막 안을 뒤져 약이 없는지 찾았다. 반 시진 가량 뒤지고 나서야 반쯤 쓰다 남은 금창약 한 통을 찾을 수 있었다.

운정은 아쉬운 대로 금창약을 영옥과 영영의 상처에 발랐다.

영영은 그나마 가벼운 상처를 입었지만 영옥의 상처는 보고 있기에도 끔찍할 정도의 상처를 입고 있었다.

운정은 영옥의 상태가 좋지 않자 급한 대로 음양종선공을 일으켜 영옥의 몸속에 조금씩 흘려 넣기 시작했다.

'내가 조금만 빨리 왔어도 이런 일은 없었을 텐데…….'

운정은 자신이 조금만 빨리 왔어도 영옥과 영영이 산적들에게 잡히는 불상사는 없었을 것이라 생각했다.

'빌어먹을 무림맹!'

운정은 이 모두가 무림맹이 씌운 누명 때문이라 생각했다. 강호에서 가장 큰 단체라는 마교와 무림맹이 자신을 괴롭게 만들고 있었다.

운정의 내기를 받자 영옥의 상태가 조금씩 나아지는 듯했다. 한동안 내기를 쏟아 넣던 운정은 영옥의 상태가 조금은 나아진 듯하자 이내 내기를 거두고 영영을 바라봤다.

영영이 악몽을 꾸는지 인상을 찌푸린 채 몸을 꿈틀거리고 있었다. 운정은 영영에게 다가가 머리를 쓰다듬었다.

"이제 괜찮아."

몸을 꿈틀대던 영영은 운정의 따뜻한 손길을 느꼈는지 조금씩 움직임이 줄어들더니 이내 깊은 잠 속으로 빠져들었다.

운정은 밤새 한숨도 자지 못하고 영옥과 영영의 곁을 지켰다. 특히 영옥은 수시로 내기를 흘려 넣어줘야 했다. 마땅한 약이 없던 운정이 할 수 있는 최선의 방법이었다.

아침 해가 떠오를 때가 되자 비교적 상처가 적은 영영이 깨어났다.

영영은 잠에서 깨어나 눈을 뜨더니 한동안 멍한 표정을 짓고 있었다.

큰 눈을 깜빡거리던 영영이 이내 손을 들어 자신의 눈을 비볐다. 비빈 눈을 다시 깜박거리던 영영의 눈가에 조금씩 물기가 차오르더니 이내 왈칵 눈물을 쏟아냈다.

그리고 벌떡 일어나 운정의 품속으로 뛰어들며 서럽게 울기 시작했다.

"오빠! 운정 오빠!!"

운정은 엉엉 소리 내 우는 영영의 등을 토닥여 주며 조용히 말했다.

"이제 괜찮아. 걱정하지 마."

한참을 소리 내 울던 영영은 마음이 진정되자 산적들이 했던 짓을 하나둘 말하기 시작했다.

길 중간에 줄을 연결해 억지로 마차를 세운 산적들은 돈과 식량을 전부 빼앗고 영옥과 영영을 지저분하고 어두운 창고에 가뒀다. 영옥과 영영은 공포에 질려 살려달라고 문을 두드렸지만 다시 일터로 나간 산적들에게서 반응이 있을 리 없었다. 그렇게 시간이 흘러 밤이 되자 산적들은 창고로 돌아와 영옥과 영영을 끌어내기 시작했다.

영옥과 영영은 본능적으로 위기를 느끼고 창고에서 빠져나오지 않기 위해 몸부림을 쳤다. 그 가운데 몸싸움이 일어났고, 영영을 끌어내려는 산적을 막기 위해 영옥은 산적의 팔뚝을 필사적으로 물어뜯었다. 산적의 살점이 한 움큼이나 떨어져 나가고, 분노에 찬 산적은 영옥을 발로 차고 밟기 시작했다. 근 한 시진 가까이 지속된 폭행에 영옥과 영영은 실신하고 말았다. 영영은 영옥이 몸으로 감싸 안아 그나마 큰 상처를 입지 않았지만, 영옥은 운정이 확인하고 입술을 깨물었을 정도로 심한 상처를 입었다.

산적들은 다음날 밤 또다시 찾아왔다. 영옥은 더 이상 반항할 힘도 없었다. 산적들이 자신을 끌고 나가려 하자 창고 한켠에 굴러다니던 부러진 나뭇가지로 목을 찔러 스스로 목숨을 끊으려 했다. 영영은 목에 나뭇가지를 꽂고 죽으려는 영옥의 모습에 놀라 울고만 있었다.

영영은 겁에 질린 가운데 운정의 이름만 불렀다. 영영이 세상에 의지할 만한 사람은 영옥과 운정 둘밖에 없었기 때문이다.

산적들은 영옥이 죽으면 팔 수가 없었기에 그걸 막는다고 다시 한 번 실랑이를 벌였다. 그 과정에 나뭇가지가 영옥의 목으로 반쯤 파고들었고, 영옥은 피를 흘리며 바닥으로 쓰러졌다. 산적들은 제 목에 나뭇가지를 박고 쓰러지는 영옥에게 질려 지독한 년이라 욕하며 창고 문을 밖에서 잠가 버렸다.

영영은 영옥의 목에서 계속 피가 흘러나오자 어찌할 바를 몰랐다. 그저 자신의 옷을 찢어 영옥의 목을 감싸 쥔 채 눈물만 떨어뜨려야 했다.

잠이 오지만 도저히 잠을 잘 수가 없었다. 자신이 이대로 잠들면 영옥이 그사이 죽어버릴 것만 같았기 때문이다. 그리고 다음날 눈을 뜨면 또다시 산적들이 창고로 들이닥칠 것만 같았다.

영영은 그 같은 공포에 잠을 이루지 못하고 밤새도록 울다가 아침 해가 뜰 때쯤 자신도 모르게 지쳐 잠이 들었다.

그렇게 하루가 지나고 눈을 떠보니 자신의 눈앞에 믿기 힘들게도 운정의 얼굴이 보였다.

영영은 자신이 헛것을 본 것이라 생각하고 눈을 비벼 봤지만 분명 자신의 눈앞에 있는 사람은 운정이었다.

운정은 영영의 이야기를 듣는 내내 괴로웠다.

이미 죽은 산적들을 다시 살려 영영과 영옥이 받은 고통을 똑같이 돌려주고 싶었지만 이미 그들은 이 세상 사람이 아니었다.

"오빠, 빨리 이곳에서 도망쳐야 돼. 언제 산적들이 몰려올지 모른단 말이야!"

운정에게 그간의 일들을 이야기하던 영영은 갑자기 생각난 듯 얼굴이 창백해져 소리쳤다.

"괜찮아. 오라비가 그놈들을 모두 쫓아내 버렸으니까."

영영은 그동안의 경험으로 운정이 세상에서 가장 강한 사람이라 생각했다. 그런 운정이 산적들을 쫓아보냈다니 영영은 그제야 안심할 수 있었다.

"근데 언니는 괜찮을까?"

영영은 자신을 보호하려다 큰 상처를 입은 영옥이 걱정됐다.

"괜찮을 거야. 아니 반드시 괜찮아질 테니 영영은 걱정하지 마."

운정은 마치 자신에게 다짐하듯 말했다.

운정은 아침 해가 완전히 떠오르자 영옥을 등에 업었다.

"영영아, 이리와."

운정은 영옥을 등에 업고 영영을 가슴에 안은 상태로 경공을 펼치기 시작했다.

영영은 처음 경험해 보는 빠른 속도에 놀라 말을 잊었다.

귓가를 스치는 천둥 같은 바람 소리와 순식간에 사라지는 주변 경치들에 압도돼 운정의 품속으로 파고들었다.

운정은 영옥과 영영을 데리고 의방이 있는 큰 마을을 찾아 나서기 시작했다.

이곳에서 가장 가까운 의방이 있는 마을은 포성(蒲城)이었다. 운정은 영옥을 업고 영영을 안아든 채 두 시진을 달려 포성에 도착할 수 있었다.

포성 시내에 들어선 운정은 사람들에게 물어 의방을 찾아 갔다.

"쯧쯧, 도대체 이 아가씨한테 무슨 짓을 한 건가?"

영옥의 상처를 살피던 의원이 혀를 차며 물었다.

"여행을 하다가 산적들을 만났습니다."

운정은 사실을 말했지만 의원의 눈빛은 전혀 믿는 눈치가 아니었다.

"아무리 부부간의 일이라지만……. 이건 너무 심한 데……."

의원은 운정과 영옥이 부부이고, 부부싸움을 하다 운정이 영옥을 때린 걸로 생각했다.

영옥의 상처는 산적에게 당했다기보단 누군가에게 폭행을 당한 걸로 보였기 때문이다. 산적이 귀찮게 손발로 사람을 때릴 일은 없었다. 마음에 안 들면 한 방에 죽일 수 있는 흉기들이 널렸기 때문이다.

"다른 상처는 보름 정도 치료하면 괜찮아질 듯한데 여기

목에 생긴 상처는 꽤 치료하기 까다롭겠어."

목의 상처를 치료하려면 돈이 많이 든다는 소리였다.

"돈은 충분히 있으니 깨끗이 나을 수 있게 잘 좀 치료해 주세요."

다행히 산적들의 움막에 은자가 꽤 남아 있어 영옥의 치료비를 크게 걱정하지 않아도 됐다.

"흠, 흠. 치료하는 거야 문제가 없는데 목의 상처는 없어지지 않을 게야. 도대체 뭘로 찔렸기에 이런 상처가 생겼나?"

의원은 환자를 앞에 두고 돈 얘기를 꺼냈던 게 민망했던지 헛기침을 하며 말을 돌렸다.

운정은 치료를 해도 영영의 목에 흉이 남는다고 하자 마음이 무거워졌다.

"그런데 언제쯤 정신을 차릴까요?"

"뭐, 치료가 끝나면 늦어도 내일 오전 중엔 깨어날 게야."

"알겠습니다. 잘 좀 부탁드리겠습니다."

운정이 은자 두 개를 의원의 손에 쥐어주며 말했다.

"걱정 말게 내가 이래 봬도 여기 포성에선 제일 실력있는 의원으로 통하거든!"

'돈을 제일 밝히는 의원이겠지.'

은자를 받아든 의원이 희희낙락 사라지자 운정은 영영을 돌아봤다.

"시간이 걸릴 것 같으니 일단 밥이라도 먹으로 가자."

운정은 영영의 손을 잡고 식당으로 향했다.

식당에 도착한 운정은 밥을 먹으면서 앞으로의 일들을 생각했다.

영옥의 치료를 위해선 어쩔 수 없이 이곳에 보름간 머물러야 하는데, 그렇게 되면 무림맹의 추적자들이 자신의 흔적을 찾아낼지도 몰랐다.

'최대한 사람들과의 접촉을 피해야 하는데……'

만나는 사람들이 많을수록 자신의 흔적이 무림맹의 귀에 들어갈 확률이 높았다.

운정은 영옥이 치료하는 동안 옆에 있어주고 싶었지만 어쩔 수 없이 보름간 의방에 맡겨놓고, 자신과 영영은 산적들의 움막에서 지내야겠다고 생각했다.

영영에겐 안 좋은 기억이 있어 다시 가고 싶지 않은 곳이겠지만, 흔적을 남기지 않으려면 아무도 위치를 알지 못하는 산적들의 움막만큼 좋은 곳이 없었다.

운정은 생각을 정리하고 자리에서 일어났다.

"영영아, 밥 먹고 있어. 오라비는 잠시 시장에 다녀올게."

운정은 앞으로 산적들의 움막에서 보름간 지내려면 식량과 간단한 세간이 있어야 했기에 물건을 사러갈 참이었다. 한데 운정이 자리에서 일어나자 영영도 덩달아 일어났다.

"오빠 같이 가."

영영이 무언가에 쫓기는 듯한 눈빛으로 운정의 옷자락을

붙잡았다.

'어제 그런 일을 당했으니 불안할 만도 하지.'

운정은 혼자 있기 싫은 영영의 불안한 마음이 이해돼 함께 시장으로 향했다.

시장을 다녀온 운정은 보름치 치료비를 넉넉히 지불하고 영옥을 의방에 머물 수 있게 해달라고 부탁했다. 의원은 환자가 의방에 머물며 치료받는 게 통원 치료를 하는 것보다 훨씬 이득이었기에 흔쾌히 받아들였다.

그날부터 운정과 영영은 산적들의 움막에서 머물며 하루에 한 번 의방에 들려 영옥의 상세를 살피며 생활했다.

의원이 돈을 좀 밝히긴 하지만 자신의 말대로 실력은 있는지 영옥의 상처는 하루가 다르게 아물어갔다.

"단 소협, 이제 그만 퇴원해도 될 것 같아요."

의방에서 치료를 시작하고 일주일이 되던 날 영옥이 말했다.

"의원이 보름의 치료 기간이 필요하다고 했어요. 앞으로 일주일 정도는 충분히 시간이 있으니 걱정 말고 치료에 전념하세요."

운정은 무림맹에 쫓기는 자신을 영옥이 걱정해서 하는 말이라 생각했다.

"아니에요. 정말 상처가 다 나아서 하는 말이에요. 목의 흉터는 아직 남아 있지만 몸은 완전히 다 나았어요."

"언니, 진짜 몸 다 나았어?"

"그래, 영아가 걱정해 줘서 언니 몸이 다 나았어."

영옥의 말을 듣고 운정이 살펴보니 과연 상처가 거의 치료가 된 상태였다.

"분명 보름의 치료 기간이……. 이놈의 의원이 돈을 벌려고 일부러 기간을 늘려 말했구나."

"네?"

"아니에요. 그냥 혼잣말이에요."

운정은 돈을 밝히는 의원이 일부러 치료 기간을 길게 잡았다는 사실을 알 수 있었다.

"그럼, 내일 퇴원하도록 할까요?"

"아니요. 저는 오늘 퇴원했으면 해요."

"언니, 그럼 이제 우리랑 같이 가는 거야?"

"그럼, 오늘부터 영아랑 같이 있을 수 있어."

"와! 신난다!"

그동안 의방에서 치료만 받느라 답답했었는지 영옥은 오늘 퇴원하겠다고 말했다.

"그럼, 말 나온 김에 바로 준비해서 퇴원하도록 하지요."

운정은 영옥의 퇴원이 빨라져 내심 잘됐다고 생각했다. 무림맹에 쫓기는 입장이다 보니 사람의 왕래가 잦은 이곳에 머무는 시간은 짧을수록 좋기 때문이다.

운정과 영옥 자매가 퇴원 준비를 하고 있는데 마침 의원이 찾아왔다.

운정은 자신에게 사기를 치려고 한 의원에게 한마디하고 싶었지만 그냥 넘어가기로 했다. 괜히 이곳에서 의원과 시비를 벌였다간 안 좋은 상황이 벌어질 수도 있었기 때문이다.

"자네 뭐 하는 겐가?"

영옥의 상태를 보러왔던 의원은 짐을 챙기고 있는 운정과 영옥 자매를 보고 물었다.

"마침 잘 오셨습니다. 안 그래도 퇴원하기 전에 찾아뵐 생각이었는데."

"퇴원을 하겠다니? 무슨 소린가?"

"동생의 몸이 다 나은 듯해서 이제 집으로 데려가려 합니다."

운정은 의원이 계속 영옥과 자신을 부부로 오해하자 남매지간이라고 말했었다.

"안 될 말이네! 아직 치료가 다 끝나지 않은 환자를 퇴원시키겠다니? 내가 비록 돈을 받고 이일을 하고 있지만 한번 맡은 환자에겐 최선을 다하는 사람일세. 아직 완치도 되지 않은 환자를 퇴원시킬 수는 없네."

'빌어먹을 영감탱이. 돈 내놓으라고 할까 봐 헛소리를 늘어놓긴.'

운정은 '남은 일주일치 치료비를 돌려 받을 생각은 없으니 괜히 걱정해 주는 척하지 마' 라고 말해주고 싶었지만 참았다.

"의원님의 생각은 잘 알겠지만 사정이 있어 오늘 퇴원해야겠습니다."

"안 된다니까 그러네. 내가 말했지 않나 치료가 모두 끝나려면 보름이 걸린다고. 이제 일주일밖에 지나지 않았는데 어떻게 퇴원을 하겠다는 말인가? 절대 오늘 퇴원할 수 없네!"

"환자가 퇴원을 하겠다는데 의원님이 왜 자꾸 말리시는 겁니까?"

"당연히 말릴 수밖에! 오늘 자네 동생이 퇴원하겠다는 것은 나보고 돌팔이 의원이 되라는 말과 다름없네!"

"하……."

처음엔 의원이 치료비를 돌려주기 싫어서 퇴원을 말리는 거라 생각했다. 그래서 치료비를 돌려 받을 생각이 없다고 말하려 했는데 뭔가가 이상했다. 의원이 실랑이를 벌이는 내내 안절부절못하고 있었기 때문이다.

운정이 의원의 이상한 점을 발견했을 때 한 무리의 사람들이 다급히 의방으로 들어서는 게 보였다.

"이쪽입니다!"

사람들이 들어서는 모습을 보고 의원이 소리쳤다.

의원의 외침에 무기를 든 십여 명의 사람들이 달려와 운정과 영옥 자매를 에워쌌다.

"여기, 이 여자 아이가 바로 그 아이입니다. 분명 등에 문신이 새겨져 있는 걸 제가 확인했습니다!"

의원은 영영을 가리키며 녹색 장포를 걸친 중년인에게 말했다.

중년인은 의원의 말에 영영과 영옥, 그리고 운정을 순서대로 훑어봤다.

"네놈이 추 공자를 죽였다는 그놈이로구나."

운정은 이들의 가슴에 새겨진 흑(黑) 자를 보고 흑노방의 무인들임을 어렵지 않게 알 수 있었다.

운정은 일이 귀찮게 됐다고 생각했다. 이들을 해치우는 건 문제가 아니지만 그 후가 문제였다. 이들과 싸운다면 큰 소동이 일어날 것이고 분명 무림맹의 귀에도 들어갈 것이기 때문이다.

'어차피 이곳을 빠져나가려면 소동을 피할 길이 없다. 이들을 처치하고 최대한 빨리 안가로 가는 수밖에.'

운정은 고민해 봤자 이들과의 싸움을 피할 수 없었기에 영옥과 영영을 자신의 뒤로 물러서게 했다.

운정은 영옥과 영영이 뒤로 물러나자 중년인을 바라보던 눈을 의원에게로 돌렸다.

"돼지 같은 새끼!"

운정의 살기 담긴 눈빛에 의원은 깜짝 놀라 뒷걸음질쳤다.

"이놈이 지금 장로님의 말을 무시하는 것이냐!"

운정이 물음에 답하지 않고 의원에게 욕을 하자 중년인의 옆에 있던 사내가 분기탱천해 달려들었다.

"그래, 추곡문 그 개새끼를 죽인 게 나다! 영영! 눈감아!"

운정은 사내가 달려들자 마주 달려가며 소리쳤다.

어차피 벌일 싸움이라면 최대한 빨리 끝내야 했다. 그리고 상대가 사파였기에 손속에 인정을 둘 생각도 없었다.

스스슷.

"헛!"

갑자기 운정의 몸이 흐릿해지더니 순식간에 자신의 눈앞에 나타나자 달려들던 사내는 깜짝 놀라 헛바람을 집어삼켰다.

쾅!

운정의 주먹이 바람을 가르고 날아가 폭음과 함께 백색 섬광을 일으켰다.

달려오던 사내는 운정의 주먹을 맞고 그대로 바닥에 뻗어 버렸다.

꿈틀거리며 경련을 일으키는 사내의 얼굴은 마치 망치로 내려친 듯 함몰돼 있었다.

흑노방의 장로는 바닥에 쓰러진 수하를 보는 순간 무언가 머릿속을 스치는 게 있었다.

"이놈!!"

동료가 쓰러지자 십여 명의 흑노방 무인들이 일제히 달려들었다.

운정은 마영신보를 이용해 흑노방 무인들 사이를 가로지르며 한 명씩 쓰러뜨리기 시작했다.

음양종선공 일단공을 이루며 외부로 표출되는 기운을 완전히 갈무리하게 된 운정은 그냥 보기엔 평범한 시골 청년처럼 보였다.

의원은 평범한 시골 청년으로 보였던 운정이 이런 무공의 고수일 거라곤 상상도 하지 못했다.

흑노방의 장로도 의원의 생각과 크게 다르지 않았다. 다만 운정이 무공을 익힌 고수라는 건 이미 알고 있었다는 게 조금 다를 뿐이다.

각척율이 임무에 실패하고 추곡문이 살해됐다는 이야기를 들었을 때, 운정이 어느 정도 강할 건 예상했었다.

그래서 이번에 자신이 방의 임무를 수행하게 된 것이다.

흑노방의 장로는 처음 수하가 쓰러지고 운정이 기이한 권법을 쓸 때 머릿속을 스치는 인물이 있었다. 하지만 반신반의했었다. 한데 지금 보니 자신의 머릿속에 떠오른 인물이 지금 자신의 수하를 도륙하고 있는 인물이 분명했다.

'일권일사!'

분명 눈앞의 인물은 아진평에서 멸천마 대주를 일권에 꺾어 일권일사란 별호를 가진 이가 분명했다. 게다가 최근엔 대천대를 단신으로 꺾었단 소문까지 떠돌고, 한술 더 떠 초절정에 이른 고수란 소문까지 나돌 지경이었다.

흑노방 장로는 운정이 일권일사란 생각이 들자 더 이상의
싸움은 무의미하다 생각됐다.

"멈추시오!!"

흑노방 장로가 소리쳤다.

"미친놈! 멈추란다고 멈출 것 같으냐!"

운정은 흑노방 장로의 말에 황당함을 느꼈다. 싸움을 걸어
올 땐 언제고 불리하다 싶으니 멈추려 한단 말인가.

자신은 무림맹에 흔적을 노출시키지 않기 위해서라도 이
곳의 흑노방 무인들을 모두 죽여야만 했다.

흑노방 장로는 운정의 대답을 듣고서야 그가 이곳의 모두
를 죽이려 한다는 걸 알 수 있었다.

흑노방 장로는 운정이 아진평에서 마교를 상대로 전투를
치렀었고, 대천대와도 싸운 이력이 있기에 사파의 인물이라
생각했다. 그래서 운정을 멈추게 한 후 일정의 보상을 하고
물러나려 했다.

보통 사파의 무인들은 승패가 갈린 상황에선 상대를 죽이
기보단 일정의 보상을 받고 싸움을 끝내는 일이 잦기 때문이
다. 이러한 상황이 통용되지 않는 경우가 있는데, 상대가 희
대의 살성이거나, 같은 하늘을 지고 살 수 없는 원수일 경우
였다. 하지만 운정과 자신들은 추곡문 때문에 얽힌 사이니 직
접적인 원한을 산 경우가 아니었다. 그래서 패배를 인정하고
일정의 보상을 하고 물러나려 했는데, 운정은 무슨 이유에선

지 자신의 수하들을 모두 죽이려 하고 있었다.

"모두 도망쳐라!!"

장로의 외침에 흑노방 무인들은 사방으로 흩어져 달아나기 시작했다.

"이놈들!"

운정은 달아나는 흑노방 무인들을 쫓아가기 시작했다. 하지만 무인들이 사방으로 흩어지는 바람에 장로를 포함해 세명을 놓치고 말았다.

"젠장!"

흑노방 무인들을 놓친 운정은 의원을 찾으려 했지만 그도 어느샌가 사라지고 없었다.

운정은 더 이상 이곳에 머물 이유가 없었기에 서둘러 영옥 자매를 대리고 종가휘의 안가로 향했다.

운정이 안가로 향하고 얼마 후 포성에 자룡단이 나타났다.

마을을 돌며 운정에 대한 정보를 모으던 자룡단은 얼마 지나지 않아 운정이 포성을 떠나기 전 마차 한 대를 구입했다는 정보를 얻을 수 있었다.

자룡단은 운정에게 말과 마차를 판매한 상인을 찾아 무언가를 묻더니 이내 어디론가 사라졌다.

*　　　　*　　　　*

염휘란은 교의 명에 의해 사천 비밀분교인 아안문(雅安門)으로 향했다.

아안문은 두 번의 정마대전을 거치고도 아직 정체가 들통나지 않은 마교의 비밀분교 중 하나인데, 주변에 정도무림맹의 한 축을 담당하는 아미파(峨嵋派)와 청성파(青城派) 그리고 당가가 모여 있어 전략적으로 아주 중요한 곳이었다.

게다가 아안문은 문주가 자신의 성과 같은 염씨 성(姓)을 가지고 있어 이번 임무를 실현하기에 가장 이상적인 곳이었다.

이번 임무의 핵심은 정도무림맹의 눈에 자신을 최대한 알리는 것이었다.

아안문은 문파가 생긴 역사도 오래됐고, 문도 수도 많아 사천에서 나름의 이름을 지닌 문파였지만, 대외 활동이 극단적으로 적고 타 문파와 교류도 활발하지 못해 어느 의미에선 베일에 가려진 문파이기도 했다.

그런 아안문의 정문이 이토록 활짝 열린 모습은 여간해선 보기 힘든 광경이었다.

게다가 열린 문 사이로 모든 문도가 시립해 있는 모습은 사천 주민들에게 흥미를 주기에 충분한 일이었다.

아안문의 정문에 염휘란의 마차가 멈춰 섰다.

지나가던 행인들은 도대체 마차 안의 인물이 누구이기에 그동안 굳게 닫혀 있던 아안문의 정문이 이토록 활짝 열렸나 싶어 발걸음을 멈췄다.

마차의 휘장이 걷히고 홍색 경장을 곱게 차려입은 염휘란이 모습을 드러냈다.

"아……."

"저런 미인이."

구경하던 행인들 사이에서 탄성이 절로 새어 나왔다.

마차에서 내린 인물이 어떤 사람인지 확인하게 되자 그 다음은 저 여인의 정체가 무엇인지에 대한 궁금증이 싹텄다.

행인들의 궁금증은 얼마 지나지 않아 해결되었다.

아안문 안쪽에서 풍채가 당당한 오십대의 중년인이 걸어나왔다. 아안문의 문주인 염대총이었다.

염휘란은 중년인 앞으로 걸어가 천천히 절을 하기 시작했다.

"아버님, 소녀 임무를 마치고 무사히 돌아왔습니다."

"그래, 그동안 수고가 많았구나."

염대총이 염휘란을 안은 채 회한에 잠긴 눈물을 보였다.

행인들은 염대총과 염휘란의 모습에 둘이 부녀지간임을 어렵지 않게 알 수 있었다.

아안문주의 딸인 건 알았는데 또 한 가지 궁금증이 일었다. 도대체 딸이 어디를 다녀왔기에 그동안 한 번도 모습을 보이지 않았고, 한 문파의 문주가 이렇게 많은 사람들 앞에서 눈물을 흘릴까 하는 궁금증이었다.

행인들은 궁금증을 풀 수가 없었다. 염대총과 염휘란이 대문 안으로 사라졌기 때문이다.

다음날. 아안문은 사천성 인근의 중소문파에 회합을 청하는 배첩을 보냈다.

그리고 며칠 후 사천성 각지의 인사들이 아안문으로 몰려들자 문주는 회합 자리에서 자신의 딸인 염휘란을 정식으로 소개했다.

"저와 오랜 교분을 나눈 분들도 오늘 저에게 이런 과년한 딸이 있다는 걸 처음 알았을 것입니다."

"염 문주, 섭섭하외다. 그동안 저렇게 아리따운 따님을 어떻게 숨겨놓고 있었소이까?"

전인문(傳絪門)의 문주 여섭성이 미소 띤 얼굴로 염대총에게 말했다.

"하하. 본의 아니게 속이게 되었습니다. 그래서 오늘 그 연유를 여러분께 말씀드릴 생각입니다."

여섭성은 의례적인 인사로 한 말이었는데, 염대총은 진지하게 할 말이 있다고 했다.

"사실 제가 그동안 딸아이를 숨길 수밖에 없었던 이유는……."

염대총이 말을 끊고 한없이 인자한 눈빛으로 염휘란을 바라보더니 이내 말했다.

"딸아이가 그동안 천마성에 있었기 때문입니다."

"천마성!"

"그게 정말이요?"

"아니, 따님이 왜 천마성에 있었단 말이요?"

염대총의 말이 끝나자 모여 있던 사람들이 놀라 저마다 한 마디씩 물었다.

"여러분도 아시겠지만 그동안 저희 아안문이 봉문하다시 피 한 이유가 마교에 있습니다."

염대총은 아안문이 이십 년 전 마교로 인해 멸문에 가까운 피해를 당했던 이야기를 하는 것이다.

중인들은 당시 아안문이 마교에 멸문에 가까운 타격을 받아 이십여 년에 이르도록 문을 닫아걸고 있었다고 생각하지만 실상은 완전히 반대였다.

그때, 마교는 아안문을 접수해 지금까지 몰래 세력을 키워 온 것이었다.

"당시 본문은 창건 이래 가장 큰 성세를 누리던 때였고, 마교가 사천성까지 내려왔을 때도 충분히 그들을 격파할 수 있을 것이라 자신했습니다. 하지만 실상은 그와 정반대였지요. 질풍노도와 같은 마교의 기세를 막지 못한 본문은 채 이틀이 지나지 않아 멸문에 가까운 타격을 받았습니다. 당시 청성파와 당가의 도움으로 간신히 마교를 몰아내고 멸문지화는 막았지만 그날의 치욕을 저는 아직도 잊을 수가 없습니다."

염대총의 말에 중인들은 저마다 고개를 끄덕였다.

당시 대부분의 문파들이 아안문과 비슷한 경험들을 했었기 때문이다.

"해서 본문은 그날 이후 한 가지 계획을 세웠습니다."

염대총의 말에 중인들은 '그게 무엇이냐'는 표정을 지었다.

"천마성에 본문의 제자를 침투시켜 그들의 내부 사정과 중요 정보를 직접 파악하는 것이었습니다."

염대총의 말에 중인들은 깜짝 놀랐다.

"그럼, 그 제자가 염 문주의 따님이란 말이오?"

누군가 염대총에게 물었다.

"그렇습니다. 그날의 패배는 마교의 전력을 제대로 파악하지 못한 저의 실수였습니다. 제 한 번의 실수로 칠십 명이 넘는 본문 제자들이 전장의 고혼이 되었습니다. 그래서 저는 제 딸을 천마성에 보내기로 결심했습니다."

염대총의 말에 중인들이 술렁거렸다. 아무리 그래도 그렇지 어찌 자신의 딸을 사지로 보낼 수 있단 말인가.

지금껏 다른 문파들도 천마성에 세작을 보내지 않은 건 아니다. 마교가 중원의 아이들을 납치해 야도란 곳에서 살인병기로 양성한다는 것쯤은 이미 모두가 아는 공공연한 비밀이었다. 그래서 세작으로 보낼 기재들을 엄선해 여러 번 야도로 보내는 아이들 사이에 섞어 보냈지만 대부분이 야도에서의 훈련을 견디지 못하고 죽고 말았다. 그만큼 야도란 곳의 훈련은 가혹한 것이었다. 그중 몇몇이 살아남기도 했지만 어떻게 알아내는지 세작임이 밝혀져 모두 죽임을 당했다.

구대문파나 오대세가쯤 되는 큰 문파에선 세작을 침투시키는 데 성공했는지 모르겠지만 자신들처럼 중소문파는 아직 세작을 마교에 뿌리내리게 하지 못했다.

"물론, 제 딸아이를 천마성으로 보내는 결정이 쉽지는 않았습니다. 하지만 누군가는 해야 될 일이었고, 저를 믿고 따라오다 희생한 문하 제자들에게 진정한 문주의 모습을 보이고 싶었습니다."

중인들은 고개를 끄덕였지만 속으론 거의 무너졌던 문파를 재건하기 위해 무리수를 둔 것이라 생각했다.

"다행히 딸아이가 적극적으로 제 생각에 동의해 오늘 이렇게 그 결실을 보게 됐습니다."

"정말 장하오!"

"중원무림을 위해 큰일을 해내셨소."

중인들이 저마다 축하와 격려의 말을 전했다.

"오늘 이 자리에서 이 같은 사실을 발표하는 이유는, 현재 급변하고 있는 천마성 내부의 일을 여러분께 공개하고 그들을 대항할 적절한 방법을 모색하고자 함입니다."

말과 함께 염대총은 염휘란이 캐온 정보라며 미리 준비한 허위 정보를 중인들에게 알려주기 시작했다.

회합이 끝나고 아안문의 강호 활동 재계와 그 딸의 이야기는 급속도로 퍼져 나갔다.

한데, 회합에서 염대총이 밝힌 마교의 현 정세와 중요 인물들에 대한 정보들은 별 관심을 끌지 못하고 야도에서 수련을 했다는 염휘란이 화제의 중심이 되었다.

염휘란의 목적이 자신을 이들에게 최대한 알리는 것이었기에 첫 단추는 성공적으로 끼웠다고 생각할 수 있었다.

第五章
화신동

　운정 일행은 포성을 떠난 후 쉬지 않고 달려 두 달만에 청해성에 들어설 수 있었다. 혼자였다면 한 달이 걸리지 않았을 거리였지만 영옥과 영영을 위해 마차로 이동했던 터라 시간이 많이 걸렸다.

　"영영아, 많이 피곤하지?"

　"아니… 괜찮아."

　영영은 괜찮다고 했지만 얼굴이 많이 안 좋아 보였다.

　운정이 무림맹에 쫓기는 신세인 걸 안 이후부턴 피곤해도 피곤하다 말하지 않고, 힘들어도 힘들다 말하지 않았다.

　자신의 한마디로 자칫 일정이 늦어졌다간 추적자들에게

꼬리가 잡힐 수도 있었기 때문이다.

원정산에서 산서로 향할 때는 주변 풍광도 구경하고 충분한 휴식도 취했기에 크게 힘든 걸 몰랐는데, 이번 여행은 잠을 줄여가며 마차를 달리다 보니 몸으로 느끼는 피로감이 상당했다.

운정은 힘들어하는 영옥 자매의 피로를 일부나마 줄여주기 위해 간단한 운기토납법을 가르쳤다. 아주 기초적인 것이라 많은 내공을 모으지는 못하겠지만 여행에 지친 몸을 조금이나마 편하게 해줄 수는 있었다.

내친김에 제대로 된 심공을 전수해 볼까도 생각했지만 마차 여행의 특성으로 인해 포기해야 했다.

절대의 안정을 필요로 하는 운기행공을 흔들리는 마차에서 한다는 건 자살 행위나 다름없었기 때문이다.

그래도 자신이 가르쳐 준 운기토납법이 효과가 있었는지 한 달여간의 수련으로 이전보단 마차 여행에 많이 편해진 모습을 보이고 있었다.

그런데 오늘 유독 영영의 안색이 나빠 보였다.

"오늘은 이쯤에서 쉬어가도록 하죠."

영영의 몸이 많이 안 좋은 듯해 운정은 평소보다 일찍 휴식을 취하기로 했다.

서둘러 노숙지를 정하고 운정이 근처의 개울을 찾아 물을 길어오자 영옥은 불을 지펴 저녁 준비를 했다.

저녁을 먹고 약간의 휴식을 취하자 영영의 안색이 많이 좋아졌다.

"영영아, 앞으론 몸이 안 좋으면 참지 말고 말해."

운정은 영영이 몸이 아픈 걸 억지로 참지 않았으면 했다.

"응. 힘들면 얘기할게."

"단 소협, 너무 걱정하지 마세요. 약도 챙겨 먹였으니 한숨 자고 나면 괜찮아질 거예요."

운정은 영옥의 말에 고개를 끄덕이긴 했지만 마음이 편치가 않았다.

요즘 들어 괜히 자신 때문에 이들이 고생을 하는 것 같았기 때문이다.

'지금이라도 이들과 헤어지는 게 낫지 않을까?'

종가휘의 안가를 목적지로 이동을 하고 있긴 했지만 과연 이들을 그곳에 데려가는 게 올바른 선택인지가 의문이었다.

자신이야 무림맹과 마교에 쫓기는 몸이니 숨어 지내려면 안가로 향할 수밖에 없지만 이들은 자신과 처지가 다르기 때문이다.

'아니야. 금오전장에서 쉽게 포기하지 않을 거야.'

운정이 죽인 추곡문이 평범한 사람이었다면 영옥과 영영이 굳이 자신을 따라다니며 고생할 필요가 없었을 것이다. 하지만 추곡문은 금오전장의 셋째 아들이었다.

금오전장이 강호십대 전장엔 들진 못하지만 이십대 전장

엔 충분히 드는 곳이라 어지간한 곳이면 지점을 하나쯤 가지고 있었다. 게다가 금오전장의 하수인이라 할 수 있는 흑노방까지 이들을 찾고 있어, 영옥 혼자 어린 영영을 데리고 그들의 눈을 피해 숨어 지내는 일이 쉽지가 않았다.

'조금만 더 고생하면 안가에서 편하게 쉴 수 있을 거야.'

운정은 이들이 지금은 고생스럽겠지만 금오전장의 눈길을 피해 마음 졸이며 지내는 것보다 자신과 함께 안가로 가는 게 더 나을 것이라 생각했다. 그리고 만에 하나 자신이 무림맹에 잡히더라도 이들에게 직접적인 피해는 가지 않을 것이었다.

이제 두 달여만 고생하면 안가에서 누구의 눈치도 보지 않고 편하게 지낼 수 있으니 그때까지만 잘 참고 따라와 주기를 바랐다.

운정과 일행은 날이 밝으면 또다시 힘든 여정을 치러야 했기에 일찍 잠자리에 들었다.

달과 별이 총총히 떠 있던 하늘에 먹구름이 잔뜩 몰려들더니 급기야 비를 퍼부어 대기 시작했다.

자다가 비를 맞은 운정과 영옥 자매는 급한 대로 마차에 올라탔다. 마차에 조그만 지붕이 달려 있었기 때문이다.

하지만 이 작은 지붕으론 지금처럼 내리는 장대비를 피하기엔 역부족이었다. 게다가 비를 맞는 바람에 조금 나아진 듯 보였던 영영의 안색도 다시 나빠지기 시작했다.

"비를 피할 만한 곳을 찾아봐야겠어요."

운정이 영옥에게 말하며 서둘러 마차를 몰았다.

비를 피할 곳을 찾아 한참이나 달렸지만 마땅한 곳을 찾을 수가 없었다. 사방이 숲인데다 근처에 마을도 없었기 때문이다. 영영은 가뜩이나 좋지 않은 몸에 비를 맞아서인지 식은땀까지 흘리고 있었다.

운정은 마음이 다급해져 마차의 속도를 한층 올렸다.

그때, 운정의 시야에 희미한 불빛이 들어왔다.

"불빛이 보여요!"

영옥도 불빛을 봤는지 손가락으로 산 중턱을 가리키며 외쳤다. 다급한 상황에 불빛을 보게 되니 반가웠지만 무턱대고 찾아갈 순 없었다. 찾아가기 전 먼저 어떤 곳인지 확인할 필요가 있었다.

"잠시 이곳에서 기다리세요."

운정은 마차를 산 아래 세워놓고 불빛을 향해 신법을 펼치기 시작했다.

처음엔 사냥꾼이나 산에서 약초를 캐는 사람의 집 정도로 생각했는데 가까이 다가가 보니 의외로 규모가 큰 절이었다.

그 절 앞에 세워진 작은 암자(庵子)에서 불빛이 새어 나오고 있었다.

안력을 돋워보니 한 노승이 불상 앞에 앉아 묵상을 하고 있었다.

운정은 이곳이 절이라 다행이라 생각했다.

사냥꾼이나 약초꾼의 집이었다면 오히려 자신들을 경계해 하룻밤 묵어가기 힘들었을 수도 있기 때문이다.

운정은 인기척을 내며 묵상하고 있는 노승을 향해 걸어갔다.

"흠, 흠."

운정의 인기척에 노승은 감고 있던 눈을 떠 운정을 바라봤다.

"시주, 이 늦은 시간에 무슨 일이시오? 혹, 산에서 길이라도 잃은 것이오?"

노승은 비가 내리는 이른 새벽 갑자기 나타난 운정을 보고 깜짝 놀란 표정을 지었다. 절이 산 중턱에 위치한 까닭에 낮에도 참배 객이 드물기 때문이었다.

"길을 잃은 건 아니고, 노숙을 하다 비를 만났는데 이곳의 불빛이 보여 찾아오게 됐습니다. 일행의 몸이 안 좋아서 그런데 하룻밤 묵어갈 수 있을는지요?"

운정의 공손한 물음에 노승은 자리에서 일어나 운정에게 다가왔다.

"사람이 절을 피해도 절은 사람을 피하지 않는다오. 중생을 구제하기 위해 세워진 곳, 하룻밤 묵어가는데 뭐가 문제겠소. 그보다 일단 들어와서 비부터 피하시구료."

노승은 비를 맞고 서 있는 운정을 끌어 암자 안으로 들였다.

"스님, 산밑에 기다리는 일행이 있습니다. 묵는 걸 허락하신 거라면 지금 일행을 데려오고 싶습니다."

"비가 내려 바닥이 미끄러울 텐데 괜찮으시겠소?"

노승은 이 어두운 밤에 비까지 내려 바닥이 미끄러운데 운정이 내려가겠다고 하자 걱정스런 표정으로 물었다.

"괜찮습니다. 그럼 지금 데려오도록 하겠습니다."

"허, 시주의 뜻이 그렇다면 데려오시구료."

운정은 암자에서 하룻밤 묵는 게 허락되자 서둘러 산 아래로 내려갔다.

마차 안에서 추위에 떨고 있던 영옥은 운정이 달려오는 모습이 보이자 자리에서 일어났다.

"설 소저, 산 중턱에 보이는 불빛은 절이었습니다. 그곳의 노 스님께 하룻밤 묵는 걸 허락받았으니 서둘러 가시지요."

영옥도 불빛의 정체가 절이라니 꽤나 안심이 되는 눈치였다.

"주위가 어둡고 바닥이 미끄러워 올라가기 힘들 겁니다. 경공을 써 올라갈 테니 제 팔을 잡으세요."

영옥이 팔을 잡자 운정은 잠든 영영을 등에 업고 환뇌신법을 펼쳐 산을 올라가기 시작했다.

운정 일행이 절에 도착하자 노승은 물을 끓여 따뜻한 차를 대접했다.

"추운데 고생이 많았소. 이리 와서 몸 좀 녹이시게."

노승은 준비한 차를 일행에게 내주며 말했다.

"스님, 이런 늦은 시간에 갑자기 찾아와 송구합니다."

"허허. 괜찮으니 괘념치 마시게."

영옥의 말에 노승은 허허로운 웃음을 지으며 말했다.

"일행 중 몸이 안 좋은 사람이 있다고 한 것 같은데, 이 아이가 몸이 안 좋은 것이구료."

노승이 잠에서 깨어나지 못하는 영영을 보며 말했다.

"네, 장시간의 여행으로 몸이 안 좋았었는데, 오늘 비까지 맞는 바람에 더 나빠진 것 같습니다."

운정의 대답에 노승은 영영의 몸을 찬찬히 살펴봤다.

"빈승이 약간의 재주가 있는데 아이의 몸을 살펴봐도 되겠소?"

운정은 노승이 의술을 아는 듯하자 사막에서 물을 만난 기분이었다.

"부탁드리겠습니다."

운정의 허락이 떨어지자 노승은 천천히 영영의 맥을 살피기 시작했다.

운정과 영옥은 진맥하는 노승의 모습을 보면서 이곳을 발견하길 천만다행이라 생각했다.

"음……?"

노승이 내어준 차를 한 모금 마시고 내려놓던 운정의 입에서 의아한 소리가 새어 나왔다. 긴장이 풀려서인지 갑자기 현기증이 일고 눈앞이 침침해졌기 때문이다.

"왜 이러지?"

눈을 비비고 멍해진 정신을 수습하려 머리를 흔들었지만 현기증은 점점 더 심해졌다.

"왜 그러시오?"

갑자기 운정이 눈을 비비며 머리를 흔들자 영영을 진맥하던 노승이 의아한 듯 물었다.

"그게 갑자기 현기증이……."

운정이 말을 하는데 옆에 있던 영옥이 갑자기 바닥으로 픽하고 쓰러졌다.

"설 소저!"

운정이 놀라 영옥을 일으켜 세우려는데 몸이 말을 듣지 않았다.

"이게 무슨……."

그 순간 운정의 감각에 아주 미세한 기운이 감지됐다.

살기였다.

살기를 따라 시선을 돌리던 운정의 눈에, 인자하던 노승의 눈이 붉게 충혈되어 가는 게 보였다. 지금껏 노승에게서 어떠한 기운도 느끼지 못했는데 눈이 붉게 충혈되어 감에 따라 기운도 조금씩 강해져 가기 시작했다.

'차에 약을 탔구나!'

운정은 노승과 눈이 마주치고서야 자신과 영옥이 마셨던

차에 정체를 알 수 없는 약이 들어 있고, 노승이 무공을 감춘 고수였다는 사실을 알 수 있었다.

운정이 놀라 자리에서 일어서려는데 암자 뒤쪽의 문이 벌컥 열리더니 얼굴에 섬뜩한 그림이 그려진 두 명의 괴승이 뛰어들어 왔다. 그와 함께 영영을 진맥하던 노승의 손이 빠른 속도로 소매 속으로 들어갔다가 빠져나왔다.

노승의 손엔 예기를 머금은 비도 한 자루가 들려 있었다.

쉭!

노승이 던진 비도가 운정의 목을 향해 날아왔다.

팍!

운정은 고개를 꺾어 비도를 피하며 힘이 들어가지 않는 다리로 억지로 바닥을 차며 몸을 날렸다.

콰좌좍!

암자의 문이 부서지고 운정의 몸이 바닥을 굴렀다.

간발의 차이로 노승의 비도는 피해냈지만 얼굴에 섬뜩한 그림이 그려진 괴승들이 곧바로 운정을 쫓아왔다.

운정은 힘이 들어가지 않는 몸에 억지로 내공을 돌려 환뇌신법을 펼치기 시작했다.

괴승들은 비척거리며 달아나는 운정을 빠른 속도로 쫓아가기 시작했다. 비도를 날렸던 노승은 운정이 괴승들에게 쫓겨 가자 시선을 영옥과 영영에게로 돌렸다.

"아주 오랜만에 제물을 얻었구나."

노승의 붉게 충혈된 눈빛에 광기가 서렸다.

운정은 몸을 가누기도 힘들 지경이었지만 다행히 괴승들의 추적을 따돌릴 수 있었다.

잠형은사포 덕이었다.

잠형은사포로 괴승들의 추적은 따돌렸지만 시간이 지날수록 약 기운이 올라 몸을 움직이는 게 힘들어졌다.

그나마 내공의 힘으로 약 기운을 억지로 눌러놓고 있으니 망정이지 그마저도 여의치 않았다면 이미 바닥에 쓰러졌을지도 모른다.

운정은 짧게 운기행공을 마치고 서둘러 암자로 다시 향했다. 몸의 상태가 좋지 않은데, 괴승들이 언제 돌아올지 알수 없으니 서둘러 영옥 자매를 구해야 했다.

운정이 비틀거리는 걸음으로 암자에 도착하자 저만치 영옥 자매를 둘러업고 어딘가로 급히 걸어가는 노승의 모습이 보였다. 운정은 노승을 놓칠세라 서둘러 뒤를 따랐다.

노승이 향한 곳은 절 뒤편에 위치한 암동(巖洞)이었는데 입구에 화신동(火神洞)이라 새겨져 있었다.

운정은 노승이 화신동 안으로 들어가는 걸 봤지만 섣불리 따라 들어갈 수가 없었다. 평소의 자신이었다면 노승을 해치우는데 큰 문제가 없었겠지만, 약에 중독된 지금은 몸이 뜻대로 움직여지지 않았기 때문이다.

게다가 노승이 화신동 내부를 밝히는 바람에 잠형은사포의 능력도 제약을 받을 수밖에 없었다.

잠시 화신동 앞에서 서성이던 운정은 이내 안으로 들어갔다. 고민한다고 영옥 자매를 구할 수 있는 게 아닌 데다가 괴승들이 언제 돌아올지 알 수 없어 시간이 촉박했기 때문이다. 시간을 지체할수록 영옥 자매를 구할 기회는 더욱 줄어들 것이다.

화신동은 밖에서 볼 때와 달리 상당히 넓고 길었다.

곳곳에 등이 걸려 있어 주위를 밝히고 있었지만 그만큼 그늘진 곳도 많았다. 운정은 최대한 불빛 아래 그늘을 이용해 안으로 이동했다.

한동안 움직이던 운정의 눈에 거대한 제단과 그 앞에서 무언가를 분주히 준비하고 있는 노승의 모습이 보였다.

제단 앞에는 돌로 만들어진 큰 평상이 놓여 있었는데, 그 위에 영옥 자매가 정신을 잃은 채 누워 있었다.

노승이 이곳에서 무얼 하려는지 알 수 없었지만 좋지 못한 일을 하려 한다는 건 알 수 있었다.

제단 앞의 평상과 바닥이 온통 검붉은색으로 물들어 있었기 때문이다.

그것은 피가 말라붙은 자국들이었다.

노승은 중의 모습을 하고 있었지만 불의 신을 섬기는 화선지교(火仙志敎)의 교인이었다.

화선지교는 동녀의 심장과 피를 살아 있는 상태에서 뽑아, 심장은 제물로 바치고 피는 자신들이 흡취(吸取)해 공력을 높이는 괴이한 곳이었다.

최근 자신들로 인해 이 지역 여자들이 자주 사라지자 관에서 그들의 행방을 찾아 나섰고, 그로 인해 제물을 구하는 데 많은 어려움을 겪고 있었다. 한데 오늘 제물이 스스로 걸어 들어와 오랜만에 제물을 바치고 공력을 높일 수 있게 되었다.

운정은 영옥 자매를 구할 기회가 노승이 제단으로 향한 지금밖에 없을 것이라 생각했다.

약 기운이 점점 더 올라오는 데다가 더 이상 시간을 지체했다간 괴승들이 돌아올 것이기 때문이다.

운정은 그늘 속에 몸을 숨긴 채 최대한 조용히 영옥과 영영이 누워 있는 평상으로 향했다. 제단에서 무언가를 찾는 듯 분주히 움직이는 노승은 아직 운정이 화신동 안으로 들어온 걸 눈치 채지 못하고 있었다.

평상 앞에 도착한 운정은 영옥과 영영을 조심스럽게 일으켜 어깨에 짊어지기 시작했다.

내 몸이 내 몸 같지 않고 손발에 힘도 제대로 들어가지 않았지만 입술을 깨물며 필사적으로 움직였다.

그 순간 입구 쪽에서 어지러운 발자국 소리가 들렸다.

'젠장!'

영옥을 등에 업고 있던 운정은 속으로 욕지기를 뱉었다.

화신동 앞에서 시간을 너무 허비한 것 같았기 때문이다.

'싸울 수밖에 없나……'

운정은 영옥을 다시 평상에 뉘이고 서둘러 그늘 속으로 몸을 숨겼다.

그 순간 발자국 소리의 주인들이 모습을 드러냈다.

'음? 누구지?'

운정은 당연히 괴승들이 돌아온 것이라 생각했는데 나타난 이들은 전혀 처음 보는 인물들이었다.

"응? 이게 뭐야?"

화신동 안으로 들어선 네 명의 사내 중 한 명이 제단과 피에 젖은 평상을 보고 소리쳤다.

노승도 운정처럼 괴인들이 돌아오는 것이라 생각했는지 나타난 인물들을 보고 움찔거렸다.

화신동에 나타난 이들은 운정을 잡기 위해 무림맹에서 파견된 자룡단이었다.

비가 오는 바람에 운정의 흔적을 놓칠 뻔했는데 다행히 산 아래 세워둔 마차를 발견해 이곳까지 쫓아올 수 있었다.

운정은 나타난 이들이 누군지 알 수는 없었지만 노승이 놀라는 모습에 그와 한패가 아니란 건 알 수 있었다.

자룡단은 운정을 잡으러 이곳까지 왔는데, 그의 모습은 보이지 않고 웬 노승과 기이하게 생긴 제단이 있자 어리둥절한 모습이었다. 하지만 피에 절은 평상과 그 위에 누워 있는 영옥 자매를 보고 금세 이곳이 어떤 곳인지 알 수 있었다.

이곳에 도착하기 전 들었던 소문이 있었기 때문이다.

"최근 이 지방 여인들이 자주 사라진다더니 그게 다 네놈 짓이었구나!"

자룡단에서 가장 덩치가 큰 사내가 검을 빼 들며 소리쳤다. 그 순간 노승이 비도를 뿌려대며 자룡단을 향해 몸을 날렸다.

"어딜!"

캉! 캉!

노승의 무공 실력도 상당했지만 네 명 모두 절정에 이르러 있는 자룡단에 비할 바는 아니었다.

노승이 던진 비도는 덩치 큰 사내의 도에 모두 막히고 말았다.

"그딴 허술한 비도술에 당할 것 같으냐!"

사내가 소리치며 노승에게 달려드는데 순간 핏빛 안개가 차오르더니 이내 노승의 모습이 사라져 버렸다.

당황한 자룡단이 두리번거리며 노승의 모습을 찾았지만 핏빛 안개만이 화신동 내부를 감싸고 있을 뿐 기척도 모습도 보이지 않았다.

그늘 속에 숨어 있던 운정의 눈에 사라졌던 노승이 자룡단이 서 있는 바닥에서 솟아나는 모습이 보였다.

운정은 사람이 안개를 뿌리며 사라졌다가 바닥에서 솟아나는 모습을 생전 처음 봤다. 이런 괴이한 무공은 종가휘의 기억에도 없고, 소문으로도 들어본 적이 없었다.

자룡단도 자신들의 발아래 노승이 있을 것이라곤 상상도 못했는지 연신 주위만 살피고 있었다.

노승이 어찌나 기척을 잘 숨기는지 바로 자신의 발아래 나타났는데도 이들은 전혀 눈치를 채지 못하고 있었다.

운정도 그늘에 숨어 있지 않았다면 노승의 위치를 알 수 없었을 것이다. 지금 모습을 보고 있는데도 마치 노승은 이 자리에 없는 것처럼 완전히 기척을 지운 상태였다.

처음 암자에서 노승이 무공을 드러냈을 때, 자신과 비슷하거나 조금 미치지 못한다고 생각했었는데 지금 보니 완전한 착각이었다.

순간 운정은 고민하기 시작했다.

이들에게 노승의 위치를 알려줘야 할지 말아야 할지에 대한 고민이었다. 왠지 이들이 자신을 쫓아온 무림맹의 추적자란 생각이 들었기 때문이다.

지금 이들을 도와주면 자신의 위치가 탄로나고 만다. 하지만 알려주지 않는다면 이들은 모두 노승에게 당하고 말 것이다. 그리고 이들이 모두 죽고 나면 다음은 영옥 자매와 자신의 차례였다.

운정의 고민은 길게 가지 않았다.

노승에게 죽는 것보다 무림맹으로 끌려가는 게 훨씬 더 나았기 때문이다. 그리고 아직 이들이 무림맹의 추적자란 확증도 없는 상황이었다.

"놈은 바닥에 있소!"

두리번거리던 자룡단은 운정의 외침에 바닥을 내려다보다 깜짝 놀랐다.

바닥에서 튀어나온 노승이 비도를 휘둘러 발목을 노리고 있었기 때문이다.

"이런 미친!"

자룡단은 다급히 몸을 띄우며 검을 휘둘렀다.

카캉!

검과 비도가 부딪치고 자룡단원 중 한 명의 검이 노승의 어깨를 갈랐다.

노승의 무공이 괴이하고 실력도 상당했지만 절정고수 네 명을 혼자 상대할 정도는 아니었다.

그 순간 어깨가 갈린 노승의 모습이 또다시 사라졌다.

바닥으로 내려선 자룡단은 또 어디에서 갑자기 노승이 튀어나올지 알 수 없었기에 잔뜩 긴장한 채 주변을 살폈다.

한동안 주변을 살피며 노승의 기습에 대비했지만 모습을 드러내지 않았다.

"여기 핏자국이다."

사라진 노승의 핏자국이 화신동 입구 쪽으로 길게 뻗어 있었다. 노승은 공격보단 도망을 택했다.

"둘은 여기 남아 있고, 나와 원영은 놈을 쫓는다!"

덩치 큰 사내가 동료와 함께 입구 쪽으로 달려나가려 할 때였다.

크르르르르르.

바위가 굴러가는 듯한 둔중한 소리가 어딘가에서 들리기 시작했다.

"뭐지?"

쿠르르르릉! 쾅! 쿠르르르 쾅!

귀청을 찢을 듯한 굉음이 연이어 들리더니 어느새 거대한 철벽이 내려와 통로 중간을 막아버렸다.

도망친 노승이 어딘가에서 기관 장치를 작동시킨 것 같다.

"이게 뭐야!"

놀란 자룡단이 뛰어가 철벽을 부수려 했지만 철벽은 끄덕도 하지 않았다.

"젠장! 갇히고 말았잖아!"

한참을 철벽을 열기 위해 바동대던 자룡단은 결국 포기하고 말았다. 철벽을 부술 수 없다는 걸 확인한 자룡단은 이내 운정이 있는 곳으로 돌아왔다.

운정은 이미 자신의 존재를 이들에게 알렸기에 더 이상 숨어 있는 게 무의미하다 생각하고 모습을 드러냈다.

"드디어 만났게 됐군."

자룡단은 운정이 나타나자 잔뜩 경계하며 포위하기 시작

했다.

'역시 나를 쫓아온 자들이었군.'

아니길 바랬지만 자신을 발견하기 무섭게 포위하는 모습을 보니 추적자가 확실했다.

"나는 자룡단의 단주인 관진이라 하오. 조금 전 소리쳐 도와준 건 고맙소."

운정의 생각에 확인이라도 시켜주는 듯 관진이 말했다.

운정은 대답없이 고개를 끄덕였다.

"도대체 좀 전 그놈은 뭐 하는 놈이고, 이곳은 뭐 하는 곳이요?"

자룡단원 중 키가 작고 눈이 튀어나온 사내가 물었다.

"그건 나도 알지 못하오. 우리도 비를 피하러 들렀다가 봉변을 당한 것이니 말이오."

운정이 평상 위에 누워 있는 영옥과 영영을 가리키며 말했다.

"음……."

운정이 가리킨 영옥과 영영을 바라보던 관진이 다시 물었다.

"한데 좀 전 그 이상한 놈도 기척을 완전히 숨기던데, 당신은 어떻게 기척과 모습을 숨기고 있었던 거요?"

자룡단이 철벽에 집중하고 있는 사이 운정이 잠형은사포를 벗었기에 이들은 그 모습을 보지 못했다.

"배운 무공이 그렇소."

이들에게 잠형은사포의 정체를 알려줄 마음이 없었기에 자신의 무공이라고 말했다.

"흠······."

운정이 무공이 그렇다고 하자 관진도 더 이상 묻지 않았다. 그렇게 잠시 서 있던 자룡단은 이내 철벽 쪽으로 다시 향했다.

운정을 잡으러 온 자룡단은 운정보다 철벽에 더 신경을 쓰고 있었다.

이곳에 들어오기 전엔 운정을 잡는 게 목적이었지만 철벽으로 인해 갇힌 지금은 이곳을 빠져나가는 게 더욱 중요했기 때문이다.

"이래서 내가 이번 일을 맡지 말자고 한 거라니깐."

키가 작고 눈이 튀어나온 사내가 철벽을 살피며 투덜거렸다.

"원영, 너는 하루라도 투덜거리지 않으면 숨을 쉴 수가 없냐? 맹을 나설 때 제일 좋아했던 건 너잖아."

덩치가 큰 감진광이란 사내가 원영에게 톡 쏘듯 말했다.

"혼잣말이니 신경 끄고 네 할 일이나 해라."

"옆에서 구시렁대는데 어떻게 신경을 안 쓰냐?"

"그러는 너는 하루라도 나한테 딴지를 걸지 않으면 살수가 없냐?"

"뭐!"

"또 시작이네!"

옆에서 둘의 말다툼을 보고 있던 대머리 사내 장패가 끼어들었다.

"모두 조용히 하고 철벽이나 살펴!"

단주의 호통에 둘은 찔끔해서 철벽을 살피기 시작했다.

"흐흐. 내 그럴 줄 알았지."

장패가 이죽거리자 원영과 감진광이 노려봤다.

운정은 자룡단이 자신에게 신경을 끊고 철벽을 살피기 시작하자 영옥 자매에게로 걸어갔다.

다행히 영옥과 영영은 정신만 잃고 있을 뿐 상처를 입은 곳은 없었다.

잠시 자룡단의 모습을 살피던 운정은 이내 구석에 앉아 운기행공에 들어갔다.

자룡단이 있는 곳에서 운기행공을 한다는 게 불안했지만 이대로 현기증을 느끼며 계속 있을 수도 없었다.

자룡단이 철벽에 집중하고 있는 듯하니 자신은 자신대로 빨리 약 기운을 없애야 했다.

"형님, 저놈 운기행공을 하는데요. 그냥 놔둬도 될까요?"

원영이 단주인 관진에게 물었다.

"내버려 둬. 지금은 철벽을 부수고 이곳을 빠져나갈 생각만 해라."

철벽엔 아무런 무늬나 특징이 없고 재질이 만년한철이라도 되는지 검기를 불어넣은 검으로 쳐도 흠집조차 나지 않았다. 주위에 기관 장치나 틈이 없는지도 살펴보았지만 마치 처음부터 한 짝이었던 것처럼 동굴 내부와 완전히 밀착되어 있었다.

자룡단이 철벽에 신경 쓰고 있는 사이 운정은 운기행공으로 현기증을 일으키고, 몸의 균형을 무너뜨리던 약의 독소를 모두 해독할 수 있었다.

몸이 정상을 찾자 누워 있는 영옥과 영영의 몸에도 내기를 불어넣기 시작했다.

운정 일행과 자룡단이 화신동에 갇힌지도 어느덧 삼 일이 지나고 있었다.

처음엔 아무리 철벽이지만 절정에 이른 고수가 다섯 명이나 모여 있었기에 충분히 뚫고 나갈 수 있을 거라 생각했다. 한데 아무리 충격을 줘봐도 끄덕도 하지 않았다.

처음 이틀간은 잠시도 쉬지 않고 철벽을 두드리거나 주변의 틈을 찾았지만 지금은 모두 바닥에 멍한 표정으로 앉아 있었다.

운정과 자룡단은 모두 절정에 이른 고수였기에 삼 일 정도 물과 음식을 섭취하지 않아도 괜찮았는데 영옥과 영영은 상당히 힘들어하고 있었다.

몸의 상태가 좋지 않았던 영영은 자룡단의 원영이란 사내가 원기 회복에 도움을 주는 약을 지니고 있어 다행히 몸을 추스를 수 있었다. 한데 지금은 먹을 물과 식량이 없어 다시 상태가 나빠지고 있었다.

"형님, 물과 식량이 없어서 얼마 버티지 못할 것 같은데 방법이 없을까요?"

원영이 관진에게 물었지만 관진이라고 딱히 방법이 있을 리 없었다.

"사방이 바위로 꽉 차 있고, 하나 있는 통로는 검기도 통하지 않는 철벽에 가로막혀 있으니……. 나라고 방법이 있겠냐."

"하, 정말 이러다 굶어 죽는 거 아냐?"

장패가 자신의 민머리를 박박 긁으며 말했다.

운정과 영옥 자매는 그런 자룡단을 말없이 바라보고 있었다.

'기름도 다 되어 가는데…….'

운정은 물과 식량도 문제였지만 이곳을 밝혀주던 등불이 다 되어간다는 게 걱정이었다.

다행히 제단 위에 큰 야명주가 한 개 박혀 있지만 그걸로는 부족했다.

운정은 기름이 줄어드는 걸 우려하고 있는데 영영이 한쪽을 뚫어지게 바라보고 있었다.

무얼 그리 뚫어지게 보나 싶어 쳐다보니 원영이란 사내가 허리춤에서 조그만 물주머니를 꺼내 마시고 있었다.

이미 삼 일째 있어 왔던 일이라 새삼스러울 것도 없는데 영영은 그렇지가 않은 것 같았다.

자룡단은 이곳에 갇혔을 때 얼마간의 건량과 물을 지니고 있었다. 하지만 오늘까지 운정과 영옥 자매에게 건량 한 조각, 물 한 모금도 나눠주지 않았다.

처음엔 운정도 이들이 혹시 나눠주지 않을까란 기대를 했지만 지금은 그런 기대를 지운지 오래였다.

자신이 이들 입장이었더라도 식량을 나눠주지 않았겠지만, 어린 영영에게조차 나눠주지 않는 이들의 냉정함엔 고개를 흔들 수밖에 없었다.

"조금만 참아."

운정은 영영의 머리를 쓰다듬으며 애써 웃어 보였다.

'어떻게든 이곳을 빠져나가야 되는데……'

생각은 간절한데 방법이 없었다.

"야, 나도 물 좀 줘봐."

감진광이 원영의 물주머니를 낚아채며 말했다.

"뭐야! 없잖아!"

물통이 빈 걸 확인한 감진광이 화가 나서 소리쳤다.

"방금 마신 게 마지막이었어."

"뭐? 마지막 물을 지금 마셨다는 거야?"

"그럼? 목이 마른데 어떡하냐?"

"너 지금 그걸 말이라고 하는 거냐!"

원영의 태평스런 대답에 감진광은 어지간히 화가 났는지 벌떡 일어나 살기까지 내보였다.

"진광, 진정해라."

단주인 관진이 나서 감진광을 말렸다.

"그리고 원영, 마지막 물을 그렇게 마셔 버리면 언제 빠져나갈지 알 수 없는 이곳에서 앞으로 어떻게 견딜 생각이냐?"

"그게… 너무 목이 말라서……."

"무공을 익히지 않은 어린아이도 참고 있는데 네가 못 참는단 말이냐?"

관진이 턱으로 영영을 가리키며 말했다.

관진의 지적에 원영은 말없이 고개를 숙였다.

"이미 지난 일이니 더 이상 말하지 않겠다만 앞으론 어떤일을 하더라도 동료와 상의해서 결정하도록 해라."

관진은 평소 원영에게 하고 싶었던 충고를 이번 기회에 하게 됐다.

"네……."

영영은 미련을 버리지 못하고 있었던지 마지막 물이었단소리에 울상을 짓고 있었다.

'이대론 안 되겠어.'

그 모습을 보고 있던 운정이 자리에서 일어났다.

이제 모든 물과 식량이 떨어졌다. 이곳을 밝히고 있던 불도 곧 사라질 것이다. 아직 체력이 남아 있을 때 무슨 일이든 해야 했다.

운정은 지금껏 철문 주위를 살피던 것과 달리 바닥과 반대편 벽 쪽을 살피기 시작했다.

아직 자신들이 찾지 못하고 있지만 분명 어딘가에 틈이 있을 것이기 때문이었다.

화신동에 갇히고 삼 일, 틈이 없다면 이곳의 산소는 이미 바닥이 나 있어야 했다. 하지만 아직까지 산소가 부족하지 않는 걸로 보아 분명 어딘가에 틈이 있다는 뜻이었다.

그 틈을 찾는다고 이곳을 빠져나갈 거라 확신할 순 없지만, 지금은 조그만 가능성이라도 찾아야 할 때였다.

운정이 바닥과 벽면을 살피기 시작하자 바닥에 앉아 있던 자룡단도 일어나 운정처럼 벽과 바닥을 살펴보기 시작했다.

한동안 바닥과 벽면을 샅샅이 살펴봤지만 아무런 틈도 찾지 못했다.

"이제 남은 곳은 이곳밖에 없는데……."

운정이 제단을 가리키며 말했다.

처음 이곳에 갇혔을 때 철문 다음으로 제단을 살폈지만 아무런 틈도 찾지 못했다. 그런데도 운정이 다시 제단을 가리키는 건 부숴보자는 말이었다.

지금껏 제단을 살펴보기만 하고 부수지 않았던 건 그곳에

야명주가 박혀 있고 혹, 제단을 건드렸다간 다른 기관 장치가 작동될 수도 있었기에 때문이다. 하지만 물도 떨어지고 등에 기름이 떨어져 가는 지금 더 이상 기관 장치를 걱정할 여유 따윈 없었다.

자룡단도 운정의 말에 동의하는지 무기를 들고 제단 앞으로 다가왔다. 운정도 허리춤에 매달고 다니던 검을 빼 들었다. 녹색 검을 보고 있자니 그동안 쓸 일이 없었던 검을 엉뚱한 곳에서 쓰게 됐단 생각이 들었다.

운정은 만일을 대비해 영옥과 영영을 철벽 쪽으로 피해 있게 한 후 제단을 내려치기 시작했다.

콰직! 콰콱!

다섯 명의 절정고수가 검기를 뿜아 내려치자 나무로 만들어진 제단은 순식간에 장작더미로 변했다.

다행히 제단엔 별도의 기관 장치가 되어 있지 않은지 우려했던 일은 일어나지 않았다.

운정과 자룡단은 파괴된 제단의 파편들을 치우고 바닥과 벽면을 살펴봤지만 그곳에도 아무런 틈이 없었다.

"헛수고만 했군."

원영이 바닥에 떨어져 있던 야명주를 집어 들며 말했다.

모두가 잠시 동안이지만 이곳을 빠져나갈 틈을 찾을지도 모른단 희망을 가졌다. 한데 아무런 틈도 보이지 않자 그만큼 실망감도 컸다.

자룡단은 마음이 지쳤는지 다시 자리에 주저앉았다.

"아직 한곳이 더 있소."

바닥에 앉아 있는 관진을 보고 운정이 말했다.

관진은 무슨 소리냐 라는 눈빛으로 운정을 바라봤다.

"이곳."

운정이 가리킨 곳은 영옥 자매를 뉘여 놓았던 돌로 만들어진 평상이었다.

그동안 평상은 이곳 동굴과 같은 재질의 바윗덩어리로 만들어져 있었기에 크게 신경을 쓰지 않았었다. 한데 지금 보니 평상도 제단처럼 충분히 부술 수 있는 크기였다.

"왜 지금까지 평상을 부숴볼 생각을 하지 못했지?"

원영이 스스로 의아한 듯 고개를 흔들며 말했다.

"온통 주위가 바윈데 평상도 바위를 깎아 만든 것이라 미처 신경을 쓰지 못했던 거겠지."

듣고 보니 그런 것 같았다.

평상을 동굴 내부의 구조물로 인식하지 못하고 동굴 바닥이 튀어나온 정도로 인식했던 것이다.

운정과 자룡단은 서둘러 평상을 부수기 시작했다.

콰콰! 쾅!

돌조각이 사방으로 비산하며 평상이 산산조각이 났다.

"통로다!"

평상 아랫부분에서 텅 빈 공간이 나왔다.

"윽! 그런데 이 냄새는 뭐야?"

원영이 인상을 잔뜩 찡그리며 코를 막았다.

바닥에 뚫린 공간에선 시체가 썩는 듯한 지독한 악취가 풍겨져 왔다.

"후, 지독하군."

관진은 코를 막으며 바닥에 뚫린 공간을 살펴보기 시작했다.

"어두워서 아무것도 보이지 않는데… 원영, 야명주 이리 가져 와봐."

관진은 원영이 건넨 야명주를 바닥으로 던졌다.

턱!

야명주가 바닥과 부딪치는 소리를 내자 모두 다가와 안을 내려다봤다. 삼 장여 아래 바닥이 보였다.

"도대체 여기서 몇 명이나 죽인 거야?"

통로 바닥에 수십 구의 시체가 어지러이 널려 있었다.

평상은 무언가 제사를 지낼 때도 쓰이지만 그 후 시체를 처리하는 데도 쓰였던 것 같다.

"원영, 내려가서 안에 위험이 없는지 살펴봐라."

"또 저예요?"

관진의 명에 바닥을 내려다보던 원영이 고개를 치켜들며 말했다.

"늘 하던 일이잖아."

옆에 있던 장패가 원영에게 이죽거리며 말했다.

"형님, 이번엔 이 대머리를 내려보내시죠."

원영이 장패를 내려보내라고 관진에게 말했지만 받아들여지지 않았다.

"장패는 몸이 둔해서 위험이 생기면 제때 빠져나올 수가 없다."

원영이 자룡단에서 가장 경공 실력이 뛰어났기에 늘 이런 일을 도맡아 했었다.

"지지리 복도 없지."

원영이 투덜대며 통로 안으로 몸을 집어넣었다.

남들은 자신의 이런 경공 실력을 부러워하지만 전혀 기쁘지가 않았다. 임무에 나서면 늘 이런 귀찮은 일을 자신이 도맡아해야 했기 때문이다.

투덜거리는 원영의 목소리가 점점 멀어지더니 이내 조용해졌다. 주변을 살피고 있는 것이다.

한동안 조용하던 바닥에서 원영의 목소리가 들렸다.

"안에 별다른 위험은 없습니다! 내려와도 괜찮습니다!"

원영의 말을 듣고 관진은 자룡단을 한 명씩 내려보냈다.

"그 아이는 내가 데리고 내려가도록 하겠네."

운정 혼자 영옥과 영영을 데리고 내려서는 게 힘들다 생각했는지 관진이 말했다.

"괜찮소."

이제 와서 호의를 보이려는 관진의 모습이 좋게 보이지 않았는지 운정이 무뚝뚝하게 말했다.

"알겠네. 그럼 먼저 내려가지."

관진은 그 말과 함께 바닥으로 뛰어내렸다.

"영영아, 이리와."

"윽, 냄새가 너무 지독해……."

코를 막은 채 잔뜩 인상을 쓰고 있던 영영이 운정에게 다가갔다.

"설 소저도 오세요."

운정은 영옥과 영영을 껴안은 채 바닥으로 뛰어내렸다.

통로 안 바닥은 위에서 보던 것과 달리 상당히 넓었고 악취도 한층 심했다.

"이쪽입니다!"

통로 저편에서 야명주를 든 원영이 손짓하며 일행을 불렀다. 자룡단이 원영을 따라가자 운정도 영옥 자매를 데리고 그들을 따라갔다.

한참을 걸어가자 악취가 줄어들고 군데군데 이끼가 낀 암석 지대가 나왔다.

"물이다!"

원영을 따라가던 장패가 암석 지대 사이로 흐르는 가는 물줄기를 보고 소리쳤다.

"원영, 이거 먹을 수 있는 물이야?"

장패의 물음에 원영은 주머니에서 조그만 막대를 꺼내 흐르는 물을 적셨다. 잠시 물에 젖은 막대를 관찰하던 원영은 장패를 보며 말했다.

"물에 독성은 없어. 마셔도 괜찮아."

원영의 말이 떨어지기 무섭게 장패는 양손으로 물을 받아 마시기 시작했다.

장패가 물을 먹고도 아무런 이상이 없는 듯하자 운정도 영옥과 영영을 데리고 물가로 향했다.

그동안 배고 품과 갈증에 시달렸던 영옥 자매는 물을 마시고 나자 얼굴에 생기가 돌았다.

"형님, 이 이끼 맛은 좀 써도 먹을 수 있겠는데요."

주변을 살피던 감진광은 바닥과 벽면에 자라 있는 이끼를 먹어보더니 관진에게 말했다.

관진은 감진광에게 고개를 끄덕인 후 원영을 보며 물었다.

"원영, 이곳이 끝이냐?"

"시체가 쌓여 있던 곳은 너무 악취가 심해 아직 살펴보지 못했지만 그 외 지역엔 더 이상의 공간이 없었습니다."

원영의 대답에 관진의 안색이 어두워졌다.

이곳에 내려올 땐 밖으로 나갈 출구나 그와 유사한 무언가가 있기를 바랐다. 한데 내려와 보니 제단이 있던 동굴과 다름없는 암석 지대였다. 바닥에 물길이 나 있긴 했지만 사람이 드나들 정도는 아니었다.

그나마 다행이라면 물과 지저분한 이끼가 자라 있어 굶어 죽진 않게 됐다는 것이다.

"알겠다. 이곳에서 잠시 휴식을 취한 후 시체가 쌓여 있는 곳을 마저 살펴보도록 하겠다."

시체를 들춰보며 확인해 본 것은 아니었지만 그곳에 다른 통로가 있다고는 생각되지 않았다. 하지만 확인은 해봐야 했다.

잠시 휴식을 취한 자룡단은 이내 시체들이 쌓여 있던 곳을 살피기 위해 움직였다.

운정은 딱히 자신이 필요한 일은 아닌 듯해 영옥 자매와 이곳에 남아 있었다.

第六章
수련 시작

　영호우겸은 운정의 뒤를 쫓아 청해성 동인(同仁) 인근의 한 절을 찾았지만 운정을 찾을 수가 없었다.

　분명 절이 있는 산 아래 운정의 마차가 있었지만 절의 주지는 운정을 보지 못했다고 했다.

　영호우겸은 그 후 청해성 인근을 한동안 찾아 헤맸지만 운정의 흔적을 더 이상 찾을 수가 없어 다시 감숙으로 돌아올 수밖에 없었다.

　"숙부님, 운정은 만나보셨습니까?"

　세가로 돌아온 영호우겸에게 영호헌이 물었다.

　"청해성에서 운정이 타고 떠났던 마차를 찾은 이후로 더 이상 흔적을 찾을 수가 없더구나. 마치 이 세상에서 완전히 사라진 것처럼 말이야."

"운정이라면 괜찮을 거예요. 그 녀석은 세상 어디에 버려놔도 살아 있을 만큼 얼굴이 두껍잖아요."

영호예인이 방 안으로 들어서며 말했다.

"인아, 이제 몸은 괜찮은 것이냐?"

운정이 보내준 유구초로 독은 완전히 해독할 수 있었지만 그간 병석에 누워만 있었던 터라, 영호우겸이 남가장으로 떠날 때만 해도 영호예인의 건강 상태가 썩 좋지 못했었다.

"네, 이젠 몸이 가벼워져서 무공도 조금씩 수련하고 있어요."

"다행이구나."

영호우겸이 영호예인을 보며 따스한 미소를 지어보였다.

"숙부님, 소문은 들으셨습니까?"

영호예인이 자리에 앉자 영호헌이 영호우겸을 보며 말했다.

"무슨 소문 말이냐?"

"호북성(湖北省) 의성(宜城)에서 또다시 어린 여자 아이들이 서른 명 가량 사라졌다고 합니다."

"혹시, 그놈들이냐?"

"직접 확인을 하지 못해 그것까진 알 수 없지만 충분히 가능성이 있습니다. 숙부님께서 운정을 찾아다니시는 동안, 저는 이번 일을 조사해 봤습니다. 처음 장액에서 놈들을 만난 이후 그와 유사한 일이 지금까지 세 번 더 있었고, 이전엔 네 차례 더 있었습니다."

"그런 일이 일곱 번이나 있었단 말이냐?"

"일곱 번이란 수도 제가 조사해서 파악한 수일 뿐입니다. 아직 세간에 알려지지 않은 것까지 치면 훨씬 많아질 것입니다."

영호헌의 대답에 영호우겸이 놀라 눈을 부릅뜨며 말했다.

"무림맹에선 이 같은 사실을 알고 있느냐?"

"알고 있는 듯은 한데 적극적으로 나서지는 않고 있습니다."

"아니, 이런 천인공노할 일이 공공연히 일어남을 무림맹이 알고 있으면서도 적극적으로 나서지 않는다는 것이냐?"

"그게… 사라지는 아이들이 무가와 직접적인 관계가 없는 데다가 워낙 전국 각지에서 벌어지는 일이다 보니 무림맹에서 직접적인 개입을 하기 힘들다고 합니다."

"어디 그게 맹이 직접할 일이냐? 맹에 소속된 각 문파들이 자신들의 지역을 적극적으로 관리를 해야 할 일이지!"

영호우겸은 분통을 터뜨렸지만 영호헌에게 큰 소리를 낸다고 달라질 일이 아니었다.

"맹에선 아직 이번 일의 심각성을 모르고 있는 게야."

"숙부님, 도대체 무슨 일이 길래 그러세요? 어린아이 납치라니요?"

옆에서 듣고 있던 영호예인이 물었다.

"너도 한 번은 들어봤을 게다. 우리가 장액에서 운정을 찾는 걸 포기하고 사천으로 돌아오다 겪게 된 일 말이다……."

마교의 전서가 무림맹에 도착하고 얼마 지나지 않아, 영호우겸과 영호헌, 그리고 당가의 무사 몇 명이 운정을 찾아 장액으로 향했다. 그곳의 개방 분타와 지역 문파의 도움을 얻어 운정을 찾았지만 일주일이 넘도록 운정의 그림자조차 찾을 수가 없었다.

마교의 전서로 인해 운정에게 은자 일만 냥이란 엄청난 현상금이 걸린 터라 마을 사람들까지 나섰지만 십여 일이 지나도록 아무런 흔적도 찾을 수가 없었다.

그렇게 많은 사람들이 동원되고도 아무런 흔적도 찾지 못하자 영호우겸은 결국 운정이 장액에 없다는 결론을 내리고 다시 사천으로 돌아가기로 했다.

일은 영호우겸과 일행이 사천으로 돌아오던 길에 일어났다. 일행이 그들을 발견한 건 아주 우연이었다.

사천으로 돌아오는 지름길을 이용하던 일행은 노숙을 하다 산 아랫길로 이동하는 마차 한 대를 우연히 발견했다.

처음엔 그저 흔한 작은 규모의 표차(票車)라 생각했는데 그 표행(票行) 방법이 이상했다.

간밤에 불도 없이 움직이는 데다가 마차 한 대를 십여 명이 넘는 무사들이 호위하고 있었다. 그중 가장 의아했던 것은 마차를 호위하는 무사들이 죄다 복면을 착용하고 있다는 것이었다.

복면을 써 신분을 감춰야 하는 일 중 뒤가 구리지 않은 일은 없었다.

그렇게 산 아랫길의 표차가 일행의 눈길을 끄는 가운데 일행이 그들과 격돌할 수밖에 없는 일이 일어났다.

마차를 감싸고 있던 천 한 부분이 꿈틀거리더니 그 속에서 어린아이의 머리 하나가 불쑥 튀어나온 것이다.

그 모습을 발견한 호위무사가 서둘러 아이를 다시 천 안으로 집어넣었지만 일행은 분명히 보았다.

퉁퉁 부은 얼굴의 어린 여자 아이가 입에 재갈을 물고 있는 모습을 말이다. 분명 그 모습은 아이가 복면인들에게 강제로 끌려가고 있음을 말해주는 것이었다.

일행은 그 모습을 보기 무섭게 비탈길을 내려가 복면인들과 격돌했다.

처음엔 마교나 사파에서 어린아이를 납치해 가는 것이라 생각했다. 한데 검을 맞대고 보니 마교나 사파의 무리가 아니었다. 복면인들은 정파의 인물들이었다.

정파의 인물들이 어린아이를 납치했다는 사실에 일행은 큰 충격을 받았다.

복면인들의 수가 영호우겸 일행보다 많았지만 절정에 이른 영호우겸과 그에 근접한 당가의 무사들을 감당할 정도는 아니었다.

당가의 무인 둘이 부상을 입었지만 복면인들은 한 명이 죽고 세 명이 중상을 입는 큰 피해를 입은 채 마차를 버리고 달아났다.

복면인들을 쫓은 것보다 아이들을 구하는 게 우선이었기에 영호우겸 일행은 그들을 쫓지 않고 마차에 실려가던 아이들을 먼저 구했다.

마차에 실려가던 아이들은 모두 열다섯이 넘지 않는 어린 여자 아이들이었고, 그 수가 무려 스물세 명이었다.

복면인들의 정체를 알아내지 못한 게 아쉬웠지만 납치됐던 아이들을 구할 수 있었기에 일행은 나름의 위안을 삼으며 가장 가까운 마을로 마차를 몰았다.

한데 마차가 마을에 당도하기 전, 달아났던 복면인들이 지원군을 데리고 영호우겸 일행을 습격했다. 이번에 나타난 자들은 처음 무위가 달려 달아났던 십여 명의 복면인들과는 수준을 달리하는 이들이었다.

일행은 최선을 다해 아이들을 지키려 했지만 너무도 큰 전력 차에 어쩔 수 없이 마차를 버려두고 몸을 피할 수밖에 없었다.

그때 영호우겸을 따라나섰던 당가무인 네 명 중 두 명이 죽었다. 그 후 영호우겸은 당가와 무림맹에 전서를 날려 도움을 요청하고 한 달 가량 복면인들의 뒤를 쫓았지만 결국 흔적을 놓치고 말았다. 그 한 달 사이 영호우겸 일행은 당가나 무림맹에서 어떤 도움도 받지 못했다.

당가로 돌아온 일행은 왜 자신들을 지원해 주지 않았느냐고 물었지만, 당가와 무림맹 모두 영호우겸이 보낸 전서를 받지 못했다고 말했다.

영호우겸은 그 일에 대해 더욱 따지고 싶었지만 그럴 수가 없었다.

마교가 중원으로 병력을 움직이기 시작했기 때문이다.

마교의 중원 침공으로 그 일은 흐지부지 묻히는 듯했는데 오늘 그날의 일을 잊지 못하고 있던 영호헌이 조사를 해 이와 같은 사실을 밝혀냈다고 말하는 것이다.

"네가 알아낸 다른 납치건들도 어린 여자 아이들이었더냐?"

"공교롭게도 그렇습니다."

"허, 도대체 어떤 놈들이 어린 여자 아이들만 납치하고 있단 일이냐……."

어린 여자 아이를 한두 명도 아니고 그런 많은 수를 납치하는 일은 분명 이상해 보였다.

영호우겸은 이 일을 좀 더 깊게 조사해 보기로 했다.

시체 주위에서도 별다른 특이점을 찾지 못한 자룡단은 제
단 주위에 있던 등 속의 기름을 모두 모아와 시체를 모두 불
태웠다.

이대로 시체를 방치한다면 계속 악취에 시달려야 하는 데
다가 자신들이 병에 걸릴 수도 있었기 때문이다.

시체를 모두 태운 자룡단은 운정이 쉬고 있던 안쪽으로 돌
아왔다.

"후……."

원영이 바닥에 퍼져 앉아 한숨을 쉬었다.

"젊은 놈이 웬 한숨이냐?"

감진광이 한숨을 쉬는 원영을 보며 비꼬듯 말했다.

"억울해서 그런다."

"이런 일 한두 번 하는 것도 아니고, 일찌감치 목숨은 버리
고 다니는 우리들인데 억울하긴 뭐가 억울하냐?"

"한 달만 시간이 있었어도 제대로 도장을 찍는 건데 그렇
지가 못해서 원귀가 될까 봐 그런다."

"뭔 소리야? 이놈이 죽을 때가 됐나? 알아듣지 못할 말을
지껄이네."

감진광의 도무지 알아들을 수 없다는 표정에 원영은 한심
하단 표정을 지었다.

"네놈이 내 깊은 속마음을 어찌 알겠냐? 괜히 귀찮게 굴지 말고 저쪽으로 가서 자라."

원영은 귀찮다는 듯 손을 휘휘 저으며 말했다.

"이놈이 이끼 먹고 체했나? 좀 전부터 뭔 쉰 소리야?"

"쯧쯧. 네놈을 생각해서 하는 말인데 더 이상 알려고 하지 마라. 괜히 다친다."

"이놈이 지금 장난치나! 말하기 싫으면 말을 꺼내지 말던가! 말해놓고 알면 다친다니 지금 나를 놀리는 것이냐!"

화를 내는 감진광을 보며 원영은 선심 쓴다는 표정을 지으며 말했다.

"네놈이 듣게 되면 분명 주화입마에 빠지고 말겠지만 그렇게 알고 싶어하니 내 말해주마. 임무 떠나기 전날 몽월루의 기련이가 나를 몰래 불러내더란 말이지."

원영의 말에 감진광의 눈이 찢어질 듯 커졌다.

원영과 감진광은 몽월루의 기련을 사이에 둔 연적 사이였다. 지금껏 기련은 둘 모두에게 마음을 주지 않고 있었는데 원영은 임무 떠나기 전날 기련이 자신을 몰래 불러냈다고 말하는 것이다.

"저, 정말 기련이가 네놈을 몰래 불러냈다고?"

감진광은 원영의 말을 믿을 수가 없었다.

"바보 같은 놈! 아직도 포기가 안 되냐! 기련이가 네깟 놈 쳐다나 볼 것 같으냐? 기련이는 이 형님한테 완전 뿅 가 있었단 말이지. 그 증거로 그날 기련이가 나에게 안겼다는 것 아니냐!"

"뭐!"

원영의 쐐기를 박는 말에 감진광이 놀라 자리에서 벌떡 일어났다.

"진짜야?"

"당연히 진짜지. 내가 네놈한테 거짓말을 해서 뭐 하겠냐?"

원영을 바라보는 감진광의 눈에 질투의 불길이 활활 타올랐다.

"문제는 말 그대로 안기만 했을 뿐이라는 거지… 하, 이래서 내가 이번 임무를 맡지 말자고 했던 건데… 한 달, 아니 며칠만 시간이 더 있었어도… 크, 고년을 내 걸로 만들 수 있었는데."

원영은 정말 아깝다는 듯 주먹을 쥐며 머리를 흔들었다.

그런 원영을 바라보던 감진광의 뒤틀린 얼굴이 씰룩거리더니 갑자기 코웃음을 쳤다.

기련을 안아본 것 정도라면 자신도 진작 해보았기 때문이다.

"호호, 겨우 임무 수행하기 전날 안아봤다 이거지?"

감진광의 능글맞은 웃음소리에 원영이 무슨 뜻이냐는 듯 노려봤다.

그런 원영을 향해 감진광은 손가락 다섯 개를 펼쳐 보였다.

"뭐, 뭐냐?"

원영은 득의만만한 표정을 지은 채 손가락을 펼쳐 보이는 감진광의 모습에 왠지 모를 찜찜함을 느꼈다.

"오 일이다. 기련이 나를 몰래 불러낸 건 임무 수행하기 오 일 전이다!"

감진광의 말에 원영의 눈이 커졌다.

감진광은 임무 떠나기 오 일 전 기련을 안아봤다고 말하는 것이다. 물론 감진광도 원영과 마찬가지로 술기운에 그저 한 번 안아본 것뿐이었다.

감진광의 득의만만한 표정을 보자 원영은 왠지 모를 패배감에 휩싸였다.

그런 둘을 민머리인 장패가 부러운 표정으로 바라보고 있었다. 자신은 아직 기련을 안아보지 못했기 때문이다.

관진은 그런 단원들의 모습에 피식 미소를 지었다.

무공에 관해서라면 자타가 공인하는 괴물들인데 여자 앞에서는 어린아이만 못한 숙맥들이었다.

그런 이들이 일 년 전 임무를 마치고 함께 간 몽월루의 기련이란 기녀에게 빠져 서로 경쟁하고 있는 것이다.

닳고 닳은 기녀의 수작질에 빠져 허우적거리는 단원들이 못마땅했지만 서른이 넘도록 아직 사랑다운 사랑을 못해본 이들이 안쓰러워 이제껏 옆에서 지켜보기만 했다.

이렇게 갇히고 보니 그런 기녀와의 기억도 추억이 되나 보다.

관진은 아직도 기녀 하나를 놓고 티격대는 단원들을 바라보다 구석에 자리를 잡은 운정 쪽으로 눈을 돌렸다.

비교적 바닥이 평평한 곳을 찾아 운정과 영옥 자매가 가부좌를 틀고 앉은 모습이 보였다.

처음 운정을 봤을 땐 생각보다 너무 어려 소문만 무성한 애송이로 봤는데 시간이 갈수록 달리 보였다.

지금도 자신의 단원들은 시간 때우기 용 헛소리를 즐기고 있는데, 이자는 평정심을 잃지 않고 수련을 하고 있었다.

관진이 바라보고도 한참의 시간이 흘러서야 운정은 눈을 떴다.

눈을 뜬 운정은 영옥과 영영에게 무언가를 설명하는지 손짓까지 섞어가며 열변을 토하고 있었다.

그런 모습을 바라보던 관진은 호기심이 생겨 운정에게 다가갔다.

"무슨 일이시오?"

다가온 관진에게 운정이 무표정하게 물었다.

운정은 영옥과 영영을 대할 땐 마치 친누이나 동생을 대하듯 쾌활하고 상냥한데, 자신과 단원들에겐 냉기를 풀풀 날렸다. 관진은 운정의 이런 반응이 무엇 때문인지 잘 알고 있었다.

"당시의 일은 내 정식으로 사과함세. 그땐 나나 우리 대원들이 어른스럽지 못했네."

제한된 식량과 물을 자신들만 살겠다고 이들에게 나누어

주지 않은 일에 대한 사과였다.

"그 일에 대해 딱히 사과를 받고 싶은 마음이 없소. 그 말 하려고 온 것이오?"

관진은 자신의 사과에도 운정의 표정이 풀리지 않자. 시간이 좀 걸리겠단 생각을 했다.

운정은 운정대로 기분이 나빴다. 이들이 사과해야 할 대상은 자신이 아니라 영옥과 영영이었다. 아니, 이들이 사과한다는 것 자체가 기분이 나빴다. 이렇게 사과를 할 것이면 그때 그렇게 행동을 하지 않았으면 되는 일이고, 그때 그렇게 행동을 했으면 지금 사과를 안 하는 게 오히려 나았다. 이제 물과 이끼로 최소한의 영양분이 해결되자 양심을 찾겠다는 듯하는 사과는 전혀 받고 싶지 않았다. 아니, 오히려 기분이 나쁜 사과였다.

"자네를 요 며칠 지켜봤는데 무공을 수련하는 것 같더군. 게다가 여기 두 소저 분에게도 무공을 가르치는 것 같고 말이야."

"큰 의미가 있는 건 아니오. 그저 두 사람이 이곳의 습한 기후로 인해 몸이 상할까 싶어 간단한 운기토납법을 가르치는 정도요."

"그렇군."

관진이 운정의 말에 고개를 끄덕였다.

"그리고 이곳을 빠져나가려면 꾸준히 무공을 수련하는 수밖에 없소."

관진은 운정의 말에 그게 무슨 소리냐는 표정을 지었다.

"빠져나갈 곳이 없는 이곳에서 밖으로 나가려면 통로를 막은 철문을 부수는 방법밖에 없지 않겠소?"

운정의 대답에 관진은 황당하단 표정을 지었다.

"자네도 철문이 얼마나 단단한지 겪어봤잖은가? 저런 철문을 부수려면 검기로는 턱도 없네. 최소 강기(剛氣)를 일으킬 정도의 수준이 되지 않고서는……."

관진은 말을 하다 운정의 표정을 보고 입을 닫았다.

자룡단은 단주가 운정과 이야기를 하고 있기에 무슨 이야기인가 귀를 기울이다 강기란 말이 나오자 황당하단 표정을 지었다.

"자네, 이곳에서 연공해 강기를 만들어 보이겠단 소린가?"

관진의 물음에 운정은 짧게 고개를 끄덕였다.

운정의 고갯짓에 관진뿐 아니라 자룡단 전체가 황당하단 표정을 지었다.

"그게 가능하다고 생각하는가?"

"가능하냐 안 하냐의 문제가 아니오. 이곳에서 빠져나가는 두 가지의 방법 중 그나마 가능성이 있는 방법이 이 방법일 뿐이오."

운정이 말한 두 가지 중 말하지 않은 한 가지는 관진도 무엇인지 잘 알고 있었다.

그건 노승이 밖에서 기관 장치를 이용해 문을 열어주는 것인데 운정의 말대로 전혀 가망이 없는 방법이었다. 하지만 강기를 만들어 철벽을 부수고 나가겠다는 말도 그만큼이나 가망이 없는 말이었다.

"자네, 강기를 형성하려면 최소 초절정의 경지에 올라야 가능하다는 건 알고 있는가?"

"물론 알고 있소."

"허!"

관진은 운정의 너무도 담담한 대답에 헛바람을 삼켰다.

"어렵지만 가능한 방법이 있는데, 도달하기 어렵다는 이유로 기생 이야기나 하며 시간을 때우는 것보단 낫지 않소?"

운정이 원영을 바라보며 넌지시 말했다.

"뭐! 너 지금 뭐라고 했어! 나한테 시비 거는 것이냐?"

원영은 운정이 갑자기 자신을 걸고넘어지자 눈에 불을 켜고 달려들었다.

"원영, 진정해라! 그가 한 말이 맞다."

관진이 말리자 원영은 뭐가 맞냐는 듯한 눈빛으로 관진을 바라봤다.

"우린 아직 죽지 않았다. 임무도 아직 끝나지 않았고. 한데 이곳에 갇혔다는 이유만으로 아무것도 하지 않고 그동안 시간만 축내고 있었지. 마치 죽은 사람처럼 말이다. 이자의 말대로 가능성이 조금이라도 있다면 그것에 매달려 보는 것도 나쁜 건 아니야."

"말이 쉽지 초절정의 경지가 누구 집 개 이름이요?"

원영의 말에 관진은 고개를 저었다.

"가능성이 있을지도 모른다."

"어떻게 말입니까?"

"이곳에 있는 남자 모두가 절정에 이른 고수들이다. 이중 단 한 명이라도 초절정의 경지에 이른다면 우린 모두 이곳을 빠져나갈 수 있다."

관진의 말을 듣는 순간 자룡단원들의 눈이 커졌다.

지금까지 자신 혼자의 기준으로 초절정에 오르기란 지난한 일이라 생각했는데, 다섯 명이라면 이야기가 달라진다. 개인으로 생각하면 무리가 있을 수도 있지만 다섯 명이라면 그 중 초절정의 고수가 나오지 말란 법이 없는 것이다. 한 명으로 생각할 땐 확률적으로도 어려울 것 같던 이야기가 다섯 명으로 생각하자 왠지 범위가 좁혀진 느낌이었다.

운정은 관진의 말에 자룡단이 진지한 표정으로 변하자 속으로 혀를 찼다.

그는 일부러 관진과 원영을 자극한 것이다.

운정은 이곳에 들어오고도 꿈에서 종가휘를 꾸준히 만나왔다. 그와의 상의로 초절정에 올라 철벽을 부수고 빠져나간다는 계획도 세웠다.

운정이 초절정에 올라 철벽을 부수려면 혼자만의 연공으로는 힘들다. 생사가 오락가락하는 실전을 통해 팽팽히 당겨진 실과도 같은 긴장감 속에서 한줄기 깨달음을 얻어야 했다.

그런 환경을 만들려면 자신과 비슷하거나 한 수 위에 있는 이들과의 실전과도 같은 비무가 필수였다. 그래서 원영을 자극한 것인데 되레 희망을 주고 말았다.

운정은 어차피 이렇게 된 것 관진의 말대로 이 중 단 한 명이라도 초절정의 고수가 되어 빠져나갈 수 있다면 잘된 일이라 생각했다.

운정의 말이 있고 갑자기 동굴 안의 분위기가 변했다.

모든 이가 잡담을 멈춘 채 자신만의 수련에 집중하기 시작한 것이다.

잡담하며 장난칠 땐 어딘가 모자라 보이던 이들이 수련에 임하기 시작하자 분위기가 백팔십도로 변해 마치 다른 사람들을 보는 듯했다.

한동안 시장 바닥처럼 시끄러웠던 동굴에 정적이 찾아오고, 모두가 수련에 열중하는 분위기가 되자 왠지 운정도 진지한 기분이 들어 수련에 집중할 수가 있었다.

그렇게 동굴 안에 갇힌 칠 인 모두가 저 나름대로의 수련에 빠져들었다.

그렇게 며칠이 지났을 때였다.

"오빠! 나, 나 뱃속에서 뭔가 따듯한 기운이 느껴져! 이거 기 맞지?"

영영의 환희에 찬 외침에 모든 이의 이목이 집중됐다.

운정은 영영의 맥문을 잡고 자신의 진기를 흘려 넣어봤다. 분명 미미하지만 영영의 단전이 틀을 잡고 그곳에 미세한 양의 기를 모아두고 있었다.

"우리 영영이 천재구나. 진짜 잘했어! 네 말대로 단전에 기가 모였어!"

"와!"

"영아, 축하해."

영옥까지 영영을 축하해 주자 영영의 얼굴에 미소가 떠나지 않았다.

"꼬맹아, 축하한다. 짧은 시간에 잘도 기운을 모았구나."

자룡단원 중 원영이 가장 먼저 영영을 축하해 주었다.

제단이 있는 위층에서 어린 영영에게 물 한 모금도 나누어 주지 않았던 자신들의 모진 행동에 대한 미안함도 있었지만, 정식 내공심법이 아닌 운기토납법으로 그 짧은 시간에 단전을 형성하고 기를 모았다는 데 진심으로 놀라고 있었다.

원영을 시작으로 자룡단의 모두가 축하한다는 말을 전했다. 위층에서 있었던 일 때문인지 이들은 이곳으로 자리를 옮긴 후 영영을 특히나 잘 챙겨주려 노력했다.

영영이 나이에 맞지 않는 영특함을 보이기도 했지만 이들에게 의외로 큰 경계심을 갖지 않아 자주 대화를 하며 어울렸던 탓이다.

반대로 영옥은 웬만해선 이들과 대화를 자제했는데 그 이유가 위층에서 있었던 일 때문인지, 운정을 쫓은 자들이기 때문인지는 정확히 알지 못했다.

영영이 단전에 기를 느끼게 되자 운정은 고민하기 시작했다. 영영에게 제대로 된 내공심법을 가르칠 것인지 아니면 이대로 운기토납법으로 건강만 챙기도록 할 것인지였다.

운정의 고민은 오래가지 않았다. 배우고 배우지 않고는 영영의 선택이었기 때문이다.

"영영아, 네가 이제 단전에 기를 모을 수 있게 됐으니까 선택하도록 해. 이대로 운기토납법으로 건강을 유지하는 것에 만족할지 아니면 제대로 된 내공심법을 배울지 말이야."

운정의 물음에 영영은 당연하다는 듯 대답했다.

"나, 제대로 된 내공심법을 배울래!"

"너, 내공심법을 배우는 게 무얼 뜻하는지는 알고 있어?"

운정의 물음에 영영은 무슨 의미냐는 듯한 표정을 지었다.

"내공심법을 배운다는 것은 정식으로 무공을 배워 앞으로 네가 강호인이 된다는 걸 뜻해. 내공심법을 익혀 내가 기공의 고수가 되면 힘도 쌔지고 몸도 튼튼해지지만 그만큼 많은 일들에 휩쓸릴 수가 있어. 그리고 그런 일들에 스스로 책임을 져야 해. 앞으로 네가 가지게 된 힘으로 인해 일어나는 모든 일들을 감당할 자신이 있어? 지금 나처럼 누명을 써 쫓길 수도 있고, 누군가에게 아무런 이유 없이 공격을 당할 수도 있어."

운정의 말에 영영은 잠시 생각하는 듯하더니 이내 대답했다.

"그래도 나는 정식으로 무공을 배울래!"

영영은 내공심법이 아닌 무공이라 했다. 이 말은 진정 강호인이 되겠단 말이었다.

"한번 발을 들이면 죽기 전엔 절대 빠져나가지 못해 그래도 괜찮아?"

운정이 재차 묻자 영영은 생각할 필요도 없다는 듯 당차게 고개를 끄덕였다.

운정은 자신이 무공을 익힌 후 너무도 힘든 일을 많이 겪었기에 나중에라도 영영이 무공을 익힌 걸 후회하는 일이 없길 바랐다. 하지만 돌이켜 보면 무공이 없는 것보다 힘든 일을 겪더라도 무공이 있는 게 백배 나았다.

세가가 무너질 당시 힘이 없어 아무것도 하지 못한 채 보고만 있었는데 그때 자신에게 힘이 있었다면 지금의 삶과는 많이 달라졌을 것이다.

운정은 영영이 그런 상황에 처했을 때 자신처럼 아무것도 하지 못한 채 멍하니 있지 않길 바랐다. 목숨을 걸고 적과 싸우든 몸을 피해 달아나든 스스로의 힘으로 선택이라도 할 수 있길 바랐다.

"그래, 네가 스스로 선택했으니까 오라비는 최선을 다해 가르쳐 줄게."

"나, 열심히 할게!"

"녀석."

운정이 영영의 머리를 쓰다듬었다.

다음날부터 운정은 영영에게 제대로 된 내공심법을 전수하기 시작했다.

운정이 알고 있는 내공심법은 총 세 가지였다.

검왕의 백운심공과 음양종선공, 그리고 종가휘의 멸천혈마공이었다.

종가휘의 멸천혈마공은 마교의 심법이었기에 너무 마기가 짙어 어린 영영에게 가르치기엔 무리가 있었다.

음양종선공은 효능면에선 당금 강호에 따라올 심법이 없을 만큼 대단한 것이었지만 운정이 영영에게 전수하는 것 자체가 무리였다.

음양종선공을 타인에게 가르칠 수 있는 방법은 검왕이 자신에게 했던 것처럼 뇌리에 직접 새겨주거나 음양종선검을 몸속에 주입시키는 방법밖에 없는데, 운정은 아직 일단공밖에 이르지 못해 영영에게 사용할 수가 없었다. 그래서 나중에라도 음양종선공을 익힐 수 있도록 백운심공을 가르치기로 했다.

"영영아, 오늘부터 네가 익히게 될 내공심법은 백운심공이야."

운정의 전음에 영영이 놀라 눈을 동그랗게 떴다.

설마 자신이 배우게 될 내공심법이 검왕의 백운심공일 거라곤 상상도 못했었기 때문이다.

"심공과 함께 검법과 신법, 그리고 보법을 가르칠 테니 오늘부턴 힘들더라도 오라비를 믿고 잘 따라와야 해."

운정의 말에 영영은 힘차게 고개를 끄덕이며 눈을 깜빡였다.

"앞으로 네가 배우게 될 검법은 응소요검법(鷹逍遙劍法)이라 하고, 보법은 유유신보(流流身步), 신법은 환뇌신법이야.'

운정은 영영에게 자신이 익히고 있는 권법이 아닌 검법을 가르치기로 했다.

권법은 남자에 비해 근력이 떨어지는 여자가 배우기 힘든데다가 대성하기도 힘들었다. 해서 다른 무공을 가르쳐야겠다고 생각했는데, 마침 종가휘의 안가에서 가지고 나와 지금껏 제대로 쓰지 않고 있던 녹색 검이 생각나 검법을 가르치기로 한 것이다.

응소요검법은 종가휘의 기억으로 운정이 알고 있는 검법중 여인의 몸에 가장 잘 맞는 검법이었다.

보법도 처음엔 자신과 같은 마영신보를 가르칠까 했지만 응소요검법과 맞지가 않아 유유보법으로 결정했다.

하지만 신법은 별다른 제약이 없어 자신이 익히고 있는 환뇌신법을 가르치기로 했다.

운정은 영영에게 앞으로 배워야 할 검법과 신법, 그리고 보법에 대해 자세히 설명하기 시작했다.

워낙 종가휘에게 배울 때 하나하나 세세하기 짚어가며 배웠던 터라, 영영을 가르칠 때도 종가휘가 자신에게 했던 대로 하니 어렵지 않게 이해시킬 수가 있었다.

운정은 영영을 가르치는 한편 자신의 수련에도 한층 박차를 가했다. 특히 사흘마다 한 번씩 이뤄지는 종가휘와의 수련은 운정에게 자양분이 되어 하루가 다르게 성장하는 밑거름이 되었다.

종가휘는 최근 운정에게 제천혈마권을 가르치고 있었다.

제마권법도 상당한 위력을 지녔지만, 종가휘가 운정의 몸을 뺏을 목적으로 원형을 개량해 가르친 탓에 초식이 단순하고 정교하지가 못해 자신보다 뛰어난 고수를 만나면 쉽게 무너질 위험이 있었다.

게다가 제마권법엔 없는 연환식인 진천십이뢰를 배울 수 있어. 다수를 상대할 때보다 효과적인 공격을 할 수가 있게 되었다.

자룡단은 운정 일행의 진지한 모습에 자극이라도 받은 듯 이전의 어수선하던 모습을 버리고 더욱 수련에 열중했다.

처음 식량으로 인해 틀어졌던 자룡단과 운정의 관계는 무공을 수련하며 조금씩 가까워지고 있었다.

기본적으로 운정이 이들과의 비무를 필요로 했기에 더욱 가까워지는 시간이 앞당겨졌다.

자룡단은 늘 자신들끼리 비무를 해왔기에 서로 간의 장단

점을 너무도 잘 알고 있었다. 그러던 차에 운정이란 새로운 비무 상대가 생겼으니 반기지 않을 수가 없었다.

강기라는 새로운 목표가 생기고, 서로의 이해가 맞아떨어지자 오래지 않아 운정과 자룡단의 비무가 벌어졌다.

가장 먼저 나선 이는 원영이었다.

"별호가 일권일사였지? 과연 그 별호에 걸맞은 실력을 지녔는지 내가 확인해 보겠네."

자룡단에서 원영이 가장 먼저 비무 상대로 나온 이유는 원영 또한 운정처럼 권을 주로 사용했기 때문이다.

처음 감진광이 먼저 운정을 상대하겠다고 설쳤지만, 관진은 운정의 실력을 제대로 확인해 보겠다며 원영을 내보냈다.

"나를 잡으러 온 사람들과 수련을 위한 비무를 하게 되니 한편으론 우습기도 하지만 이곳을 나가기 위함이니 모쪼록 서로 간의 비무로 많은 것을 얻을 수 있었으면 합니다."

운정이 기수식을 취하며 말했다.

그동안은 자룡단이 자신을 잡으러 온 무리들인지라 하오체로 일관했었는데, 어느 정도 친분이 쌓이고 화신동 탈출을 목표로 비무까지 하게 되자 더 이상 예전의 건방진 말투를 사용할 수가 없었다.

관진은 사십이 가까운 나이였고, 원영과 감진광만 해도 운정보다 열다섯 살이나 많은 서른셋이었기 때문이다.

화신동을 나간 후엔 어떻게 될지 알 수 없지만 이곳에 있는 동안은 서로 상부상조해야 할 사이인지라 최소한의 예의는 지켜줘야 했다.

운정이 기수식을 취하자 원영도 가볍게 몸을 풀며 운정 앞에 마주섰다.

영옥과 영영도 무공을 배우기 시작했기에 이 둘의 비무를 관심 깊게 지켜보기 시작했다.

비무가 시작됐지만 운정과 원영은 한동안 부딪치지 않고 서로의 기색만을 살폈다.

"계속 노려만 볼 것인가?"

원영은 선배인 자신이 먼저 공격할 순 없지 않느냐란 말투로 운정에게 말했다.

"그럼 내가 먼저 가도록 하지요!"

운정이 말과 동시에 마영신보를 시전하며 원영에게 달려들었다.

"호, 이게 소문으로 듣던 그 마영신보로군!"

원영은 운정의 신형이 흐릿해지자 감탄사를 뱉어냈다. 하지만 감탄사완 달리 운정의 움직임을 훤히 들여다보는 듯 가볍게 몸을 움직였다.

쉬쉭!

운정의 주먹이 빠른 속도로 원영의 명치로 파고들었다.

스슷.

원영은 운정의 모습을 모두 파악하고 있기라도 한 듯 운정의 주먹이 닿으려는 찰나 유려한 보법을 밟으며 가볍게 피해냈다.

"이 정도라면 실망인데."

원영도 보법이라면 누구에게도 지지 않을 자신이 있었다.

원영의 신형이 바람처럼 움직이며 마영신보를 사용하는 운정의 몸을 바짝 따랐다.

그때부터 운정과 원영의 한 치의 양보도 없는 비무가 진행되었다.

그리고 놀라운 결과가 나타났다.

절대 질 리가 없다고 생각한 원영이 운정에게 패한 것이다. 원영은 자신이 방심한 탓이라며 다시 비무를 하자고 요청했지만 관진이 허락하지 않았다.

원영의 패배에 자극받은 감진광이 바로 운정과의 비무를 원했지만 관진은 운정이 지쳤다며 다음날 다시 비무를 재계하기로 했다.

원영은 방심했다고 말했지만 실력에 밀려 운정에게 졌음을 스스로도 잘 알고 있었다.

관진도 그런 사실을 알고 있었기에 감진광과 운정의 비무를 허락하지 않은 것이다.

비무를 하기 전만 하더라도 운정의 실력이 자신들에게 미치지 못한다고 생각했는데, 막상 비무를 해보니 전혀 아니었다. 그래서 관진은 흥분한 감진광을 저지하고 운정에 대한 단원들의 마음가짐을 다시 잡을 시간이 필요했다.

다음날 자룡단은 전날의 가볍던 마음을 비우고, 최선을 다해 운정과 비무를 벌였다.

한데 또다시 감진광이 운정에게 패하고 말았다.

그 후 장패는 겨우 운정과 동수를 이뤘고, 단주인 관진만이 운정에게 이겨 그나마 체면치레를 할 수 있었다. 이와 같은 결과에 자룡단은 얼마나 놀랐는지 한동안 충격에 빠져 아무것도 할 수가 없었다.

그동안 마음만 먹으면 운정 정도는 언제든 자신들 마음대로 할 수 있을 거란 생각이 완전히 망상이 되어버린 것이다.

그렇게 충격에 싸여 있던 자룡단원 중 가장 먼저 움직인 자는 이번에도 원영이었다.

그는 그날부터 시간만 나면 운정을 졸라 비무를 해대기 시작했다. 감진광은 원영보다 더 비참하게 패했기에 운정과의 비무보단 자신의 무공을 다시 되짚는 시간을 가졌다.

장패는 운정과 동수를 이뤘지만 운정의 빠른 성장세를 보곤, 곧 자신도 따라잡힐 것이란 위기감에 수련에 박차를 더했다. 관진은 그런 모든 이들의 표적이었기에 한시도 수련을 게을리 할 수가 없었다.

그러던 차에 소식 없던 영옥의 단전에도 내기가 모여들기 시작했다.

운정은 진심으로 기뻐하며 영옥에게도 무공을 가르치기 시작했다.

영옥은 어린 영영도 느낀 내기를 그동안 느끼지 못해 나름 맘고생이 심했는지 기운을 느끼던 날 남몰래 눈물을 글썽였다.

운정은 영옥에게 가르칠 무공을 고민하다가 백운심공과 비도술을 가르치기로 결정했다.

다행히 노승이 자룡단을 공격할 때 썼던 비도 네 자루가 운정의 수중에 있어 가능한 일이었다.

*　　　*　　　*

"뭐? 자룡단이 사라졌단 말이냐?"

"네, 한 달 전 포성에서 단운정의 흔적을 찾았다는 연락이 있은 후 지금까지 아무런 소식이 없습니다."

"한 달간 연락이 없었는데 왜 이제서 보고를 하는 것이냐?"

"자룡단이 추적을 하다 보면 소식을 전할 수 없는 상황에 처할 수도 있으니 최소 한 달의 말미를 가지고 기다려 달라 했습니다. 오늘이 그 한 달째 되는 날입니다."

"음……."

무림맹주 정일학은 자룡단이 추적을 시작하기 전에 미리 언질을 주고 갔다니 더 이상 따지고 들 수가 없었다.

"자룡단은 그렇다치고, 놈의 소문은 그 이후로 없느냐?"

"네, 자룡단과 함께 단운정이란 자의 행방도 더 이상 드러나지 않고 있습니다."

"자룡단이 그놈에게 당했을 리는 없고… 한 달이 지나도록 아무런 연락이 없다니……."

"오늘이 한 달째니 좀 더 여유를 가지고 기다리는 게 좋을 것 같습니다."

문주 옆에 앉아 있던 송 총관이 나직이 말했다.

"알겠네. 자룡단이 놈에게 당했을 리는 없을 테니 좀 더 기다려 보도록 하지."

정일학은 무사를 내보내고 송 총관에게 말했다.

"원상진경의 소재를 파악했다고 했나?"

"그동안 파악되지 않던 팽가 놈의 흔적을 찾았습니다."

"그곳이 어딘가?"

"지난번에 말씀 드렸던 감숙성에 있는 이가장이란 곳입니다."

"이가장이라… 그곳은 무가가 아니지 않은가?"

"표면적으론 상인 가문으로 위장되어 있지만 조사해 본 바에 의하면 무가가 맞습니다."

"그렇군. 자네도 원상진경과 혈영신교전을 찾는 일이 얼마나 중요한지 잘 알고 있을 걸세. 대업을 위해선 반드시 찾아야 하니 최선을 다해주게."

"명심하겠습니다."

정일학과 송 총관의 대화가 있은 후 며칠이 지나지 않아 한 마리의 전서구가 도착했다.

"맹주님, 이가장에 원상진경이 있는 게 거의 확실한 것 같습니다."

"잘됐군. 수단과 방법을 가리지 말고 회수해 오게."

"알겠습니다."

잠시 후 한 마리의 전서구가 무림맹 위를 날아갔다.

감숙성 난주에 위치한 이가장은 세워진 역사가 이백 년이 넘고 섬서성, 사천성, 청해성을 비롯해, 신강 일대에까지 상권을 가진 제법 규모가 큰 곳이었다.

처음 이가장이 세워졌을 땐 무가로 시작했지만 사대 장주가 워낙 이재에 밝아 부를 축적하기 시작했고, 칠대장주 때 완전히 상인 가문으로 탈바꿈하게 됐다.

하지만 여전히 가전 무공이 건재했고, 표국을 비롯해 무력이 필요한 일이 많아 가문의 직계는 어린 시절부터 무공을 익히며 주변의 무가와도 깊은 교류를 가졌다.

현 이가장의 장주인 이혁무는 가문의 무공인 능파십이검(凌波十二劍)을 대성한 절정의 고수로 난주 일대에선 꽤나 이름난 고수였다.

그런 이혁무가 한밤중에 자신의 침소에서 불청객들의 방문을 받고 있었다.

"당신들은 누구요?"

이혁무가 갈라진 옆구리의 상처를 손으로 감싸 쥐며 눈앞의 흑의 복면인에게 물었다.

"우리의 정체는 중요하지 않소. 가문을 보전하고 싶거든 진경을 내놓으시오."

"진경? 무슨 진경 말이요?"

"이미 모든 조사가 끝난 상태이니 괜한 시간 낭비는 하지 않는 게 좋을 것이오. 그렇지 않으면 이가장은 오늘부로 세상에서 사라지게 될 것이오."

이혁무는 처음 흑의 복면인들이 자신의 침소를 습격했을 때는 금전을 노린 강도이거나, 자신에게 원한을 산 누군가 고용한 자객 정도로 생각했었다.

한데 이들의 입에서 원상진경에 대한 말이 나오자 소스라칠 정도로 놀랐다.

우려하던 일이 벌어졌기 때문이다.

'들키고 말았구나……. 그렇게 조심했건만… 방상역, 아니, 팽탁목 그자의 뒤를 추적한 것이겠지… 그것보다 명아가 위험하다…….'

이혁무는 오래 생각하고 있을 수가 없었다. 지금은 서둘러 이들을 떨쳐 내고 막내아들에게 위험을 알려야 할 때였다.

"원상진경? 그건 또 뭐요? 난 그 원상진경이란 것을 오늘 처음 들어보오."

"계속 발뺌을 하겠다면 더 이상 타협의 여지가 없소. 기회를 줬는데도 스스로 걷어차다니……."

이혁무가 사내의 말을 이해하지 못하고 있는 사이, 방문이 열리더니 몸에 피칠갑을 한 사내 두 명이 흑의인들에게 끌려 들어왔다.

"아, 아버님!"

흑의인에게 끌려 들어온 사내들은 이가장의 소장주인 이한정과 동생인 이한철이었다.

흑의인들에게 끌려오기 전 치열한 격전을 치렀는지 온몸에 성한 곳이 없었다.

두 아들을 끌고 온 흑의인은 검을 빼 이한철의 목에 갖다 댔다.

"당신의 두 아들이 끌려온 걸 봐서 알겠지만 이가장은 이미 우리 손에 들어온 상태요. 당신 스스로 기회를 버린 것이니 내 손이 무정타 원망치 마시오."

흑의인의 말에 이혁무의 눈동자가 흔들리기 시작했다.

자신의 두 아들이 이곳으로 끌려오고 흑의인들의 침입으로 소동이 일어난지 한참 지났는데, 그동안 장원의 무사들이 아무도 달려오지 않고 있었다.

분명 흑의인의 말대로 장원은 이들에게 장악된 상태일 것이다.

하지만 그렇다고 원상진경을 순순히 내어놓을 순 없었다.

원상진경을 내놓는다 해도 이들이 자신들을 절대 살려둘 리가 없기 때문이다.

이혁무는 무슨 수를 써서라도 이들의 손아귀에서 빠져나가야겠다고 생각했다.

"원상진경을 주겠소……."

이혁무가 고개를 떨어뜨리며 처연한 목소리로 말했다.

"아버님!"

이혁무의 말에 이한정과 이한철이 깜짝 놀라 소리쳤다.

"그깟 비급보다 너희와 장원 식구들의 목숨이 더 중요하다."

"현명한 생각이오."

"원상진경은 저곳에 있소."

이혁무가 가리킨 곳은 벽 한 켠에 걸려 있는 큰 족자였다.

"족자 뒤에 비밀 금고가 있고, 그 안에 원상진경이 들어 있소."

사내는 이혁무가 가리키는 족자를 검끝으로 살짝 걸어 올렸다.

과연 족자 뒤에 금고 문이 보였다.

"열어봐라."

사내가 한쪽에 서 있던 수하에게 말하자 그는 족자를 떼어내고 금고 문을 열었다.

파파파팟!

순간 금고 안에서 수백 발의 금침이 사방으로 쏘아져 왔다.

"헉!"

금고를 열던 사내는 대경실색해 바닥을 박차며 신형을 돌렸다.

파파파파팍!

금고 안에서 발출된 수백 발의 금침들은 침실 안을 어지럽게 수놓은 후 반대편 벽에 박혔다.

사내는 다급히 몸을 피해 죽진 않았지만 가슴 위부터 팔뚝까지 수십 발의 금침을 맞아야 했다.

그사이 이혁무는 자신의 두 아들을 데리고 침실을 빠져나가기 시작했다.

"쫓아라!"

이혁무와 두 아들은 침실을 빠져나오는 데는 성공했지만 더 이상 달아날 수가 없었다.

사방에서 복면을 한 사내들이 나타나 자신들을 포위했기 때문이다.

이혁무가 절정의 고수이고 두 아들도 상당한 경지에 올라 있었지만 흑의인들을 보자 절망감에 사로잡혔다.

모두 몇 명인지 알 수 없지만 지금 자신들을 포위하고 있는 복면인들의 기도가 범상치 않았기 때문이다.

'정아, 철아. 무슨 일이 있어도 이곳을 빠져나가 막내를 찾아야 한다. 알겠느냐!'

이혁무는 자신의 몸을 내주고 두 아들이 빠져나갈 탈출로를 뚫을 생각이었다.

'아버님!'

이한정과 이한철은 부친이 자신들의 탈출로를 뚫기 위해 목숨을 버리려 한다는 걸 알았지만 말릴 수가 없었다.

이미 이가장 곳곳에 불이 나고 장원의 식구들도 대부분 죽은 후였다.

이들로부터 벗어나 막내에게 오늘의 일을 전하려면 부친뿐만 아니라 자신들도 목숨을 걸어야 했다.

어떻게 보면 이 모든 일이 막내 때문에 벌어진 일이지만 이제 와서 그 부분을 따지고 싶은 생각은 없었다.

"가자!"

이혁무를 선두로 이한정과 이한철이 뛰어가기 시작했다.

"놈들을 막아라!"

침실에서 뒤쫓아온 흑의인의 외침에 복면인들이 일제히 달려들었다.

챙챙!

이혁무가 난파십이검의 정수라는 유성파파의 초식으로 복면인들의 검을 쳐내며 두 아들에게 소리쳤다.

"난화각으로 달릴 거라!"

난화각은 장원 뒤쪽에 위치한 숲과 마주 보고 있어 그곳으로 갈 수만 있다면 복면인들로부터 달아날 확률이 높았다.

"아버님 보중하십시오!"

이한정이 머뭇거리는 이한철의 등을 떠밀며 난화각으로 달리기 시작했다.

"이놈들 나와 함께 이곳에서 뼈를 묻자!"

이혁무가 살기 가득한 눈을 번뜩이며 복면인들을 향해 온몸을 내던졌다.

복면인들은 생명을 도외시한 채 달려드는 이혁무의 서슬에 놀라 한순간 발길을 늦췄고 그사이 두 아들은 난화각으로 뛰어들었다.

"멍청한 놈들 뭘 꾸물거리느냐!"

뒤에서 흑의인의 호통 소리가 들리더니 어느 순간 시퍼런 예기를 머금은 검 한 자루가 무서운 기세로 날아왔다.

이혁무는 검에 실린 기세가 심상치 않음을 알았지만 몸을 피할 수가 없었다. 자신이 몸을 피한다면 달아나는 두 아들의 목숨이 위험해지기 때문이다.

이혁무는 피하는 걸 포기하고 검을 쳐내기로 했다.

캉!

검을 쳐내는 순간 주위에 있던 복면인들의 검이 동시에 날아왔다.

카캉!

"큭!!"

복면인들의 검은 쳐냈지만 그사이 다가온 흑의인의 검은 막지 못했다.

이혁무는 복부를 뚫고 들어간 흑의인의 검에 쓰러지는 듯하더니 어느 순간 몸을 튕겨 달려들었다.

"이, 이놈!"

흑의인은 이혁무가 복부에 검을 꽂은 채 자신에게 몸을 던질 것이라곤 생각지 못했기에 당황한 나머지 뒷걸음질을 쳤다.

그 순간 옆에 있던 복면인의 검이 날아와 이혁무의 옆구리를 관통했다.

이혁무의 신형이 잠시 휘청거렸지만 달려들던 속도는 전혀 줄어들지 않았다.

츄학!

쓰러지듯 몸을 날린 이혁무의 검이 흑의인을 향해 호선을 그렸다.

흑의인의 눈이 커지는가 싶더니 이내 복부가 갈라지며 피가 분수처럼 뿜어져 나왔다.

그 순간 옆에 있던 복면인의 검이 이혁무의 목을 향해 날아왔다.

서걱!

툭.

이혁무의 머리가 둔탁한 소리와 함께 바닥으로 떨어졌다.

바닥으로 떨어진 이혁무의 머리는 난화각을 향해 있었다.

"이쪽이다!"

복면인들은 이한정과 이한철을 쫓아 난화각과 마주 보고 있는 숲 속으로 뛰어들었다.

"철아! 어서 가거라!"

이한정은 부친의 방으로 끌려가기 전 흑의인들 과의 전투로 다리를 다쳐 신법을 제대로 발휘할 수가 없었다.

"형님!"

이한철도 이한정의 그러한 상태를 알고 있었지만 차마 형을 남겨두고 혼자 떠날 수가 없었다.

"어서! 네가 명이를 만나야 가문의 복수도 할 수 있다!"

"그래도……."

"멍청한 놈! 네놈이 정에 끌려 시간을 허비할수록 가문의 복수는 더욱 멀어진다! 어서 서두르거라!"

이한정의 고함 섞인 외침에 이한철은 머뭇거리다 이내 숲 속을 향해 달리기 시작했다.

"이놈들아! 여기다! 여기 이가장의 소장주인 이한정이 여기 있다!"

이한정은 동생을 무사히 달아나게 하기 위해 복면인들에게 고함을 치며 숲 한쪽으로 유인하기 시작했다.

하지만 복면인들도 바보가 아니었기에 이한정의 유인책에 걸려들지 않고 두 패로 나뉘어 이한정과 이한철을 동시에 쫓았다.

第七章
자룡단

[놈, 그만 일어나거라.]

운정은 종가휘의 목소리에 잠에서 깨어났다.

"어, 벌써 사 일이 지났나?"

시간의 흐름을 알 수 없는 동굴 생활에서 유일하게 시간을 알 수 있는 게 종가휘와의 만남이었다.

종가휘가 자신의 꿈속에 나디나면 비로소 사 일이란 시간이 지난 걸 알 수 있었다.

[밤은 짧다. 시간 없으니 냉큼 일어나 제천혈마권을 펼쳐 보거라.]

종가휘는 운정을 만나기 무섭게 지난번 가르쳤던 제천혈

마권을 펼쳐 보라 했다.

제천혈마권은 총 칠 초식으로 이루어져 있는데, 전 사 초식인 섬광단천(閃光斷天), 동중일파(動重一波), 수영재암(收影在岩), 사혈지망(死血志望)과 후 이 초식인 파천암왕(破天暗王), 혈마진천(血魔振天), 그리고 앞의 육 초식을 두 번 연환으로 펼치는 진천십이뢰로 이루어져 있었다.

이전에 배운 제마권법은 전 사 초식을 운정이 배우기 쉽게 종가휘가 개량한 것이었다.

운정은 이곳에 갇힌 후부터 종가휘에게 후 이 초식과 연환식인 진천십이뢰를 집중적으로 배우고 있었다.

운정이 제천혈마권을 모두 펼쳐 보이자 종가휘가 다가와 말했다.

[아직도 초식을 펼치는 사이사이에 군더더기가 많다. 떨거지들과 비무를 할 때 최대한 내기를 조절해 초식을 운용하는 데 신경을 쓰도록 해라.]

운정이 음양종선공을 지니고 있어 일 권에 실린 힘은 강했지만 초식의 숙련도는 아직도 많이 부족했다.

운정도 이와 같은 사실을 잘 알고 있었기에 최근 자룡단과 비무를 할 땐 내기를 조절해 가면서 초식의 운영에 신경을 쓰고 있었다.

[뭐, 그거야 경험을 쌓다 보면 느는 것이고 오늘 분량은 외워 왔느냐?]

종가휘가 묻는 건 혈영신교전에 대한 것이었다.

운정은 종가휘가 해독을 할 수 있도록 사 일에 한 번씩 혈영신교전의 일정 부분을 외워왔다.

의미가 이해되지 않아 외우기 힘들었지만 자신은 종가휘에게 전해주기만 하면 되는 것이었기에 무턱대고 외워서 불러주었다.

운정이 그간 외워온 혈영신교전의 내용을 불러주자 종가휘는 조용히 눈을 감고 암기하기 시작했다.

운정이 세 번을 불러주자 종가휘는 운정이 불러준 내용을 모두 암기할 수 있었다.

"이거 매번 귀찮게 외워와야 되는 거야? 이전에 불러준 것도 아직 해독이 안 됐잖아?"

운정의 물음에 종가휘는 고개를 설레설레 저었다.

[해독에 필요한 자료들이 부족해서 난항을 겪곤 있지만 아무런 수확이 없었던 건 아니다. 이렇게 일 부분씩 여러 날 모아 완전히 암기하게 되면 나름의 수확이 있을 것이다. 이 일은 앞으로를 위해서도 우리에게 반드시 필요한 작업이니 귀찮다 생각지 말고 절대 틀리는 부분 없이 외워오도록 해라.]

운정도 귀찮아서 한 말은 아니었다.

종가휘의 말대로 이곳에 해독에 필요한 자료들이 없는데 어떻게 해독을 하겠느냐고 돌려서 묻는 것이었다.

[혈영신교전의 해독에 대해선 내가 알아서 할 터이니 너는

무공을 높여 이곳을 빠져나가는데 주력하도록 해라.]

종가휘의 말에 운정은 고개를 끄덕였다.

종가휘의 말대로 자신은 혈영신교전 보단 지니고 있는 무공을 갈고닦아 이곳을 빠져나갈 만한 수준으로 끌어올리는 게 더 시급했다.

[자, 그럼 검왕의 무공을 다시 한 번 파헤쳐 보도록 하자.]

종가휘의 말에 운정이 가부좌를 틀고 앉았다.

운정은 대주천을 한 번 한 후 내기를 정수리로 모았다.

얼마간 내기를 정수리로 모은 후 일시에 기혈로 되돌리니, 순간 운정의 정수리에서 하나의 검이 모습을 드러내며 운정의 기혈을 따라 돌기 시작했다.

운정과 종가휘는 검왕의 음양종선검을 연구하고 있었다.

처음엔 음양종선검을 검왕이 죽기 전 자신의 내공을 하나의 내단으로 만들어놓은 것이라 생각했다.

한데 시간이 지날수록 그 생각이 틀렸다는 생각이 들었다.

일반적인 내단의 활용은 내공의 증진에 있었다. 하지만 음양종선공은 내공의 증진이 큰 의미가 없는 심공이었다.

직접 음양종선공을 만든 검왕이 그러한 사실을 모를 리 없을 텐데 내공 증진을 위해 내단을 따로 남겨뒀을 리가 없었다.

그러한 생각을 시작으로 종가휘와 운정은 음양종선검이 따로 존재하는 의미를 연구하기 시작했고, 최근엔 음양종선공으로 만들어진 단전의 내기와 음양종선검이 같은 기운을 지니지만 확연히 구별되어 있음을 알게 되었다.

음양종선검의 정확한 정체나 내기와 따로 구분되어 있는 이유는 알아내지 못했지만 내공의 증진을 위해 남겨놓은 건 아니라는 것을 충분히 알 수 있었다.

운정은 일단공을 이룬 후 정수리 부근에 숨어 있던 음양종선검을 언제든 불러낼 수 있는 능력은 갖게 되었지만 정확한 활용 방법은 알지 못했다.

그나마 최근 여러 방법을 시도하며 알아낸 것은 음양종선검을 불러내 운기행공을 하면 평소보다 빠르고 조금 강한 기운을 얻을 수 있다는 것 정도였다.

하지만 원체 음양종선공이 발출된 기운을 다시 모아들이고, 내공의 빠른 증진에 탁월한 효능을 지녀 큰 변화를 줄 정도는 아니었다.

[여전히 네 몸속의 기운과 융화되지 않느냐?]

"응. 아무리 녹여 보려 해도 끄덕도 않네."

음양종선공을 자신의 내기로 변환해 보려고도 했지만 음양종선검은 원형의 모습을 변화시키지 않았다.

[문제로고…….]

종가휘는 운정의 무공을 한 단계 상승시키기 위해선 반드시 음양종선검의 비밀을 밝혀야 한다고 생각했다.

운정이 종가휘의 깨달음을 지니고 있으면서도 아직 아무

런 진전이 없는 건 음양종선공이 그동안 종가휘가 익혀왔던 무공들과 궤를 달리하기 때문이었다.

운정의 몸은 음양종선공의 경세적인 능력에 힘입어 이미 초절정에 근접해 있었지만 무엇 때문인지 아직 위로 올라서지 못하고 제자리에 멈춰 있었다.

운정이 이곳을 빠져나가려면 강기를 형성할 수 있는 경지에 올라야 했는데, 음양종선공의 뛰어난 효능이 오히려 깨달음에 방해가 돼 운정의 발목을 잡고 있는 형국이었다.

운정과 종가휘는 음양종선검의 비밀을 파헤치기 위해 한시도 쉬지 않고 연구에 연구를 거듭했다.

[오늘은 여기까지로구나.]

종가휘의 말과 함께 공간이 일렁이기 시작했다.

언제나 꿈에서 깰 땐 공간이 일렁거려 미리 알 수 있었다.

"그럼 사 일 후에 또 보자고."

운정은 종가휘에게 가벼운 인사를 하며 잠에서 깨어났다.

"으, 여전히 적응이 안 되네."

언제나 꿈에서 현실로 돌아오는 과정은 적응이 되지 않았다. 시야가 흐려지며 한순간에 세상이 뒤바뀌는 듯한 느낌을 주기 때문이다.

잠에서 깨어난 운정이 머리를 한 차례 흔들곤 주위를 둘러보자 아직 모두 잠들어 있었다.

정확한 시간은 알 수 없지만 바깥세상의 시간으로 치면 묘시 말 정도일 것이다.

운정은 자는 사람들을 방해하고 싶지 않아 조용히 위층으로 올라갔다.

그날 오후 위층에서 수련하고 있던 운정을 관진이 불렀다.

"무슨 일이죠?"

관진이 자신을 따로 불러낼 일이 없었기에 운정이 의아해하며 물었다.

"큰 상관이 없을 수도 있겠지만 이쯤에서 우리의 이야기를 해야 할 것 같아서 불렀네."

운정은 자룡단에 대해 따로 알아야 할 만한 게 없었기에 더욱 의아했다.

"일단 이쪽으로 오게."

운정이 따라가 보니 영영이 잔뜩 화가 난 표정으로 원영을 노려보고 있었다.

"무슨 일이죠?"

"아니, 얘가 갑자기 나보고 나쁜 사람이라잖아⋯⋯."

운정이 원영의 말을 알아듣지 못해 관진을 봤다.

"우리가 자네를 추적해 온 일로 영영과 원영 사이에 문제가 좀 있었나 보네."

"아저씨가 먼저 운정 오빠를 쫓다가 이곳에 갇혔다며 화를 냈잖아요! 누가 울 오빠 쫓아 이곳까지 오래요? 아저씨들이 쫓아오는 바람에 우리가 얼마나 고생했는지 아세요!"

"아니, 화를 낸 건 아니고… 그냥 좀 놀리려고 했던 건데……."

원영이 머리를 긁적이며 애써 변명했다.

운정은 영영의 말을 듣고서야 정확히 무슨 문제가 있었는지 알 것 같았다.

"영영아, 네가 참 거라. 저놈이 원래 나이 값을 못하잖냐."

옆에 있던 감진광이 이때다 싶어 원영을 비난하기 시작했다.

원영은 당장 감진광에게 욕을 해주고 싶었지만 관진이 눈에 쌍심지를 켜고 있어 그럴 수가 없었다.

"그동안 기회가 없어 이야기하지 못했는데, 이번 기회에 자네와 우리가 가진 오해를 풀었으면 하네."

"오해요? 무슨……?"

"음, 일단 모두 앉아서 이야기하도록 하세."

관진의 권유에 운정과 영옥 자매는 의아한 표정으로 자리에 앉았다.

"자네도 알다시피 우린 무림맹의 명을 받아 자네를 쫓아온 것이네. 하지만 절대 자네를 무림맹에 잡아가기 위해 쫓았던 건 아니라는 걸 말해주고 싶네."

"네? 그게 무슨 말입니까?"

"음… 어디서부터 이야기를 해야 되나……."

"형님, 뭘 그리 빙빙 돌려 말해요? 그냥 맹주 놈의 구린 구석을 쫓다 보니 이곳까지 오게 됐다고 하면 되지."

옆에서 듣고 있던 감진광이 말했다.

관진은 어떻게 말문을 열까 고민하고 있었는데 감진광이 자신의 성격답게 단순 명료하게 줄여서 말을 하자 오히려 잘 됐단 생각을 했다.

"진광의 말처럼 우린 무림맹주 정일학의 뒤를 캐던 중 유난히 자네에게 집착하는 모습을 보고 무언가 정보를 얻을 수 있지 않을까 하는 생각으로 자네를 쫓게 된 것이네."

"아니, 지금 무슨 말을 하는 건지 이해를 못하겠네요. 좀 더 쉽게 풀어서 이야기해 주세요."

"음, 그럼 우리가 무림맹의 기밀 문서를 찾게 된 십이 년 전의 이야기부터 해야겠군……. 그때가 아마 이 두 놈을 처음 만났을 때였을 거야."

"나랑 이놈도 그때 처음 만났죠. 너랑 나는 진짜 악연인가 보다. 이젠 지겹다 지겨워."

원영이 감진광을 보며 말했다.

"내가 하고 싶은 말이다."

관진 일행이 서로를 처음 만난 것은 십이 년 전 일반인에게는 알려지지 않은 정마대전이 끝나고, 침체된 강호무림의 사기를 높이고 신진고수를 등용하기 위해 천하무림대회가 열리던 당시였다.

천하무림대회는 그동안 자신의 존재를 알리고 싶어했던 젊은 무인들에게 더할 나위 없이 좋은 기회였다.

원영도 가전 무공인 장진파권(莊進破拳)을 세상에 알리기 위해 스물한 살 때 집을 나와 천하무림대회가 열리는 하남으로 향했다.

하남으로 향하는 관도엔 끝없이 이어진 사람들의 행렬이 줄을 이었고, 원영도 그런 사람들 틈에 섞여 하남으로 향했다.

사람이 많고, 목적지가 같다 보니 자연스레 서로 가까워져 친구가 되거나 연인이 되는 일들이 곳곳에서 일어났다.

원영도 예외는 아니어서 하남으로 향하는 중에 절강성(江蘇省) 항주(杭州) 출신의 남매를 사귀게 됐다.

남매 중 오빠인 방연진은 칠 척이 넘는 큰 키에 눈썹이 짙고 얼굴이 각져 상당히 사내다운 모습이었고, 동생인 방연화는 아담한 키에 오밀조밀한 얼굴을 가져 상당히 귀여운 인상을 지니고 있었다.

이들 남매는 원영과 나이대도 비슷한 데다가 붙임성도 좋아 금방 친해졌다. 특히 동생인 연화는 원영이 무척이나 마음에 드는지 친오빠를 대하듯 살갑게 대했다.

원영은 유난히 왜소한 체격으로 인해 이제껏 살아오면서 여자와 친밀한 관계를 가져 본 적이 한 번도 없었는데, 연화가 이리도 살갑게 대하니 설레는 마음을 주체할 길이 없었다.

원영은 연화를 만난 것만으로도 이번 여행은 성공이라 생각했다.

긴 여정 길에 지친 이들은 잠시 쉬어가기로 했는데, 방연진이 마침 사놓은 술이 한 병 있다며 함께 마시자고 했다. 평소 술을 좋아하던 원영인지라 마다할 리가 없었다.

원영은 방연진이 건넨 술을 기분 좋게 들이켠 후 그대로 정신을 잃고 말았다.

다음날 원영이 일어나 보니 남매의 모습이 보이지 않았다.

지난밤 방연진이 건넨 술을 먹고 정신을 잃었던 일을 기억한 원영은 서둘러 자신의 짐을 살펴봤다. 역시나 짐 속에 숨겨 뒀던 돈주머니가 감쪽같이 사라지고 없었다.

원영은 그제야 무림 초출인 자신의 어리숙한 모습에 남매가 사기를 치기 위해 접근했다는 걸 깨달았다.

그렇게 사람 좋아 보이던 남매가 자신을 계획적으로 속였단 사실에 화가 났지만 그보다 더 화가 나는 건 그런 남매에게 멍청하게 속은 자신이었다.

원영이 허탈한 마음에 멍하니 앉아 있는데 바닥에 찍혀 있는 희미한 발자국이 눈에 들어왔다.

하나는 웬만한 사내의 발보다 한 배 반은 컸고, 다른 하나는 자신의 손바닥보다도 훨씬 작았다.

칠 척에 이르는 거한인 방연진과 오 척에도 미치지 못하는 방연화의 특징이 고스란히 남아 있는 발자국이었다.

발자국은 자신들이 머물렀던 곳 뒤편의 숲 쪽으로 이어져 있었는데, 그곳에도 곳곳에 사람이 지나간 흔적이 남아 있었다.

남매는 자신들의 흔적을 지우기 위해 숲 쪽으로 달아난 것 같았는데, 오히려 숲 속으로 들어가는 바람에 더 많은 흔적을 남기고 말았다. 곳곳에 나뭇가지가 꺾여 있고, 풀들이 밟혀 있어 사람이 지나간 흔적이 고스란히 남아 있었기 때문이다. 원영은 참으로 엉뚱한 녀석들이라 생각하며 남매의 흔적을 쫓아가기 시작했다.

그렇게 흔적을 쫓아 숲 속을 헤맨지 반나절, 드디어 남매 도둑을 따라잡을 수 있었다.

남매는 또 다른 사냥감을 물색하고 있었던 중이었는지 웬 사내와 이야기를 나누고 있었다. 그러다 원영이 붉게 충혈된 눈으로 갑자기 숲 속에서 튀어나오자 혼비백산해 달아나기 시작했다.

하지만 남매의 무공 수준이 원영에게 미치지 못해 금방 따라잡히고 말았다.

원영은 이들 남매의 버릇을 단단히 고쳐 주겠단 생각에 득달같이 달려들어 주먹을 휘둘렀다.

한데 어디선가 도집이 날아와 자신의 주먹을 막아내는 게 아닌가.

원영이 화들짝 놀라 돌아보니 좀 전 남매와 이야기를 나누고 있었던 덩치가 우람한 산적처럼 생긴 사내였다.

"네놈은 뭔데 남의 일에 참견하는 것이냐?"

원영은 갑자기 끼어든 사내가 마음에 들지 않아 짜증 섞인 목소리로 물었다.

"네놈이야말로 얼마나 간덩이가 부은 놈이 길래 백주에 금품을 갈취하려는 것이냐!"

"뭐! 금품 갈취?"

원영이 사내의 황당한 말에 막 욕설을 퍼부으려 하는데 남매 중 동생인 연화가 사내의 등 뒤에 숨어 있는 모습이 보였다. 원영은 연화의 모습을 보고서야 이 사내가 자신에게 헛소리를 하는 이유를 알 수 있었다.

원영이 연화를 노려보자 사내는 자신의 몸으로 연화를 가로막으며 소리쳤다.

"네놈이 어제부터 이 남매의 뒤를 쫓아다니며 금품을 갈취하고 괴롭혔단 이야기는 이미 들어 알고 있다. 이 천하에 막 돼먹은 놈! 알량한 무공 한 수만 믿고 선량한 사람들을 괴롭히다니! 내 오늘 네놈의 버릇을 단단히 고쳐 놓겠다. 오너라! 강전도(剛戰刀) 감진광이 상대해 주마!"

지금도 눈만 마주치면 으르렁거리는 원영과 감진광이 처음 만난 순간이었다.

"누구더러 도둑이라는 것이냐! 돈을 훔친 건 내가 아니라 오히려 이 남매들이다!"

"시끄럽다, 이 도둑놈아! 그런 헛소리를 내가 믿을 것 같으냐!"

원영이 자신의 억울함을 말했지만 감진광은 전혀 믿으려 하지 않았다.

원영 자신이 생각해도 사람 좋아 보이는 남매가 성격 더러워 보이는 자신의 돈을 훔쳤다고 얘기한다면 믿지 않을 것 같긴 했다.

원영이 이 같은 생각으로 잠시 머뭇거리자 감진광이 도를 빼 들고 달려들었다.

원영은 감진광이 휘두르는 도를 받아치지 않고 피하기만 했다. 성질 대로면 떡이 되도록 패주고 싶었지만 남매에게 속아 달려드는 것이니 최대한 싸움을 피하려는 것이다.

한데 몸놀림이 느린 감진광은 원영의 빠른 신법을 따라잡기 힘든지 입에서 나오는 대로 욕설을 퍼부어대기 시작했다.

원영은 가급적 감진광과 부딪치지 않으려 했는데, 왜소한 체구와 작은 키를 놀리는 욕설에 그만 이성을 잃고 말았다.

워낙 집안 자체가 왜소한 체형을 타고난 터라 조상 대대로 작은 몸집에 열등감 비슷한 걸 가지고 있었다. 한데 감진광이 그 부분을 긁어대자 참지 못하고 폭발한 것이다.

그동안 감진광의 공격을 피하기만 하던 원영이 돌연 신형을 돌려 달려들었다.

감진광은 그동안 원영의 신법을 따라잡기 힘들어 제대로

공격을 할 수 없었는데, 원영이 달려들자 신이 난 듯 도를 휘두르기 시작했다.

원영과 감진광의 싸움은 살벌하기 그지없었다.

한쪽은 선량한 사람들을 괴롭히는 무뢰한을 가만둘 수 없다는 나름의 의협심이었고, 다른 한쪽은 가문의 치부가 건드려졌다는 굴욕감에 물러설 수 없었던 것이다.

원영과 감진광은 근 반 시진이 넘게 싸웠는데도 승부를 보지 못했다.

지금도 그렇지만 당시에도 둘의 실력은 백중지세였다.

서로의 실력이 비슷함을 알게 된 원영과 감진광은 주먹과 도를 한 번씩 주고받고 거리를 벌였다.

그때 원영은 도둑 남매의 행방을 찾았는데 역시나 이미 내빼고 없었다.

"이봐, 산적! 네놈 돈주머니는 아직 무사하냐?"

원영은 덩치가 큰 감진광을 산적이라 부르며 돈주머니가 무사한지를 물었다.

"쥐새끼 같은 놈! 갑자기 남의 돈주머니 걱정은 왜… 어랏?"

느닷없이 자신의 돈주머니 걱정을 하는 원영의 말에 감진광은 득의만만한 표정으로 돈주머니를 살피다 얼굴색이 누렇게 변했다.

아무리 옆구리를 더듬어봐도 돈주머니가 만져지지 않았기

때문이다.

감진광은 얼마나 놀랐던지 전투 중이란 사실까지 잊고 자신의 옷을 홀러덩 벗어 돈주머니를 찾기 시작했다.

하지만 이미 사라진 돈주머니가 몸을 뒤진다고 나올 리가 없었다.

"멍청한 놈!"

"뭐?"

가뜩이나 돈주머니가 사라져서 성질이 날 판인데 원영이 욕까지 해대자 분노로 인해 감진광의 눈 주위가 벌겋게 변했다.

"그래서 내가 말하지 않았냐! 돈을 훔친 건 내가 아니라 그 남매라고!"

원영이 자신의 가슴을 탕 소리가 나도록 치며 말했다.

"지금 내가 그 말을 믿을 것 같으냐!"

"바보 같은 게 지가 누구한테 속았는지도 모르네. 지금 네 놈 돈은 어디 있고, 네가 구해주려 했던 남매는 어디 있냐?"

원영의 말에 감진광이 흠칫거렸다. 그러고 보니 언제 사라졌는지 자신에게 도움을 청했던 남매가 보이지 않았다.

게다가 자신의 돈주머니까지 사라졌으니 원영의 말을 믿지 않을 수가 없었다.

갑자기 감진광의 얼굴이 붉으락푸르락 변하기 시작했다.

원영은 이제야 자신이 남매에게 속았다는 걸 이해한 감진광이 한심해 보여, 더 이상 다투고 싶은 생각도 들지 않았다.

"비켜, 돼지야!"

원영이 감진광을 지나쳐 남매를 쫓아가려 하는데 어느새 다가온 감진광이 앞길을 막았다.

"뭐냐?"

"분명 네놈도 그 연놈과 한패렷다."

감진광은 오히려 원영을 도둑 남매와 한패로 생각하고 있었다.

"갈수록 태산이네……."

원영은 이런 바보와 더 이상 상대하기 싫다는 듯 감진광을 훌쩍 뛰어넘어 달려갔다.

"이 도둑놈! 어딜 가느냐! 내 돈 내놔라!"

감진광은 욕설을 뱉으며 원영의 뒤를 쫓았다.

그렇게 원영은 도둑 남매를 쫓고 감진광은 원영을 뒤쫓으며 숲길을 헤치며 달려나갔다.

감진광 때문에 도둑 남매를 놓쳤지만 여전히 흔적을 곳곳에 남겨 놓았기에 행방을 찾는데 어려움은 없었다.

"따라오지 말고 꺼져 빌어먹을 산적 놈아!"

"따라가긴 누가 누굴 따라가! 이 코딱지 같은 놈아!"

"뭐! 코딱지? 당장 이곳에서 죽고 싶은 것이냐!"

"오냐 어디 능력 되면 한번 죽여봐라!"

감진광과 원영은 남매의 흔적을 쫓는 동안 두 번을 더 겨뤘지만 번번이 승부를 가리지 못했다.

그런데도 지치지 않는지 세 번째 승부를 또다시 시작했다.

"헉… 헉… 곰 같은 놈이 힘만 쎄 가지고……."

"헥… 헥… 쥐새끼 같은 놈이 어디서 얍삽한 꼼수만 배워 와선."

둘은 지쳐 바닥에 쓰러진 상태에서도 입을 잠시도 쉬지 않았다.

그런 이들을 삼십 장쯤 떨어진 나무 위에서 바라보고 있는 두 쌍의 눈이 있었다.

"잘 따라오는군."

"그 정도로 흔적을 남겨놨는데 따라오지 못하면 그건 사람 도 아니지."

"하긴……."

나무 위에서 원영과 감진광을 바라보고 있는 이들은 방씨 남매였다. 아니, 정확히는 방씨 남매로 위장한 마교장로 서문 중과 한연성이었다.

이들은 원영과 감진광의 돈을 훔친 후 의도적으로 흔적을 남겨 자신들을 쫓게 만들었다. 이유는 무림맹의 추적자들 때문이었다.

서문중과 한연성은 정마대전이 시작되기 얼마 전 옥능소의 지시로 몰래 중원으로 잠입했다. 그리고 곧장 무림맹으로 향해 기밀 문서를 훔쳐 냈는데 그 과정에서 치명적인 부상을 입고 말았다.

　다행히 목숨은 건졌지만 부상이 심각해 생명이 오래 남지 않은 상황이었다.

　자신들이 죽더라도 기밀 문서는 반드시 교에 전해야 했기에 이들은 급한 대로 중원에 숨어 있는 비밀분교와 접촉하기로 했다.

　한데 급한 마음에 서둘러서였을까, 기밀 문서의 행방을 쫓던 무림맹의 추적자들에게 꼬리가 밟히고 말았다.

　추적자들을 떨쳐 내기 위해 수시로 변장을 하고 온갖 험한 곳을 다 돌아다녔지만 끝끝내 떨쳐 내지 못했다.

　얼마 후에야 기밀 문서를 훔쳤을 때 자신들의 몸에 천리추종향(千里追從香)이 뿌려졌다는 걸 알았다.

　추적자들이 천리추종향을 따라 자신들을 쫓는 걸 안 이상 접선지로 향할 수가 없었다. 이대로 접선지로 향했다간 비밀분교의 위치까지도 탄로날 수가 있었기 때문이다.

　하지만 그렇다고 기밀 문서를 전하는 일을 포기할 수도 없었다. 자신들의 생명이 얼마 남지 않아 이번 기회를 놓친다면 더 이상 기회가 없기 때문이었다.

　그래서 두 장로는 제삼자를 이용해 비밀분교에 기밀 문서를 전달하기로 했다.

　그래서 찾은 인물들이 원영과 감진광이었다.

　두 장로가 원영과 감진광을 전달책으로 선택한 이유는 오로지 그들의 체형 때문이었다.

한연성은 여장이 어색하지 않을 정도로 체형이 작고 가냘 펐고, 서문중은 거한이란 말이 절로 나올 정도로 덩치가 컸 다.

원영과 감진광이 그런 서문중과 한연성의 체형과 가장 흡 사한 이들이었다.

비밀분교의 마인들은 본교의 인물들이 아닌지라 서문중과 한연성의 얼굴을 알지 못했다.

두 장로가 중원 활동 중에 늘 변장을 하고 다녀서이기도 하 지만, 비밀분교의 특성상 접촉할 일이 별로 없었기 때문이기 도 하다.

그래서 비밀분교의 마인들은 두 장로를 확인할 방법이 체 형의 특징밖에 없었다.

접선지에 은신해 있는 마인들은 체형으로 두 장로를 확인 하고서야 모습을 드러낼 것이다. 그래서 서문중과 한연성은 자신들과 비슷한 체형을 가진 원영과 감진광을 접선책으로 선택했다.

처음엔 원영과 감진광을 미끼로 무림맹을 유인하고, 그사 이 자신들이 비밀분교와 만날 까도 생각했지만 천리추종향이 자신들의 몸에 발라져 있는 걸 알고 포기했다.

두 장로가 나무 위에서 바라보고 있는 가운데, 이 같은 사 실을 전혀 알지 못하는 원영과 감진광은 두 남매를 잡겠다는 일념 하나로 열심히 흔적을 쫓고 있었다.

"이제 곧 분교의 인물들이 나타날 시간이니 무림맹 놈들만 유인하면 되겠군."

서문중의 말에 한연성이 고개를 끄덕이며 신형을 날렸다.

두 장로는 기밀 문서의 처리 문제를 해결한 이상 더는 달아나지 않고 마교의 장로답게 무림맹의 추적자들과 일전을 치르기로 했다.

어차피 죽을 목숨, 죽기 전에 무림맹의 추적자들을 한 명이라도 더 저승으로 데려가겠다는 생각이었다.

서문중과 한연성은 생의 마지막을 장식할 곳을 찾아 달리기 시작했다.

한데 그렇게 달려나간지 얼마 되지 않아 전혀 예상치 못한 일이 일어났다.

접선지에 있어야 할 원영과 감진광이 자신들을 쫓아오고 있었던 것이다.

흔적을 접선지 외곽으로 한 바퀴 돌려 만들어놨기 때문에 분교의 마인들이 나타날 때까지 그곳 주위를 서성이고 있어야 하는데, 황당하게도 만들어놓은 흔적이 아닌 자신들의 흔적을 쫓아오고 있었던 것이다.

서문중과 한연성은 생각지도 못한 원영과 감진광의 돌발 행동에 놀라 그들에게 달려가려 했지만 한발 늦고 말았다.

잠시 머뭇거린 사이 어느새 쫓아온 무림맹의 추적자들이

원영과 감진광에게 다가서고 있었기 때문이다.

　서문중과 한연성은 어쩔 수 없이 숲 한쪽으로 몸을 숨긴 채 기회를 엿봐야만 했다.

　원영과 감진광은 도둑 남매의 흔적을 쫓아 열심히 달리고 있는데 갑자기 등 뒤에서 정체를 알 수 없는 무리가 빠른 속도로 쫓아오자 무슨 일인가 싶어 달리던 걸음을 멈췄다.

　"뭐, 뭐야!"

　"이것들 뭐야!"

　걸음을 멈추기 무섭게 쫓아오던 무리가 자신들을 포위하자 놀라 소리쳤다.

　"마교장로 서문중과 한연성. 나는 무림맹 자룡단의 단주인 관진이라 하오!"

　관진이 검을 빼 들어 원영과 감진광을 가리키며 소리쳤다.

　"무림맹… 자룡단?"

　"마교장로……?"

　원영과 감진광은 관진이 하는 말을 알아들을 수 없다는 표정을 지었다.

　"설마 지금 당신들이 마교의 장로가 아니라고 발뺌하는가?"

　"자, 잠깐만요. 그러니까 지금 내가 마교장로라고 말하는 거예요? 내가?"

　원영이 황당하다는 표정으로 연신 자신을 가리키며 말했다.

"과연 소문대로 변장술의 달인이오. 바로 눈앞에서 보는데도 전혀 어색함을 찾을 수 없을 정도니 말이오. 이제 당신의 변장술에 놀랄 만큼 놀랐으니 순순히 문서를 내놓는 게 어떻겠소?"

관진이 낮은 목소리로 말하자 자룡단원들이 조금씩 원영과 감진광을 압박하기 시작했다.

"문서? 무슨 문서요?"

"저기…… 단주님이라고 하셨죠? 지금 뭔가 오해가 있는 것 같은데, 저는 마교와 아무 상관이 없거든요."

원영과 감진광이 자신들은 마교와 아무런 관계가 없고, 문서가 뭔지 모른다고 말했지만 씨도 먹히지 않았다.

"하~ 진짜 미치겠네. 그렇게 못 믿겠으면 뒤져보세요! 있나 없나!"

원영이 양팔을 들어 올린 채 뒤져보고 싶음 얼마든지 뒤져보란 시늉을 했다.

지금껏 고압적인 태도를 보여왔던 관진도 이런 상황까지 오자 약간의 혼란을 느꼈다.

상대가 마교장로라면 이런 모습은 보이지 않을 것이기 때문이다.

"장패, 몸을 수색해라."

관진의 명이 떨어지자 장패가 원영과 감진광에게 다가가 몸을 수색하기 시작했다.

한쪽에 숨어 이 같은 모습을 바라보고 있던 두 장로는 속이 타 들어갔다.

기밀 문서를 비밀분교에 넘기기 위해 그동안 안 돌아가는 머리를 굴려가며 별짓을 다했는데, 지금 그간의 노력이 아무런 의미도 없었다는 듯 기밀 문서가 무림맹의 손에 그냥 넘어가게 생겼기 때문이다.

"안 되겠네. 이대로 지켜보단 간 아무것도 못해보고 문서를 빼앗길 판이다. 지금 내가 뛰쳐나가서 문서를 빼돌릴 테니 자네가 잠시 저들을 막아주게."

"알겠네."

한연성의 말에 서문중이 알았다며 고개를 끄덕였다.

"단주님, 찾았습니다!"

장패가 원영의 상의 안쪽에서 종이에 싸여 있는 무언가를 발견하고 소리쳤다.

"어… 이게 뭐야?"

원영은 자신의 옷 안에 자신도 모르는 무언가가 들어 있을 것이라곤 상상도 못했던지라 깜짝 놀라 말했다.

"이놈이 왜 이렇게 사악한가 했더니 마교 놈이었구나! 어쩐지 생긴 것부터가 재수가 없더라니!"

원영의 옷 속에서 무언가 발견되었다는 소리에 감진광이 그럼 그렇지란 표정으로 소리쳤다.

그 순간 어디선가 바람을 가르는 소리와 함께 시커먼 신형이 자룡단 가운데로 떨어져 내렸다.

쉬악!

순간 번쩍이는 섬광과 함께 자룡단원 한 명의 몸이 가로로 길게 갈라지더니 이내 상체와 하체가 분리돼 바닥으로 쓰러졌다.

"적이다!"

그때서야 한연성의 모습을 발견한 자룡단원들이 소리치며 한연성을 포위 공격하기 시작했다.

한연성은 부상을 당한 몸이었지만 과연 마교의 장로답게 눈부신 몸놀림을 보여줬다.

한순간 섬광이 번쩍 한다 싶더니 자룡단원 한 명의 목이 또다시 바닥으로 굴러 떨어졌다.

"당황하지 말고 양소진(梁少陣)을 형성해 대응하라!"

관진의 외침에 당황해하던 자룡단은 양소진을 형성해 한연성의 공격에 대응했다.

하지만 여전히 한연성의 공격을 막아내는 데 힘이 부치고 있었다.

캉! 카캉!

한연성이 연속으로 내지르는 검을 막아내느라 자룡단은 정신이 없을 지경이었다. 그나마 다행인 건 양소진을 형성해 피해를 최소화하고 있다는 것이었다.

기습에 당황했던 자룡단이 어느덧 안정을 찾아 양소진을

활성화시키자, 선불 맞은 멧돼지처럼 날뛰던 한연성은 진안에 갇혀 버리고 말았다. 그러자 이번엔 서문중이 뛰쳐나와 한연성을 지원하기 시작했다.

서문중은 진 바깥쪽에서 공격을 하고 한연성은 안에서 공격을 해대니 양소진은 금방이라도 무너질 듯 위태로운 모습을 보였다.

하지만 한연성과 서문중이 부상을 입은 상태라 시간이 지날수록 자룡단이 더 유리한 모습을 보였다.

결국 양소진에 갇힌 한연성은 압박을 견디지 못하고 무릎을 꿇고 말았다.

"크으……."

한연성의 입에서 절로 신음 소리가 새어 나왔다.

"지금이다!"

순간 서문중이 일갈대성을 터뜨리며 양소진 한가운데로 검을 찔러 넣었다. 그 순간 진 중앙에 갇혀 있던 한연성도 서문중과 같은 위치에서 검을 뻗었다.

콰앙!!

서문중과 한연성의 검이 부딪치는 순간, 천둥이 치는 듯한 굉음이 울리더니 양소진이 일시적으로 무너졌다.

진 중앙에 갇혀 있던 한연성은 그 순간을 놓치지 않고 튀어나와 숲 속으로 도주하기 시작했다.

그 순간 이제껏 구경만 하고 있던 원영이 불쑥 튀어나와 한연성의 앞을 가로막았다.

"이제야 알겠어!"

한연성을 가로막은 원영이 알 수 없는 말을 지껄였다.

"비켜라! 멍청한 놈!"

한연성은 자신의 앞을 가로막는 원영이 귀찮다는 듯 한마디 내뱉곤 숲 쪽으로 도망치려 했다.

하지만 이번에도 원영이 한연성의 앞을 가로막았다.

"어쩐지 익숙하더라니……. 방연화, 방연화였어!"

원영은 한연성이 변장을 지웠는데도 불구하고 그가 방연화였음을 대번에 맞췄다.

"뭐? 연화 아가씨? 어디?"

원영의 외침에 감진광이 놀라 두리번거렸다.

"아무짝에도 쓸모 없는 놈!"

한연성은 이번 일이 틀어진 원인이 원영에게 있었기에 원영에 대한 감정이 좋지 못했다.

안 그래도 이번 일이 끝나면 이놈에게 따로 시간을 낼 생각이었는데 지금 이렇게 기회를 주니 그냥 갈 수가 없었다.

"위험해!"

원영의 등 뒤에서 다급한 감진광의 목소리가 들렸다.

그 순간.

번쩍!

섬광이 지나가고 원영의 복부가 세로로 길게 갈라지더니

이내 피가 터져 나왔다. 원영은 무너지듯 바닥으로 쓰러졌다.

한연성이 들고 있던 검을 역으로 쥐고 그대로 그어 올린 것이다. 한연성과 너무도 가까이 붙어 있던 원영은 미처 그 움직임을 보지 못했다.

"음?"

한연성은 불시에 검을 그었는데 손으로 느껴지는 감각이 왠지 이상해 쓰러진 원영을 바라봤다.

그 순간 죽은 듯 바닥에 누워 있던 원영의 눈이 번쩍 뜨였다.

"아직 안 죽었어!"

감진광의 외침 소리에 다급히 허리를 틀어 다행히 살갗만 베이는 상처로 그쳤다.

쉬익!

바람을 가르는 소리와 함께 원영의 다리가 채찍처럼 휘어져 한연성의 정강이를 노리고 날아왔다.

한연성은 다리를 들어 원영의 각법을 피함과 동시에 검을 휘둘러 원영의 다리를 노렸다.

원영은 바닥에서 팽이처럼 몸을 회전시켜 검을 피하더니, 벌떡 일어나 양 주먹을 연거푸 내지르며 한연성에게 달려들었다.

텅! 텅! 텅!

원영의 주먹이 한연성의 검에 모두 막혔다.

그 순간 한줄기 바람과 함께 거대한 도가 한연성의 머리 위로 떨어져 내렸다.

"흥!"

한연성이 콧방귀를 뀌며 무식하게 날아오는 도를 검으로 쳐내더니, 그 반동을 이용해 몸을 틀며 검을 휘둘렀다.

"컥!"

거대한 도를 휘둘렀던 자룡단원의 가슴에 한연성의 검이 손잡이까지 박혔다.

사내는 억눌린 신음을 흘리며 무너지듯 바닥으로 쓰러졌다.

그 순간 원영이 달려들어 어깨로 한연성의 가슴을 들이받았다.

한연성은 원영의 어깨를 피하며 비어 있는 등을 향해 검을 내리꽂았다.

검이 원영의 등을 꿰뚫으려는 순간, 몸이 바닥으로 푹 꺼지는가 싶더니 용이 승천하듯 양발이 솟아올랐다.

지금껏 여유로운 공격을 하던 한연성은 미처 생각지 못한 원영의 공격에 놀라 훌쩍 몸을 뒤로 뺐다.

그 순간 어디선가 한줄기 빛살이 날아와 한연성의 심장을 관통했다.

"컥!"

"이제 보니 도둑년 맞네!"

빛살이 시작된 곳에서 감진광이 화가 난 표정으로 소리치고 있었다.

"이런 말도 안 되는……."

한연성은 심장이 꿰뚫린 채 바닥에 쓰러져 믿을 수 없다는 표정으로 감진광을 바라봤다.

자신이 원영의 다리를 피하느라 허공으로 뛰거나, 옆으로 피했더라면 절대로 맞지 않았을 도였다. 도가 날아오는 순간 몸을 뒤로 빼면서 허공을 가로질러 가는 눈먼 도에 스스로 뛰어든 꼴이 되고 말았다.

한연성은 자신의 심장을 뚫은 도와 그 도를 던진 감진광을 번갈아보다 이내 숨을 거뒀다.

서문중은 한연성이 쓰러지자 자룡단과 싸우던 일을 멈추고 날듯이 달려와 감진광의 비어 있는 등을 향해 힘껏 검을 찔러 넣었다.

캉!

감진광의 비어 있는 등을 노리는 서문중의 검을 관진이 재빨리 달려와 막았다.

감진광이 등 뒤에서 들린 소리에 화들짝 놀라 돌아보니, 관진이 서문중의 검을 힘겹게 막아선 모습이 보였다.

서문중은 관진이 자신의 검을 막자 칼끝을 비틀어 튕긴 후 재차 검을 찔렀다.

캉!

"흡!"

이번에도 관진이 검을 막았지만 그 안에 실린 내력이 만만치 않아 뒤로 튕겨 나가고 말았다. 그 순간 서문중의 검이 다시 한 번 허공을 갈랐다.

캉!

또다시 쇠 부딪치는 소리가 나더니 기세 좋게 날아가던 서문중의 검이 막혔다.

이번엔 장패가 달려와 서문중의 검을 막았던 것이다. 하지만 장패 또한 관진처럼 서문중의 검에 실린 기운을 감당하지 못하고 뒤로 튕겨 나가 버렸다.

"하룻강아지 같은 놈들!"

서문중은 자신의 오랜 지기인 한연성이 눈먼 도에 맞아 죽었다는 사실을 받아들이기 힘들었다.

어차피 얼마 못 견디고 죽을 목숨이었지만 이런 최후는 자신들이 바라는 바가 아니었다.

처음엔 문서를 빼돌려 달아날 생각으로 모습을 드러낸 것이었는데, 오랜 지기가 자신의 눈앞에서 죽자 더 이상 문서에 아무런 홍미도 느낄 수가 없었다.

지금 그의 머릿속엔 한연성을 죽인 감진광이란 애송이를 갈기갈기 찢어 죽여야 한다는 생각밖에 없었다.

감진광은 악귀처럼 달려드는 서문중의 공격을 막기 위해 사력을 다해야 했다.

그때부터 시작된 서문중의 공격은 진정 공포 그 자체였다.

마지막 남은 생명의 불꽃을 모조리 태우듯 온몸으로 마기를 뿜어내는 서문중은, 마인이고 적이었지만 경외감이 들 정도였다.

내뻗는 일 초 일 초에 진득한 마기와 살기가 묻어나왔다.

감진광은 세상에 태어나 처음으로 몰골이 송연해질 정도의 공포를 느꼈다.

자룡단이 일제히 달려들었지만 서문중의 검은 한 마리 야수처럼 자룡단원들을 덮쳐 갔다.

일각도 되지 않는 짧은 순간의 공격이었지만 그 공격을 견뎌내지 못하고 스물네 명이었던 자룡단이 열한 명으로 줄었다.

양 옆구리와 가슴에 검을 꽂은 채 코와 입으로 피를 토해내며 죽은 서문중의 모습은 관진뿐만 아니라 원영, 그리고 감진광에게도 평생 잊지 못할 진한 잔상을 남겼다.

감진광은 마지막까지도 붉게 물든 눈으로 자신을 노려보며 죽은 서문중의 눈빛에 압도당해 한동안 숨을 쉴 수가 없을 지경이었다.

만약 감진광이 던진 도가 운 좋게 한연성의 심장을 뚫지 못하고 빗겨났더라면, 지금 살아남은 사람의 수는 더욱 줄어들었을 것이다.

마교장로 두 명을 죽이고 기밀 문서의 유출도 막아냈지만 너무도 많은 희생을 치렀다.

단원들의 시체를 바라보고 있던 관진이 원영과 감진광을 바라봤다.

관진은 이들이 왜 마교장로가 지니고 있어야 할 기밀 문서를 가지고 있었는지가 궁금했다.

원영은 남매로 변장한 두 마두에게 돈을 도둑맞고 그 흔적을 쫓아 이곳까지 오게 된 것임을 설명해 주었다.

관진은 두 장로가 왜 돈을 훔치는 척하며 원영의 옷 안에 기밀 문서를 숨겼는지 알 수 없었지만 이들이 장로들과 무관하다는 것은 알 수 있었다.

관진은 한동안 단원들의 시체를 바라보다 이내 전장을 정리하기 시작했다.

원영과 감진광은 왠지 모르게 뻘쭘해져 전장을 정리하는 일을 도왔다.

사람이 너무 많이 죽어 마치 자신들이 무언가 큰 잘못을 한 기분이 들었다.

전장이 정리되자 자룡단은 곧 무림맹으로 향했다.

원영과 감진광도 천하무림대회에 출전하려는 목적을 가지고 하남으로 온 것이었기에 자룡단을 따라 무림맹으로 향했다.

무거운 분위기로 무림맹으로 향하던 관진이 원영과 감진광에게 물었다.

"자네들 혹시 이번 천하무림대회에 참가하러 가는 길인가?"

"네."

"저도요."

"음… 자네들도 보다시피 자룡단원 스물네 명 중 살아남은 사람이 열한 명밖에 되지 않네. 자네들 실력이 괜찮던데. 어떤가? 괜히 천하무림대회에 참가해서 고생하지 말고 지금 자룡단에 드는 게 어떻겠나?"

"자룡단이면… 일반 단원으로요?"

"당연히 일반 단원이네."

"단주도 아니고, 부단주도 아니고… 일반 단원이라고요? 제안은 고맙지만 거절하겠습니다."

관진은 원영과 감진광의 실력이 나이에 비해 괜찮은 편이었기에 파격적인 제안을 했다. 하지만 천하무림대회에서 우승해 더 높은 직위를 가지고 싶었던 원영과 감진광은 관진의 제안을 거절했다.

관진도 원영과 감진광이 거절하자 두 번 권하지 않았다.

원영과 감진광은 그렇게 관진과 인사를 하고 천하무림대회에 출전하기 위해 무림맹으로 향했다.

천하무림대회는 총 세 개 부분으로 나뉘어 있는데, 후기지수들의 실력을 겨뤄보는 이십오 세 이하 부문과 이십오 세 이상 누구나 참가할 수 있는 일반부, 그리고 마지막으로 집단

간의 대결을 위한 단체부가 있었다.

원영과 감진광 둘 모두 스물한 살이었기에 이십오 세 이하 부문에 참가하게 됐다.

총 오 일간 치러지는 경기 일정 중 삼 일이 예선이었고, 나머지 이틀이 본선과 결승전이었다.

삼 일간의 예선을 모두 마친 원영과 감진광은 내심 우승을 장담했는데 본선 첫 경기에 둘 모두 패하고 말았다.

출전만 한다면 반드시 우승을 하게 될 거라 믿었던 원영과 감진광으로선 상상도 못한 결과였다.

원영이나 감진광 모두 고향에선 동년배에게 져본 일이 없었고, 강호에 나온 이후에도 마교장로 사건을 제외하곤 큰 위기를 겪지 않았었기에 스스로의 실력에 상당한 자신감을 가지고 있었다.

한데 막상 겪어보니 세상엔 자신들보다 강한 이들이 너무도 많았다.

특히 구파의 제자들은 자신과 같은 나이 또래라고 믿어지지 않을 만큼 강했다.

그렇게 오 일간의 대회가 끝나고 본선에 오른 서른두 명의 후기지수들은 본인이 원할 경우에 무림맹 산하기관에서 일할 수 있는 기회가 주어졌다.

원영과 감진광 모두 본선 첫 경기에서 졌지만 원래의 목적인 무림맹 입성은 이루어졌고, 이후로 열심히 수련해서 오늘의 승자를 내일 따라잡을 수 있었기에 여유로운 마음으로 좋은 부서에 배치되길 기다렸다.

대회가 끝나고 일주일 후 무림맹에서 일하고 싶어하는 후기지수들에게 부서가 배정됐는데, 원영은 빠른 신법을 높게 평가받아 정찰전(偵察殿) 소속 부대인 정이대(偵耳隊)로 가게 됐고, 감진광은 키가 크고 힘이 좋다는 이유로 외당(外堂)에 소속된 명위대(命衛隊)로 가게 됐다.

원영과 감진광은 자신들의 특성에 맞는 부서에 배치된 것에 상당히 기뻐했는데, 부서에 배치되고 만 하루가 지나지 않아 자신들의 생각과 너무도 다른 현실에 부딪쳤다.

정이대는 말이 정이대지 전서구를 날리고 전서구를 받고, 맹 내의 잡다한 서류를 각 부서로 전달하는 일을 주로 맡아 하는 곳이었다.

명위대 역시 이름만 그럴듯할 뿐 실제 업무는 무림맹 정문을 비롯한 각문의 경비였다.

풍운의 꿈을 안고 무림맹에 들어왔는데, 하루 종일 서류 전달만 하고 있자니 도저히 견딜 수가 없었다.

원영은 정이대에 배속되고 일주일이 지나지 않아 뛰쳐나오고 말았다.

정이대를 박차고 나온 원영은 그 길로 관진을 찾아갔다.

지금 생각해 보니 당시 관진의 제안이 얼마나 파격적이었는지 알 것 같았다.

지금이라도 그때 관진의 제안이 유효하다면 당장 자룡단 원이 되고 싶었다.

원영이 조심스럽게 관진의 집무실에 들어서 보니 한쪽에 감진광이 서 있었다.

관진은 원영과 감진광을 보며 쓴웃음을 지었다.

자신의 제안에 일반 단원은 싫다며 고개를 빳빳이 들고 떠난 게 고작 이주 전인데 지금은 숙인 고개를 들지 못하고 있었다.

관진은 자룡단원이 되고 싶다는 원영과 감진광의 청을 받아주었다.

정이대와 명위대는 평소에도 사람이 부족하지 않은 곳이었고 대주들과도 평소 친분이 있었던지라 둘을 자룡단으로 받아들이는 데는 큰 문제가 없었다.

하지만 일개 단주의 힘으로 무림맹 내의 자리를 함부로 바꿀 수는 없는 일, 자룡단이 소속된 영도각(影度閣)의 각주 구무율의 도움을 받아야 했다.

구무율은 관진과 호형호제하는 사이인지라 관진의 부탁을 어렵지 않게 받아주었고, 원영과 감진광은 정식으로 자룡단원이 될 수 있었다.

자룡단은 맹 내에서 위치가 높은 것도 아니고, 하는 일이 특별한 곳도 아니었지만 단주인 관진의 성품이 어질고 단원들도 소박한 면이 많아 원영과 감진광은 금방 자룡단에 녹아들 수 있었다.

특히 영도각주인 구무율은 신분 고하를 따지는 사람이 아니고 본래 자룡단 출신이었기에 단원들과도 자주 어울렸다.

원영과 감진광은 평소에 술을 좋아하는데, 관진과 구무율도 술을 좋아해서 일이 끝나는 시간이면 늘 술집에 들러 밤새도록 술을 마셔댔다.

그렇게 일 년여가 지나자 어느새 각주는 큰형님으로 바뀌어 있었고, 단주는 작은 형님으로 바뀌어 있었다.

물론 사석에서만 부르는 호칭이었다.

구무율의 나이 당시 오십삼 세였기에 원영과 감진광에게 아버지뻘이었지만 의외로 자연스럽게 형님 아우 관계가 형성됐다.

원영과 감진광은 처음 만났을 때부터 오해로 시작한 사이인지라 서로에게 그다지 좋은 감정을 가지고 있지 않았다.

관진은 둘의 그런 미묘한 감정을 알게 된 후 숙소를 같은 곳으로 정해 버렸다.

원영은 '술은 같이 마셔도 잠은 한곳에서 잘 수 없다'며 숙소를 다시 배정해 줄 것을 요구했지만 관진은 받아들이지 않았다.

처음 한 방을 쓰게 됐을 땐 하루도 그냥 지나가는 날이 없었다. 오죽했으면 둘을 잘 모르는 사람은 둘이 원수지간인줄 알았을 정도였다.

한데 하루가 지나고 한 달이 지나고 해가 바뀌자 점점 변하기 시작했다. 여전히 서로에게 독설을 퍼붓고 신경질을 부리지만 예전과 다르게 그 속에 희미한 정이 녹아 있었다.

둘은 자존심도 쎄서 서로에게 뒤지는 걸 죽기보다 싫어했다. 무공 수련도 다르지 않았는데, 어찌나 수련을 열심히 하는지 맹 내에서도 괴물이라 불릴 정도였다.

그렇게 칠 년여가 흐르고 나자 원영과 감진광은 어느새 절정의 고수가 되어 있었다.

처음 천하무림대회에 출전했을 때만 해도 겨우 일류고수가 될까 말까 한 실력이어서 본선 첫 경기에서 패배를 맛봤는데, 칠 년이 지난 지금은 당시 후기지수들 중 가장 먼저 절정의 고수가 되었다.

물론 이들이 절정고수가 되는 데는 관진과 구무율의 보이지 않는 많은 도움이 있었다.

그렇게 큰 사건 없이 흘러가던 시간 속에 어둠은 소리 없이 다가왔다.

처음엔 강소성(江蘇省) 여등(如東) 지방의 수적을 토벌하면서 시작됐다.

수적이나 산적을 토벌하는 일이야 늘 있는 일인지라 별다른 생각 없이 여등으로 향했다.

한데 처음 삼십 명으로 출발했던 자룡단이 맹으로 귀환할 땐 일곱 명으로 줄어 있었다.

일개 수적 무리라 생각했는데 수적 집단에 절정고수만 셋에 나머지가 모두가 일류에 근접한 고수들이었다.

게다가 맹에선 수적 무리라 했는데 막상 만나보니 수적이라기보단 번듯한 무림방파였다. 분명 근거지가 항구였고, 바다 위가 주요 거점인 듯했지만 무림방파 같다는 생각을 쉽게 지울 수가 없었다.

그때만 해도 맹이 수적들에 대한 정보 파악에 약간의 실수가 있었던 것이라 생각했다.

그 이듬해엔 산동성(山東省) 선화(宣化) 지방의 사파 무리를 쓸어내는 일이었다. 산동 지방엔 무림맹에 적을 둔 하북팽가(河北彭家)가 있어 자룡단은 후방에서 지원만 해주면 되는 것이었다.

한데 이 임무에서도 서른 두 명이 출전해 아홉 명이 살아 돌아왔다.

사파 무리의 실력이 일전의 수적들과 비슷한 수준이었기도 했지만, 문제는 전방에 나선 하북팽가는 피하고 후방 지원을 나선 자룡단만을 집중적으로 공격했다는 것이다.

처음 한 번은 무림맹도 실수를 할 수 있겠다 생각했는데, 두 번 연속 이런 일이 생기자 왠지 실수가 아니란 생각이 들기 시작했다.

그리고 다섯 달 후 귀주(貴州) 지방의 문파 간의 권력 다툼을 중재하러 나섰다가 이번에도 여섯 명만이 살아 돌아왔다.

문파 간의 중재는 큰 문제없이 해결됐다.

모두들 이번엔 아무런 피해가 없었다며 간만에 미소 지을 수 있었다. 한데 사건은 무림맹으로 귀환하던 길에 생겼다.

주변에 마을이 없어 길에서 노숙을 하게 됐는데 복면을 한 괴인들이 야밤에 습격을 한 것이다.

중원 천지에 무림맹 소속 무사들을 습격할 무리가 있을 것이라곤 상상도 해본 적이 없었기에 막대한 피해를 입었다. 그렇게 그날 밤 살아 돌아온 인원이 여섯 명이었다.

연속 세 번 이런 일이 벌어지자 이제 누구도 새 단원을 뽑는 자룡단에 들어올 생각을 하지 않았다. 자룡단이 임무를 나서면 세 명 중 두 명이 죽어서 돌아오니 누군들 자룡단에 들어오려 하겠는가?

그때부터 자룡단은 단원이 늘지 않고 줄어들기만 했다.

한데 더 웃긴 건 사전에 조사된 상대의 정보와 자룡단이 상대했던 무리들 간의 전력 차가 너무 커서 일어난 일인데, 모든 책임을 영도각주 구무율과 자룡단주 관진이 져야 했다는 것이다.

처음엔 월봉이 깎이는 정도였는데 이젠 대놓고 비웃음을 사고 있었다. 그렇게 일 년이 더 지나고 나자 구무율의 영도각주 자리까지 위태로운 상황에 빠졌다.

그러던 어느 날 저녁, 오랜만에 의형제들과 술자리를 같이 하게 된 구무율은 관진을 비롯한 의형제들에게 미안한 얼굴로 말했다.

자룡단을 해체할 생각이니 일 년 정도 외지로 파견 나가 있어 달라는 말이었다.

구무율의 말을 들은 관진과 형제들은 자신의 귀를 의심했다. 누구보다도 자룡단을 사랑했던 구무율의 입에서 자룡단 해체에 대한 말이 나왔기 때문이다.

관진은 무언가 심상치 않은 일이 있음을 직감하고 구무율에게 이유를 물었다.

하지만 구무율은 조개처럼 입을 닫은 채 아무 말도 해주지 않았다.

어수선한 분위기 속에 술자리가 끝나갈 즈음 구무율이 짧게 한마디 했다.

모든 일의 초점은 자신에게 맞춰져 있고, 원인은 구 년 전 자신이 빼돌린 물건 때문이라고 했다.

관진이 무슨 뚱딴지같은 소리냐고 물었지만 구무율은 그 이상 말해주지 않았다.

그리고 다음날 구무율이 사라져 버렸다.

분명 전날 밤까지 함께 술자리를 하고 헤어졌는데 그날 밤 이후 구무율을 본 사람은 아무도 없었다.

자룡단은 구무율의 행방을 수소문하기 시작했다. 하지만 지금까지도 구무율의 행방은 알아내지 못했다.

구무율이 사라진 그날 이후 자룡단은 무림맹 내에서도 허공에 붕 뜬 존재가 되어버렸다. 직속상관이 행방불명이 되는 바람에 지휘 체계가 엉뚱하게 꼬여 버린 데다가 그간 자룡단이 임무 수행을 나서기만 하면 단원들이 죄다 죽어서 돌아오니 아무도 임무를 주려 하지 않았던 것이다.

자룡단의 인원이 많기라도 하면 목소리라도 내볼 텐데 구무율이 사라진 후 한 명, 두 명 다른 곳으로 자리를 옮기더니 이제 남은 단원수가 네 명밖에 되지 않았다.

기이한 건 네 명이라도 엄연히 무림맹 소속의 무인들인데 아무도 거들떠보지 않는다는 것이었다.

그때부터 자룡단과 무림맹 소속 다른 단체들 간의 갈등이 시작됐다.

아무런 일도 안 하고 놀고 먹는 자룡단을 두고 볼 수 없다는 게 이유였다.

그렇게 몇 달이 더 지나자 도저히 견디지 못한 자룡단은 단체로 맹을 떠나기로 했다. 한데 그들을 잡는 사람이 있었다.

집법당주 구무현이었다. 그는 구무율의 친동생으로 평소에도 자주 왕래를 하던 사람이다.

자룡단이 이지경이 되고도 해체가 아직 되지 않은 건 전적으로 집법당주의 입김 덕이었다.

맹을 떠나려 했던 자룡단은 구무현의 입에서 나온 이야기를 듣고 맹에 더 머물러 있기로 결정했다.

구무현이 사라지기 전날 술자리에서 구 년 전 빼돌린 물건이 원인이라고 했는데, 그게 다름 아닌 자신들이 마교장로에게서 회수한 기밀 문서였다.

관진과 자룡단은 이해가 되지 않았다. 왜 구무율은 구 년 전 회수한 기밀 문서를 맹에 제출하지 않고 자신이 보관하고 있었던 것일까?

그날부터 자룡단은 기밀 문서와 구무율이 평소 맹에서 무슨 일을 했는지를 조사하기 시작했다.

그렇게 삼 년이 지난 지금 증거는 없지만 대략의 밑그림은 그릴 수 있게 됐다.

모든 일의 중심에 무림맹주 정일학이 있었다.

아직 그 세세한 내용까진 알 수 없지만 그동안 자룡단이 맡았던 괴이한 임무에서부터 구무율의 실종까지 모두가 정일학과 관계가 있는 게 확실했다.

그때부터 맹주의 뒤를 캐던 자룡단은 어느 날 마교의 보물을 두 개나 훔쳐 달아났다는 소년의 소문을 들었다.

처음엔 어린 소년이 마교의 보물을 훔쳤다기에 크게 될 놈이라고 농담 삼아 이야기 했다.

한데 시간이 갈수록 의문이 생기기 시작했다.

도대체 소년은 어떻게 마교의 보물을 훔쳤고, 훔친 마교의 보물은 무엇이란 말인가?

소년이 훔친 보물 때문에 마교와 정마대전까지 치렀는데 아무도 그 소년이 훔쳤다는 보물이 무엇인지 알지 못했다.

그리고 그 소년이 마교의 보물을 훔쳤다는 말은 순전히 마교에서 나온 말인데, 맹주는 어떤 근거로 마교의 말을 맹신하고 있는 가였다.

그때 확신할 순 없지만 그 소년을 찾으면 자신들의 궁금증이 풀릴 것 같은 생각이 들었다.

그러던 차에 집법당주로부터 단운정이란 소년을 추적해 잡아오라는 임무를 부여받아, 청해까지 쫓아왔다가 이렇게 화신동이란 굴에 갇히게 된 것이다.

자룡단은 운정에게서 정보를 얻고자 함이지 구무율의 실종에 가장 유력한 혐의를 지닌 맹주를 도와 운정을 잡아가려는 마음은 추호도 없었다. 그래서 처음 화신동에 갇혔을 때도 운정을 포박하거나 핍박하지 않았던 것이다.

긴 이야기를 담담히 늘어놓던 관진이 돌연 운정을 바라보며 물었다.

"사실대로 말해주길 바라네. 자네는 마교의 보물을 훔쳤는가?"

관진의 물음을 들은 운정은 어떻게 말을 해야 할지 고민했다.

"음……."

운정은 한동안 생각에 빠져 있다가 이내 관진을 보며 말했다.

"지금껏 이 이야기를 여러 번 했지만 아무도 믿어주지 않았습니다. 여러분은 어떻게 생각하실지 모르겠지만 전 마교의 보물을 훔친 적이 없습니다."

운정의 진지한 표정을 보고 있던 관진이 다시 물었다.

"그 말은 무림맹과 마교가 주장하는 모든 말이 거짓이란 건가?"

관진의 물음에 운정은 고개를 좌우로 흔들었다.

"그건 아니에요. 저에게 마교가 아닌 다른 주인이 있는 물건은 있습니다. 마교는 제가 가진 그 물건을 노리고 있는 겁니다. 그래서 마교의 보물을 훔쳤단 헛소문을 내서 저를 잡으려 하는 거지요."

"마교가 아닌 다른 주인이 있는 물건……? 그게 무엇인가?"

관진의 물음에 운정은 이번에도 고개를 좌우로 흔들었다.

"지금은 말씀드릴 수 없습니다. 하지만 머지않아 그게 무엇인지 아실 수 있을 겁니다."

관진은 운정이 가진 물건에 대해 더 듣고 싶었지만 운정이 더 이상 말하지 않겠다는 태도를 보여 물어볼 수가 없었다.

한동안 이곳에 갇혀 지내야 할 것 같으니 천천히 알아가기로 했다.

운정과 관진이 괜히 심각해져 있는 사이 원영과 영영은 그새 친해져선 또다시 장난을 치고 있었다.

第八章
팽탁목

　송 총관을 바라보는 정일학의 표정이 좋지가 않았다.

　"그래서, 이가장을 불사르고도 진경을 가져오지 못했다는 것인가?"

　"송구합니다. 이가장 내부를 샅샅이 뒤져봤지만 원상진경을 찾을 수가 없었습니다. 하지만 이번 일로 진경의 정확한 소재를 파악할 수 있었습니다."

　"정확한 소재? 그럼 진경이 있는 곳이 이가장이 아니었단 말인가?"

　"이가장이 원상진경을 소유하고 있는 건 맞습니다. 한데 누가 지니고 있는지는 알지 못했는데 이번 일로 그 정확한 소재를 알게 됐다는 말입니다."

"누가 가지고 있는가?"

"이가장의 셋째인 이한명이 가지고 있습니다."

"이번엔 확실한가?"

정일학은 왠지 믿음이 가지 않는다는 표정으로 물었다.

"확실합니다. 여러 해에 걸쳐 조사해 본바, 팽가 놈이 이가 장에서 이한명의 글 선생을 한 적이 있다고 합니다."

"글 선생……?"

송 총관의 말에 정일학은 잠시 황당하단 표정을 짓고 있다 가 이내 그럴 수도 있겠단 표정을 지었다.

"이가장의 둘째도 살아 도망갔다 하지 않았나?"

"이한명의 위치를 알아내기 위해 일부러 살려둔 것입니다. 홍기대(紅琪隊)가 쫓고 있으니 조만간 놈을 잡을 수 있을 것입 니다."

"그렇군. 팽가 놈이 이가장에서 그 이한명이란 놈의 글 선 생을 하면서 원상진경을 가르쳤단 말이지?"

"현재까지 수집된 정보에 의하면 그렇습니다."

"흠, 만약 익혔다면 수준이 어느 정도나 될 것 같은가?"

"아직 놈을 만나보지 못해 정확히 파악하긴 힘드나 제대로 된 연공법을 사용할 수 없었을 테니 최대 이성 정도로 추측하 고 있습니다."

"아무래도 연공법이 특이하니 많은 성취는 보지 못했겠지."

맹주도 송 총관의 말에 동의한다는 듯 고개를 끄덕였다.

"그럼 언제쯤 놈에게서 진경을 가져올 수 있겠나?"

"홍기대가 놈을 쫓고 있으니 조만간 찾아올 수 있을 것입니다."

"매번 같은 소리로군……. 이가장의 둘째가 이한명에게 가지 않고 다른 곳으로 간다면 어쩔 텐가?"

"그렇다고 하더라도 이가장이 무너졌단 소식을 듣게 되면 반드시 난주에 모습을 드러낼 것입니다. 무사들을 근처에 배치시켜 놓았으니 놈을 찾는 건 시간문제입니다."

"요즘 왠지 자네가 하는 일들이 모두 신통치 않게 느껴진단 말이야… 원상진경 하나 때문에 대업에 차질이 빚어지고 있네. 최대한 빠른 시간 안에 일을 마무리 짓도록 하게."

"최선을 다하겠습니다."

정일학은 고개를 설레설레 저으며 송 총관을 내보냈다.

말 한 마리가 뿌연 먼지를 일으키며 관도 위를 거칠게 달려가고 있었다.

연신 말 엉덩이에 채찍질을 가하며 길을 재촉하는 이는 다름 아닌 이한명이었다.

이한명이 이가장이 무너졌단 소식을 들은 건 사건이 있고 보름이 지난 후였다.

'아버지……. 형님들!'

이한명은 이 모든 일이 자신 때문에 일어났다는 걸 잘 알고
있었다.

가문이 멸문지화를 당할 정도의 일이라면 분명 자신이 익
힌 원상진경 때문일 것이다.

이한명은 그간 자신의 노력에도 불구하고 가문에 이 같은
일이 일어나자 죽어버리고 싶은 심정이었다.

하지만 자신이 죽기 전에 반드시 원수를 갚아야 했다.

'정일학!!'

이한명은 가문을 멸문시킨 흉수가 누구인지도 이미 알고
있었다. 하룻밤 새 이가장을 멸문시킬 만한 세력이 중원에 적
지 않았지만, 실제로 그런 일을 벌일 만한 이는 현 무림맹의
맹주인 정일학밖에 없었다.

이한명과 가족들은 정일학이 원상진경을 찾고 있다는 걸
이미 알고 있었다.

그래서 이한명은 어린 시절 집을 뛰쳐나와 이제껏 바보 행
세를 하며 중원 천지를 떠돌아다녔던 것이다. 자신이 가문에
머물러 있을수록 가문에 위협이 되기 때문이었다.

하지만 그 노력은 수포로 돌아갔고 가문은 멸문지화를 당
하고 말았다.

가문에 혈겁을 일으킨 자는 정일학이었지만 원흉은 바로
자신이었다.

이한명은 흐르는 눈물을 가까스로 참아내며 이를 악물고

말을 몰았다.

한데 이한명이 향하는 방향이 이상했다. 가문의 멸문 소식을 듣고 찾아가는 것이라면 응당 난주로 향해야 하는데 난주에서 이틀 거리 떨어진 장복산(長復山)을 향해 가고 있는 것이다.

장복산은 이가장이 난주에 세워지기 전 선조들이 머물렀던 곳으로 이가장의 뿌리와도 같은 곳이다.

그곳에 있던 건물들은 이미 세월의 풍파를 견디지 못하고 모두 사라졌지만 수련동만은 아직도 남아 있었다.

이한명은 가문에 생존자가 있다면 반드시 이곳 수련동에 숨어 있을 것이라 생각했다.

현 무림맹주인 정일학의 눈을 피해 숨어 있을 곳은 중원 천지를 뒤져봐도 많지가 않았다. 그 많지 않은 곳 중 이가장의 가족들이 아는 유일한 곳이 바로 이 수련동이었다.

난주로 향하기 전 수련동에 들려 생존자가 있는지를 확인해야 했다. 그리고 무림맹주가 자신을 노리고 있을 것이기에 무턱대고 난주로 향할 수도 없었다.

이한명은 장복산에 도착하고도 한동안 주변을 살피기만 할 뿐 수련동으로 향하지 않았다. 생존자를 쫓아온 정일학의 부하들이 이곳을 감시하고 있을 수도 있었기 때문이다.

이한명은 한동안 장복산 일대를 살핀 후에야 추적자가 없음을 알고 수련동으로 향했다.

수련동은 장복산 중턱에 위치한 험한 협곡 아래 형성된 천연동굴이었다. 워낙 협곡이 깊고 경사도 심해 사람들의 발길이 뜸한 곳인데다, 동굴의 위치 또한 교묘해서 일부러 내려오지 않는다면 여간해선 발견하기 힘든 곳이었다.

이한명은 협곡을 타고 내려가 수련동 안으로 들어갔다.

동굴로 들어서던 이한명은 굴 안이 밝혀져 있는 걸 보고 한가닥 희망을 얻었다. 안에 불이 밝혀져 있다는 건 최소 한 명 이상의 생존자가 있다는 뜻이었기 때문이다.

'제발 모두 살아 있길⋯⋯.'

이한명은 모든 가족이 이곳으로 안전히 대피해 있길 마음속으로 빌었다.

하지만 이한명의 희망은 굴 안의 생존자를 보는 순간 모두 날아가 버렸다.

"형님!"

굴 한쪽에 비스듬히 앉아 있는 이한철의 모습이 들어왔다.

이한명은 가족 모두가 살아 있길 빌었지만 생존자는 이한철 한 명밖에 없었다.

이한철은 이곳 수련동에 구비된 구급약들로 급하게 치료는 한 것 같은데 상태가 매우 심각해 보였다.

한쪽 팔이 잘려 나갔고 목과 가슴, 그리고 복부에 흉측한 검상이 나 있었다.

이한명이 불렀지만 이한철은 정신을 잃었는지 대답이 없

었다.

이한명은 혹, 죽은 게 아닐까 싶어 서둘러 맥을 집어보았다. 다행이 죽진 않았는지 미약하게나마 맥이 살아 있었다.

"상태가 너무 안 좋아……."

이한명은 이대로 있다간 이한철이 죽을 것 같은 생각이 들어 위험을 무릅쓰고서라도 의원에게 데려가야겠다고 생각했다.

이한명이 그 같은 생각에 이한철을 둘러업으려 하자 이한철의 감겨 있던 눈이 뜨였다.

"명아……."

"형님!"

"녀석, 그동안… 잘 지냈느냐? 네 녀석 얼굴 본지가 워낙 오래라… 밖에서 만났으면 못 알아볼 뻔했구나."

이한철은 위중한 가운데도 이한명이 느끼고 있을 죄책감을 덜어주려는 듯 농을 건넸다. 하지만 말하기가 힘든지 말이 중간중간 끊겨 나왔다.

이한명은 그런 형의 모습에 더욱 가슴이 아파왔다.

"그런데… 손은 왜 그런 것이냐? 어디… 다치기라도 한 것이냐?"

이한명의 양손에 붕대가 감겨 있는 모습을 보고 이한철이 물었다.

"아니에요. 다치지 않았어요……."

"녀석… 객지에 나가서 고생이 심했을 텐데… 몸이라도 아프지 말거라……."

이한철은 자신의 몸 상태가 말이 아닌데 오히려 동생의 몸을 더 걱정했다.

이한명은 대답없이 고개를 끄덕였다.

그렇게 잠시 이한철을 바라보고 있던 이한명이 도저히 안 되겠단 표정으로 말했다.

"형님, 안 되겠습니다. 당장 의원을 찾아가야겠어요."

이한명이 재차 이한철을 둘러업으려 하자 이한철은 이한명의 등을 슬쩍 밀었다.

"명아, 부질없는 짓이다……. 너도 내 상처를 봤으니 알 것 아니냐… 이 상처는 의원에게 보인다고… 치료할 수 있는 상처가 아니다."

이한철이 말과 함께 복부를 감싸놓았던 천을 풀었다.

길게 갈라진 복부의 상처가 얼마나 깊은지 안의 내장이 다 보일 정도였다. 이런 상처를 입고도 살아 있는 게 신기할 정도였다.

"장기가 너무 많이 손상돼서… 어떤 치료를 받더라도 살아날 수 없다……. 그러니 이제부터 내가 하는 말을 잘 들거라."

이한명은 떨어지려는 눈물을 가까스로 참으며 이한철의 말에 귀를 기울였다.

"네가… 원상진경이란 무학을 익히면서부터 이런 일이 일어날 것은… 이미 예견된 것이었다. 아버지도 큰 형님도… 그리고 나도 이미 모두 감당할 준비가 되어 있었다……. 그러니 너는 더 이상 죄책감을 느끼지 않아도 된다… 우린 가족이지 않느냐……. 쿨럭!'

"혀, 형님! 이야기는 나중에 하고 지금은 의원을 찾아야겠습니다."

이한명은 이한철이 기침과 함께 피를 토해내자 다시 의원을 찾아가자 말했다.

하지만 이한철은 손을 내저었다.

"명아, 시간이 많지 않다……. 그러니 지금은 내 말을 듣거라……. 너는 이 길로 신강성에 있는 신원으로 가거라."

"신원이라니요? 거기는 왜?"

"아버지는 네가 집을 나간 후, 팽탁목이 머물렀던 흔적을 지우고, 그와 동시에… 그의 흔적을 찾기 시작했다……. 그리고 얼마 전 그의 흔적이… 신강성 신원으로 향해 있는 걸 알아내셨다……. 그러니 신원으로 가거라……. 운이 좋으면 그곳에서 원상진경 후반부를… 쿨럭! 찾을 수도 있을 것이다."

"형님……."

원상진경 후반부를 찾으라는 말은 가문의 복수를 해달라는 말이었다.

"네게… 무거운 짐을 떠넘기는 것 같아… 미안하구나……."

이한명은 이한철의 말에 조용히 고개를 저었다. 모든 게 자신 때문인데 뭐가 미안하단 말인가.

가문이 멸문지화를 맞게 된 건 어린 시절 자신의 그릇된 호기로 익히지 말았어야 할 마공을 익혔기 때문이었다.

이가장에 그가 찾아온 건 이한명이 열 살이 되던 해 여름이었다.

병이 들었는지 거동조차 불편해 보이던 노인은 자신을 방상영이라 했다. 학문에 뜻을 품고 세상을 떠돌다 어린 기재의 소문을 듣고 한 번 만나고 싶어 이렇게 들른 것이라 했다.

이가장의 장주인 이혁무는 막내 이한명의 소문을 듣고 하루에도 몇 명씩 대문을 두드려 대니 방상영도 그런 자들 중 하나일 것이라 생각했다.

한데 이야기를 나눠보니 그의 말 한마디, 한마디가 범상치 않은 것이 없었다.

이혁무는 그제야 자신이 기인을 알아보지 못했음을 깨닫고 그를 안채로 모셔 극진히 대접했다.

그리고 얼마 후 그는 이한명의 글 선생이 되었다.

이한명의 글 선생이 된 방상영은 학문은 가르치지 않고 엉뚱하게도 인생에 대해 가르치기 시작했다.

이제 갓 열 살이 된 어린 이한명은 인생을 논하는 스승의 가르침을 알아듣기 어려웠지만 그 안에 내포된 의미가 실로 범상치 않았기에 최선을 다해 경청했다.

그렇게 세월이 흘러 이 년이 지나고 나자 이한명은 세상을 보는 시각이 완전히 달라져 있었다.

스승은 학문의 처음과 끝은 인간이라 했다.

인간은 자신을 중심으로 세상을 바라보고, 또 그 세상을 바라보는 시각으로 자신을 바라보며 인생을 걸어간다 했다.

처음엔 무슨 귀신 씨나락 까먹는 소리인가 했는데, 하루 이틀이 지나고 경험을 쌓아보니 과연 그 말이 맞는 것 같았다.

인간은 모든 사물을 인간의 입장으로 생각할 수밖에 없다. 그래서 모든 학문도 인간을 중심으로 만들어졌다.

천지자연과 우주를 논하면서도 끝은 인간을 중심으로 귀결되며, 인간이 존재하지 않으면 학문도 존재하지 않는다 했다.

너무도 인간 중심적이고 한쪽으로 치우친 편협한 가르침이었지만 어느 순간 이한명은 스승의 그 같은 가르침에 깊이 빠져들고 있었다.

후에 안 사실이었지만 방상영이 가르친 인간 중심 사상은 원상진경의 가르침 중 일부였다.

원상진경은 천지자연과 세상의 이치를 오로지 인간, 즉 자신을 중심으로 이해하고 정립해 천지조화를 부리는 대단히 기괴한 무학이었다.

이 년여간의 가르침으로 스승의 사상에 깊이 감응(感應)한 이한명은 마침내 원상진경을 배우기 시작했다.

그와 함께 방상영의 과거도 들을 수 있었다.

방상영의 본명은 팽탁목으로 현 무림 맹주 정일학의 본가인 홍선문(紅仙門)의 총관을 지냈던 사람이다.

스물세 살이 되던 해 가문의 무공인 사영도법(娑影刀法)을 대성하고, 선대와 연이 있던 홍선문에 들어 삼십 년이 넘는 세월 동안 문파를 위해 헌신적으로 살아왔다.

그는 홍선문에서 지냈던 삼십 년 동안 딸 하나를 병으로 잃고 지난해 일어난 정마대전으로 아들 둘을 잃었다.

삼십 년 세월 동안 문파를 위해 헌신적으로 살아온 결과가 홍선문의 총관이란 직책과 이제 갓 일곱 살 난 손녀 팽수화 하나밖에 없었지만 그는 그 걸로도 만족했다.

풍진강호에 몸담은 이로서 자신의 문파가 커가는 모습은 가족을 잃은 슬픔만큼이나 자랑스러운 일이었기 때문이다.

그런 팽탁목에게 인생이 뒤흔들릴 만한 충격적인 일이 일어났다.

가족과 함께 일생을 바쳐 헌신했던 홍선문의 믿기지 않는 비밀을 알게 된 것이다.

최근 홍선문이 있는 산동 지방에 화선지교란 신흥종교 집단이 생겨 빠른 속도로 세를 확장해 가고 있었다.

어지러운 시기에 종교 집단이 백성들을 홀리는 일은 자주 있었던 일이라 큰 의미를 두지 않았는데 이 종교가 산사람을 재물로 바치는 미친 종교 집단이란 것이었다.

명문 정파인 홍선문이 있는 지역에 이런 미친 종교 집단이 존재하는 걸 두고볼 수 없었기에 팽탁목은 문에 보고해 화선지교를 멸하려 했다. 하지만 그럴 수가 없었다.

화선지교란 이름을 가진 이 미친 종교 집단이 자신이 적을 두고 있는 홍선문의 하위 세력이고, 소문주인 정일학은 저주받은 마공이라는 원상진경을 익히고 있다는 사실을 알게 되었기 때문이다.

팽탁목은 도저히 이 사실이 믿어지지가 않았다.

자신이 삼십 년간이나 몸담았고, 총관이란 직책까지 지니고 있는데 어떻게 지금껏 이러한 사실을 모를 수가 있었겠는가. 분명 잘못된 정보라 생각했다.

홍선문은 규모는 작지만 엄연히 무림맹을 지탱하는 정파무림의 든든한 축이었고, 정일학은 정파무림을 대표하는 십대고수 중 한 명이었다. 그런 홍선문과 소문주가 이런 사이하고 악랄한 종교 집단과 관계가 있을 리가 없었다.

한데 조사를 하면 할수록 홍선문과 화선지교의 관계가 명확해졌고 더욱더 경악스러운 사실들이 드러났다.

팽탁목은 자신이 알아낸 사실들을 어떻게 해야 할지를 몰랐다. 총관인 자신이 모를 정도이면 절대 외부에 알려지면 안되는 일이었다. 그런 사실을 자신이 알고 있다는 사실이 문에 발각된다면 자신뿐만 아니라 하나 남은 손녀까지도 위험해질 것이다.

그나마 다행인 건 지금껏 조사를 혼자 은밀히 했기에 아무도 자신이 이러한 사실을 알고 있다는 걸 모른다는 것이었다.

팽탁목은 자신이 이제껏 조사했던 모든 사실들을 잊기로 했다. 자신의 안전도 중요했지만 하나 남은 손녀의 안전이 무엇보다도 중요했기 때문이다.

팽탁목은 한 번의 망각으로 현재의 만족스러운 삶을 지켜낼 수 있을 거라 생각했다. 그리고 자신의 생각대로 이후 홍선문에서의 삶에도 큰 변화는 없었다.

그렇게 일 년여가 흐른 어느 날, 문파 주변의 어린 여자 아이들이 하나둘 사라지기 시작했다.

문파 구역 내에서 벌어진 일이었지만 어린아이의 납치 사건이나 유괴 등은 평소에도 자주 일어나는 일이었고, 관에서 처리하는 일이었기에 홍선문이 크게 관여할 일은 아니었다. 그런데 문제는 그 아이들 중에 홍선문의 총관 팽탁목의 손녀가 포함되어 있다는 것이었다.

처음 손녀가 사라졌을 때 팽탁목은 화선지교를 떠올렸다.

하지만 홍선문의 총관인 자신의 손녀를 제물로 쓸 리가 없었기에 이내 고개를 흔들었다.

자신의 생각을 뒷받침이라도 한 듯, 홍선문은 팽탁목의 손녀가 실종됐다는 사실을 알기 무섭게 무사들을 파견해 관과 협동으로 수사하기 시작했다.

팽탁목도 문파의 일에서 손을 떼고 손녀의 행방을 찾는 일에 전념했다. 그렇게 손녀가 실종되고 며칠이 지난 어느 밤이었다.

손녀의 행방을 찾기 위해 잠도 잊은 채 거리를 헤매고 있는데 거대한 새 한 마리가 밤하늘을 가르며 날아가는 게 아닌가.

팽탁목은 너무도 신기한 광경인지라 걸음을 멈추고 날아가는 새를 바라봤다.

한데 자세히 보니 그건 새가 아니라 사람이었다.

사람이 무언가를 들쳐 멘 채 허공을 날듯 건물의 지붕을 박차며 달려가고 있었다.

처음엔 그저 밤도둑이려니 하고 생각했는데 전각을 박차고 신형을 띄우는 수법이 여간 고명한 게 아니었다.

신법으로만 치자면 천하에서도 손에 꼽힐 실력일 것 같았다.

그렇게 팽탁목이 괴인의 신법에 감탄하고 있는데 그가 느닷없이 홍선문으로 뛰어들었다.

그 모습에 놀란 팽탁목은 서둘러 홍선문으로 되돌아갔다.

그 정도로 고명한 신법을 펼치는 자가 문주를 노리는 자객이기라도 한다면 문주의 생명이 위험하기 때문이었다.

팽탁목이 극성으로 신법을 전개해 괴인을 따라잡긴 했는데, 한발 늦어 괴인이 소문주의 방 안으로 들어가고 말았다.

팽탁목은 서둘러 소문주의 방으로 들어섰다가 눈앞에 보인 광경에 몸이 굳어버리고 말았다.

괴인의 정체는 소문주인 정일학이었고, 그가 어린 여자 아이를 납치해 와선 산채로 피를 빨아대고 있었기 때문이다.

소문주는 팽탁목이 들어왔음을 알고 있으면서도 어린 소녀의 피를 빼는 걸 멈추지 않았다. 그 모습이 가히 정상 같지가 않았다. 분명 주화입마에 빠져 광증이 일어난 모습이었다. 그렇지 않다면 자신의 등장에 놀라거나 서둘러 감추려 하는 모습을 보였을 것이기 때문이다.

그 순간 팽탁목의 뇌리에 잊혀져 가던 생각이 스쳐 지나갔다.

'원상진경이라 했던가……'

팽탁목은 희미한 기억 속에서 저주받은 마공이라는 원상진경을 기억해 냈다.

그렇게 옛 기억을 끄집어내고 있는데 팽탁목의 급한 모습을 보고 몇몇 경비무사들이 뒤쫓아왔다.

그리고 그들도 소문주의 모습에 놀라 할 말을 잃었다.

그 뒤 보고를 받은 문주도 소문주의 방으로 들어 왔는데 기이하게도 전혀 놀라는 눈치가 아니었다.

문주는 소문주의 광증을 이미 알고 있었던 것이다.

팽탁목은 이날 아침까지도 소문주의 이상을 느끼지 못했기에 오늘 처음 광증을 일으킨 줄 알았다. 한데 문주의 의연한 모습을 보니 이미 오래 전부터 광증을 알았다는 걸 알 수 있었다.

그러한 생각이 들자 자신의 손녀를 비롯해 그간 마을의 어린 여자 아이들이 사라진 이유가 무엇인지 알 수 있었다.

그 모든 사건의 원흉이 바로 홍선문의 소문주인 정일학의 짓이었던 것이다.

그 순간 팽탁목은 분기를 참지 못하고 소문주에게 달려들었다. 하지만 중간에 문주가 끼어들어 소문주에게 어떠한 위해도 가하지 못한 채 끌려 나가야만 했다.

팽탁목은 문주에게 끌려 나가면서도 소문주를 죽이려 발버둥을 쳤다.

문주는 어쩔 수 없이 팽탁문의 수혈을 짚어 재운 뒤 무사에게 들려 보냈다.

"화선지교의 일을 알고도 입이 무겁기에 쓸 만한 자라 생각했는데… 하필 그의 손녀를 죽이다니… 쯧."

문주는 자신의 아들이 팽탁목의 손녀를 죽여 쓸 만한 인재를 잃게 된 게 마음에 들지 않는지 인상을 찌푸렸다.

다음날 팽탁목은 눈을 뜨기 무섭게 문주의 호출을 받았다.

팽탁목도 문주와 독대를 바랐기에 서둘러 문주전으로 향했다.

한데 문주전으로 향하는 동안 주변의 분위기가 이상했다.

수근거리는 경비무사들의 이야기를 엿들어보니 어젯밤의 일이 모두 자신이 저지른 일로 둔갑해 있는 게 아닌가. 그뿐 아니라 그간 소녀들이 실종됐던 사건들도 모두 자신의 짓으로 조작되어 있었다.

팽탁목은 황당함에 문주전으로 향하는 발길을 더욱 빨리 했다. 한데 그 순간 불현듯 뇌리를 스치는 위험 신호에 발걸음을 멈췄다.

그동안 문주전과 내전을 지켰던 무사들이 모두 새로운 사람들로 교체되어 있었던 것이다.

그 순간 팽탁목은 문주가 비밀을 유지하고, 소문주의 죄를 덮기 위해 자신을 이용하려 한다는 걸 알 수 있었다.

어젯밤 소문주의 광증을 목격한 무사들은 이미 이 세상 사람들이 아닐 것이다. 자신도 소문주의 죄를 뒤집어쓰게 될 미끼가 아니었다면 이미 경비무사들과 함께 전날 죽임을 당했을 것이다.

팽탁목은 배신감에 치를 떨었다.

가족과 함께 일생을 바쳐 홍선문에 헌신했고, 문의 존립을 위협할 정도의 큰 비밀을 알고도 가슴속에 묻었다.

그런데 문은 자신의 손녀를 죽인 것으로도 모자라 이젠 자신에게 소문주의 죄를 덮어씌워 죽이려 하고 있었다.

팽탁목은 문주전으로 향하던 발길을 돌려 서둘러 몸을 숨겼다.

그 후 홍선문은 팽탁목을 찾기 위해 대대적인 수색을 벌였지만 찾지 못했다.

그렇게 며칠이 지난 어느 날 팽탁목이 홍선문에 나타났다.

삽십 년이 넘는 세월 동안 살아온 홍선문에 몰래 들어올 출구 하나 정도 모를 리가 없었다.

팽탁목은 맹주가 자신을 제거하려는 걸 눈치 챈 후 한 가지를 계획했다.

평생을 몸 바쳐 일으킨 홍선문을 자신의 손으로 무너뜨리는 것이었다.

그러기 위해선 원상진경과 소문주의 광증, 그리고 화선지교에 관한 사실을 세상에 알려야 했다.

소문주의 광증을 폭로하려면 원상진경이 필요했다. 자신이 아무리 원상진경의 정체를 세상에 폭로한다 해도 그 실체가 사라지면 아무도 믿어주지 않을 것이기 때문이다.

홍선문이 원상진경을 숨기지 못하도록 자신이 먼저 선수를 쳐야 했다. 그와 함께 원상진경을 훔쳐 홍선문의 누구도 이 저주받은 마공을 익히지 못하게 할 생각이었다.

그뿐 아니라 자신이 비급을 훔치게 되면 소문주는 광증에서 벗어나지 못한 채 계속 사람의 피를 빨다 결국엔 죽고 말것이다.

팽탁목은 계획을 실현시키기 위해 한밤중에 몰래 홍선문 안으로 잠입했다. 원상진경이 있을 문주의 침소를 뒤지려면 문주가 뛰쳐나올 정도의 소동을 일으켜야 했기 때문이다.

팽탁목은 준비해 온 기름을 홍선문 곳곳에 뿌리고 불을 질렀다.

곧 홍선문 내부에 일대 소동이 일어나고 무사들이 불길을 잡느라 이리저리 뛰어다니기 시작했다.

밖이 시끄러워지자 문주가 모습을 드러냈다.

팽탁목은 문주가 무사들을 지시하느라 방을 비운 사이 몰래 숨어들어 원상진경을 찾아냈다. 역시 자신의 예상대로 소문주의 광증을 치료하기 위해 문주는 원상진경을 자신의 침소에 두고 있었다.

그렇게 원상진경을 훔쳐 방을 나서려는데 문주를 비롯한 수십 명의 무사들이 방을 포위하고 있었다.

"내가 모를 것이라 생각했나?"

문주는 문 내부 곳곳에 불이 났다는 말을 듣는 순간 팽탁목이 몰래 숨어든 것이란 걸 이미 눈치 채고 있었다.

한곳에 불이 났다면 그럴 수도 있다고 생각하겠지만 이렇게 여러 곳에서 동시다발적으로 불이 난다면 분명 누군가의 고의적인 방화였다. 그리고 홍선문 내부에 침투해 방화를 일으킬 정도로 원한이 깊고 내부 사정에 밝은 이는 팽탁목밖에 없었다. 분명 자신의 방에 보관 중인 원상진경을 노리고 벌인 짓일 것이다.

문주는 그 같은 사실을 깨닫고 팽탁목의 도주로를 차단하기 위해 자신의 방을 비워준 것이다.

졸지에 팽탁목은 문주의 처소에 갇힌 꼴이 되고 말았다.

한데 도주로가 차단된 팽탁목이 희미하게 웃고 있었다.

"내가 아무런 준비도 없이 이곳에 왔을 것 같은가?"

팽탁목이 등에 지고 있던 주머니에서 조그만 흑색 공을 하나 꺼내 들었다.

"문주, 이게 뭔지 알겠나?"

팽탁목이 꺼내 보인 조그만 흑색 공을 본 문주의 안색이 살짝 흐려졌다.

"벽력탄!"

문주 뒤에 서 있던 송변량이 소리쳤다.

"송변량, 내가 떠난 후 네가 홍선문의 총관이 되었더군."

팽탁목의 말에 송변량은 가볍게 어깨를 으쓱였다.

송변량은 며칠 전만 하더라도 자신의 바로 아래 직책인 부총관 자리를 맡고 있던 자였다.

팽탁목은 이때만 해도 송변량에게 큰 유감이 없었는데, 후에 자신에게 죄를 뒤집어씌울 것을 문주에게 제안한 게 송변량이란 사실을 알고 그때 죽이지 못한 걸 후회했었다.

"움직이지 마라! 움직이는 순간 벽력탄이 너희를 저승길로 인도할 것이다!"

팽탁목은 문주와 무사들에게 벽력탄으로 협박을 한 후 천천히 방을 빠져나와 자신이 들어왔던 방향으로 걸음을 옮겼다.

문주와 무사들은 팽탁목이 도망가는 모습을 보면서도 섣불리 달려들지 못했다.

이윽고 팽탁목이 문 외벽에 도착한 순간 벽력탄이 문주를 향해 날아갔다.

콰앙!

거대한 울림과 함께 수백 개의 철환이 사방으로 비산했다. 문주는 팽탁목이 벽력탄을 던지는 순간 건물 뒤로 몸을 피해 작은 부상만 입었지만 근처에 있던 무사들은 반 이상이 죽고 말았다.

"쫓아라! 반드시 놈을 죽이고 비급을 회수하라!"

문주의 명에 살아남은 무사들이 팽탁목을 쫓기 시작했다.

팽탁목은 그 후 일 년간의 끌질 긴 추격전 끝에 홍선문을 완전히 떨쳐 낼 수가 있었지만 그로 인해 얻은 상처로 무공을 잃고 말았다.

단전이 파괴된 건 아니지만 문주의 일격에 기혈이 뒤틀려 다시는 무공을 쓸 수 없는 몸이 되고 만 것이다.

그나마 깊은 숲에 몸을 숨겨 이 년간 치료를 했기에 거동이나마 할 수 있는 몸을 만들 수 있었다.

몸은 망쳤지만 원상진경을 무사히 훔쳤고, 추적도 떨쳐 냈으니 자신이 원하던 바는 이룬 셈이었다.

이제 세상에 원상진경과 소문주의 정체 그리고 화선지교를 폭로해 손녀의 원수를 갚을 수 있게 됐으니 지금 죽어도 여한이 없었다.

하지만 팽탁목은 손녀의 원수를 갚을 수가 없었다.

망가진 몸을 치료하느라 소비한 이 년 동안 세상이 변해 버렸던 것이다.

어느새 광증을 극복한 소문주가 원상진경의 대단한 신위에 힘입어 사십대 초반이란 젊은 나이에 무림맹주 위에 올라선 것이다.

그 같은 사실을 알게 된 팽탁목은 하늘이 무너져 내리는 기분을 느꼈다.

이제 세상에 자신의 말을 믿어줄 사람은 아무도 없을 것이기 때문이다.

광증에 걸려 있어야 할 소문주는 정파무림의 집합체인 무림맹의 맹주가 되어 있었고, 홍선문은 그런 맹주를 배출한 무림의 명가로 변해 있었다. 그뿐 아니라 화선지교도 이미 세상에서 종적을 감춘 지 오래였다.

이제 자신의 말을 증명할 그 무엇도 남아 있지 않았다.

자신이 아무리 원상진경과 화선지교에 대해 떠들어봤자 증거가 없으니 사람들이 믿을 리 없고, 오히려 미친놈 취급밖에 받지 못할 것이다.

복수를 할 수 없는 원통함에 충격을 받은 팽탁목은 각혈을 하며 혼절을 하고 말았다.

그렇게 며칠간 정신을 잃은 채 깨어나지 못하던 팽탁목은 삼 일이 지나서야 정신을 차릴 수 있었다.

정신을 차린 팽탁목은 새로운 결심을 세웠다.

세상의 힘을 빌려 그들을 벌할 수 없다면 자신의 힘으로 벌하겠다는 결심이었다.

그때부터 팽탁목은 원상진경을 파고들었다.

자신은 이미 기혈이 엉키고 몸이 망가져 무공을 배울 수 없는 몸이지만 제자는 만들 수 있었다.

소문으로 들었던 정일학의 무위는 반쪽짜리 원상진경을 익히고도 천하에 적수가 없을 정도라고 했다.

한데 자신에겐 반쪽짜리가 아닌 온전한 상태의 원상진경이 있었다.

얼마의 시간이 걸릴지 알 수 없지만 제자를 찾아 원상진경을 완전히 가르칠 수만 있다면 충분히 복수를 꿈꿀 수 있었다.

팽탁목은 그길로 제자를 찾아 나섰다.

한데 제자를 찾는 일이 쉽지가 않았다.

원상진경은 정일학처럼 포음지체(抱陰肢體)를 타고 태어나야지만 배울 수 있었기 때문이다.

포음지체란 남성임에도 불구하고 음의 기운이 양의 기운보다 강해 신체는 허약한 반면 오성이 극도로 발달한 자로, 간혹 양성구유(兩性具有)로 태어날 때도 있다고 했다.

팽탁목은 포음지체를 지닌 자를 찾기 위해 강호를 떠돌기 시작했다.

하지만 포음지체를 지닌 자를 찾는 게 쉽지가 않았다.

포음지체란 말 자체가 사람들에게 알려져 있지 않고, 혹 그런 신체를 타고났다고 하더라도 본인이 알지 못하거나 부모들이 쉬쉬하는 까닭이었다.

일 년을 떠돌고도 포음지체를 찾지 못한 팽탁목은 방법을 바꿔보기로 했다.

포음지체로 태어난 자는 오성이 뛰어나다 했기에 학문에 재능을 보이는 기재들을 찾아다녀 보기로 한 것이다.

원상진경에 포음지체의 외형적인 특징이 짧게나마 서술되어 있는데, 입술이 붉고, 손가락과 발가락이 길며 몸에 털이 없어 매끄럽고 윤이 나는 피부를 지녔고, 변성기를 지난 남자 아이의 목에 여인처럼 목젖의 형태가 나타나지 않는다고 했다.

이 정도의 정보만으론 포성지체를 찾기 힘들었지만 팽탁목은 자신의 복수를 위해선 반드시 찾아야 했기에 또다시 중원을 떠돌며 기재들을 찾아다녔다.

또다시 일 년 동안 수많은 기재들을 만나며 포성지체를 찾아 떠돌아다녔지만 별다른 수확이 없었다. 그렇게 팽탁목은 감숙성 난주에까지 흘러들어 왔고, 근방에서 신동이란 소릴 듣던 이한명을 만나고서야 포성지체에 가장 근접한 아이를 만났다고 생각했다.

이한명이 나이가 어려 아직 목젖까지 확인은 불가능했지만 입술이 피처럼 붉고 피부가 윤이 나는데다가 손가락이 유난히 길었다.

마침 이한명의 부친이 글 선생 자리를 부탁했기에 냉큼 받아들이고 이가장에 둥지를 틀었다.

그렇게 이 년이 지나 이한명의 변성기가 시작된 후 팽탁목은 자신이 그토록 찾던 포성지체를 찾았음을 확신했다.

이 년 동안 학문을 가르친다는 핑계로 원상진경의 무학을 가르쳐 왔다. 하지만 완전히 포음지체라 생각할 수 없었기에 본격적인 무공은 가르치지 않았는데 이한명의 변성기가 상당히 빠르게 찾아와 이 년 만에 확인할 수 있었다.

그뿐 아니라 자신의 노력이 헛수고가 아니었는지 그토록 무학에 관심이 없던 이한명은 원상진경에 흠뻑 빠져 있었다.

무학에 흥미를 가졌다기보단 원상진경의 괴이함에 홀렸다는 게 맞을 것이다.

팽탁목은 자신이 이한명에게 원상진경을 가르치는 이유가 홍선문에 대한 복수에 있음을 숨김없이 털어놓았다.

이한명은 스승의 과거를 듣고 있는 내내 마치 자신이 홍선문에 당한 것 마냥 흥분해 있었다. 스승의 말에 완전히 감응한 것이다.

마지막에 팽탁문이 '자신은 복수를 위해 원상진경을 가르칠 생각이다'라고 하자 이한명은 그 모두를 자신이 짊어질 테니 원상진경을 가르쳐 달라고 했다.

강한 자가 약한 자를 억압하는 현실의 부조리를 이해하지 못하는 어린아이의 치기 어린 환상과 원상진경의 괴이함이 섞여 이루어진 승낙이었다.

그렇게 스승과 제자는 그날부터 원상진경을 배우고 가르치기 시작했다.

이때만 해도 이한명은 자신의 선택이 얼마나 어리석은 것인지 깨닫지 못했다.

홍선문이란 대단한 가문의 소문주조차 광중에 시달리게 만든 무공을 익히기 시작한 데다가, 스승인 팽탁목의 복수까지 감당해야 하는 일이었다.

어린 이한명은 한순간의 호기로 인해 앞으로 다가올 가문의 암운을 전혀 생각지 못했다.

팽탁목은 이한명이 주화입마에 빠질 걸 우려해 극도로 조심스럽게 원상진경을 가르쳤다.

과연 포성지체만이 배울 수 있는 무공이라더니 가르친 지 일 년이 지나지 않아 자신이 삼 년 동안 고심해 이룬 성취를 넘어섰다.

정일학이 원상진경을 수련하고 몇 년이 지나지 않아 천하에 적수가 없을 정도의 경지에 올랐으니 이한명도 곧 그와 비슷하거나 근접한 수준으로 올라설 수 있을 것이다. 물론 정일학이 원상진경을 익히기 전, 이미 강호를 대표할 만큼의 고수였기에 그런 빠른 성취를 이뤘다는 걸 알지만 이한명도 현재가 가장 배움이 빠른 시기였다. 게다가 자신들에겐 정일학이 가지지 못한 완전한 원상진경이 있었다.

팽탁목은 이한명이 정일학과 같은 경지에 오르는데 몇 년이 걸리지 않을 것이라고 예상했다.

하지만 팽탁목의 예상은, 예상으로만 끝이났다.

그렇게 조심했는데 원상진경을 수련하고 일 년, 이한명은 주화입마에 빠져 버리고 말았다.

스승인 팽탁목이 원상진경을 익힐 수 없는 몸이라 이한명을 가르치는 데 한계가 있었고, 미처 앞날의 위험을 파악하지 못한 상태에서 강행한 수련이었기에 당연한 결과였다.

어린 이한명은 몰라도 팽탁목은 이미 이러한 일이 일어날 것을 알고 있었다.

하지만 복수의 집념에 사로잡힌 팽탁목은 스스로에게 괜찮을 것이란 암시를 걸었고 이한명의 생명을 담보로 무모한 수련을 강요했다.

그 결과물이 필연적인 주화입마로 나타났다.

한데 이한명의 증상은 정일학보다 한층 더 심한 것이었다.

하루 종일 멍하게 앉아 있다가 갑자기 괴성을 지르며 온 집 안을 뛰어다녔다. 그러다 또 갑자기 바닥에 쓰러져 눈을 까뒤집은 채 거품을 게워내기도 했다.

이한명의 증세는 날이 갈수록 심해져 방 안에 가둬두지 않으면 감당할 수 없을 지경에 이르렀다.

지금은 수련을 빌미로 이가장 내에서도 한적한 곳에 가둬둔 터라 주위에서 눈치를 채지 못했지만 조만간 주위 사람들도 이한명의 상태를 알게 될 것이다.

팽탁목은 이한명에게 미안한 마음이 들었지만 자신의 복수를 위해 이한명을 버리기로 했다.

이한명이 미친 걸 알면 이가장에서 자신을 가만두지 않을 것이다. 게다가 정일학처럼 이한명이 주화입마를 이겨내길 기다릴 시간도 없었다.

홍선문을 빠져나오며 당한 상처가 최근 악화돼 자신의 삶이 얼마 남지 않았음을 최근 느끼고 있었다.

죽기 전에 다른 제자를 찾아야 했다. 이한명을 한 번 가르친 경험했으니 다음 제자에겐 같은 실수를 하지 않을 자신이 있었다.

그렇게 팽탁목은 주화입마에 빠진 이한명을 버려두고 어둠을 틈타 이가장을 빠져나갔다.

이한명이 이가장 사람들에게 발견된 건 팽탁목이 이가장을 몰래 떠나고 이틀이 지나서였다.

팽탁목이 떠날 때 이한명을 방에 가둔 상태로 밖에서 문을 봉해 버렸기에 발견하는 데 이틀이란 시간이 걸렸다.

이혁무는 막내아들의 미친 모습에 놀라 팽탁목을 찾았지만 그를 찾을 길이 없었다.

이한명의 증세는 날이 갈수록 심해졌다.

처음엔 발작만 일으켰는데 시간이 지날수록 난폭해지기 시작하더니 급기야 피에 굶주려 사람들을 해치기 시작했다.

이혁무는 어쩔 수 없이 이한명을 외딴 곳에 가뒀는데 다음 날 찾아가 보면 어느새 문을 박차고 뛰쳐나가 온 동네를 뒤집어놓기 일수였다. 그때마다 이혁무는 소문을 막고 피해자에게 보상을 해주느라 진땀을 흘려야 했다.

그렇게 시간은 흘러 어느덧 이 년이란 시간이 지났다.

그동안 이한명의 광증에 이가장은 하루도 조용할 날이 없었다.

세간에는 이한명이 강호영웅담에 빠져 음마와 사천의 연쇄살인범을 잡기 위해 집을 나섰다고 알려져 있지만, 사실 그 음마와 연쇄살인범의 실체는 이한명 본인이었다.

이가장은 그러한 소문을 막느라 엄청난 돈과 인력을 쏟아 부어야 했다.

그런 생활이 이 년여가 지속되자 이혁무는 이한명을 포기하고 사람이 살지 않는 무인도라도 찾아 그곳에 가둬둘 생각을 하게 됐다.

그런데 주화입마에 빠지고 이 년이 지난 어느 날 이한명의 정신이 기적적으로 돌아왔다.

정신이 돌아 온 이한명은 지난 이 년간의 일들을 전혀 기억하지 못하고 있었다.

이혁무는 아들이 지난 이 년간의 기억을 잃은 게 오히려 다행이라 생각했다. 그간의 일들을 기억해 낸다면 그 충격이 실로 만만치 않을 것이기 때문이다.

그렇게 정신이 돌아온 이한명은 며칠 후 이혁무에게 물었다.

"아버지 용아가 보이지 않는데 어디 심부름이라도 갔어요?"

용아는 어린 시절부터 남매처럼 지내던 이가장의 하녀였다.

자신이 정신을 차린 걸 알면 가장 기뻐할 사람이 용아였는데 당최 보이지 않으니 의문이 생긴 것이다.

"용아는… 용아 모친의 몸이 안 좋아서 고향으로 내려보냈다."

이때만 하더라도 이한명은 그런가 보다 하고 넘어갔다.

"그런데 이 영감도 안 보이고, 종당 아저씨도 안 보이네요. 이 년 동안 사람들이 왜 이렇게 많아 바뀌었어요?"

"그렇게 되었구나."

이한명은 이혁무의 표정이 왠지 어색하다고 느꼈다. 그렇게 잔치가 끝나고 얼마 후 이한명은 엄청난 충격에 빠지고 말았다.

오랜만에 시내 구경을 나갔다가 주변에서 수근거리는 소리를 들었던 것이다.

그들이 직접적인 이야기를 한 것은 아니었지만 아버지의 표정이 어색했던 것과 이가장의 사람들이 상당수 바뀌어 있었던 것 등 모든 것이 한 가지를 말해주고 있었다.

분명 그것은 원상진경을 자신에게 가르쳐 줄 때 팽탁목이 가장 우려했던 부분이었다.

'정일학은 광증에 걸려 어린 소녀들을 납치해 산채로 피를 빨았다.'

이한명은 팽탁목의 말을 기억해 내는 순간 현기증을 느끼며 거리에서 쓰러지고 말았다. 사람들이 괜찮냐며 주위로 몰려들었지만 이한명의 귀엔 아무런 소리도 들리지 않았다.

'용아… 종당 아저씨… 이 영감……'

이한명은 자신의 광증이 정일학보다 더욱 심했다는 걸 알게 되었다.

정일학은 어린 소녀만을 납치해 피를 빨아 죽였지만 자신은 남녀노소를 불문하고 닥치는 대로 죽여댔던 것이다.

그럼에도 불구하고 자신이 아직 멀쩡한 건 모두 가문과 아버지의 후광 때문이다.

이한명은 그날의 충격으로 한동안 방 안에 틀어박혀 밖으로 나오지 않았다.

보다 못한 이혁무가 감숙 일대 무가의 자제들과 교류를 하도록 주선하기도 했지만 별다른 효과가 없었다.

그렇게 반년 동안 방 안에만 틀어박혀 있던 이한명은 어느 날 방을 나와 이혁무에게 집을 떠나겠다고 말했다.

이혁무는 아직 이한명의 광증에 대한 걱정이 사라지지 않았기에 집을 나가겠다는 이한명의 결정을 반대했다.

하지만 이한명은 팽탁목의 과거를 들려주며 자신이 집을 나서지 않으면 필시 정일학과 홍선문이 자신을 찾아오게 될 것이라 말했다. 그리고 자신을 이 지경으로 만들어놓고 말 한마디 없이 사라진 팽탁목을 반드시 찾아야겠다고도 했다.

그렇게 며칠간 이혁무와 집을 나가는 문제를 놓고 설전을 벌이던 이한명은 허락이 나지 않자 팽탁목처럼 훌쩍 집을 떠나 버렸다.

이혁무는 장원의 무사들을 파견해 이한명을 찾아오도록 했지만 번번이 실패했다.

이한명은 자신의 어리석은 선택으로 가문이 피해 입는 걸 바라지 않았다.

팽탁목은 원상진경을 가르치기 전 자신의 과거와 함께 모든 걸 이야기해 주었다.

주화입마의 가능성이 매우 높다는 이야기부터 현 무림맹주 정일학에게 원상진경을 익히고 있음을 들키는 날엔 가문이 멸문지화를 당할지도 모른다는 이야기까지 들었다.

그때 원상진경을 배우지 않을 기회는 얼마든지 있었다.

그런데도 자신은 원상진경에 대한 호기심을 이기지 못하고 모두 받아들였다.

그때라도 자신의 부친에게 팽탁목과 원상진경에 대해 말했더라면 이런 일은 일어나지 않았을 것이다.

그런 죄책감으로 더 이상 가문에 남아 있을 수가 없었다.

그렇게 지내온 세월이 벌써 칠 년이 지났다.

그동안 가족들을 제대로 보지도 못했는데 칠 년 만에 만난 형은 자신의 품에서 죽어가고 있었다.

이한명은 서서히 죽어가는 형을 품에 안은 채 하염없이 눈물만을 흘렸다.

그렇게 얼마의 시간이 흘렀을까 이한철은 이한명의 품속에서 잠들 듯 숨을 거뒀다.

이한명은 형의 시신을 선조들의 옛터에 묻기 위해 자리에서 일어섰다.

그리곤 잠시 그 자리에 가만히 서 있었다.

"이제 나오시지."

이한명이 이한철을 안아 든 상태로 조용히 말했다.

잠시 정적이 흐른 후 주변이 일렁거리는 듯하더니 십여 명의 흑의 복면인이 굴 안으로 들어와 이한명을 포위했다.

"정일학이 보냈나?"

이한명이 고저없는 목소리로 물었다.

평소 쾌활하고 익살스럽던 이한명의 모습과 너무도 다른 모습이었다.

흑의 복면인들은 이한명의 물음에 답하지 않고 서서히 포위망에 압박을 가했다.

이한명은 흑의 인들이 자신을 둘러싼 채 압박을 가해오자 형의 시신을 바닥에 내려놓았다.

그리고 오른손에 감아뒀던 붕대를 천천히 풀기 시작했다.

第九章
음양종선검의 비밀

운정 일행과 자룡단이 화신동에 갇힌 지도 어느덧 일 년이
넘어가고 있었다.

정확한 기간은 알 수 없지만 사 일마다 만나는 종가휘와의
만남으로 대략적이나마 시간의 흐름은 알 수 있었다.

그동안 영영과 영옥의 무공 실력도 많이 늘었고, 운정의 제
천혈마권법의 초식 운영도 상당히 능숙해졌다.

그뿐 아니라 얼마 전엔 화신동을 한 번 빠져나갈 뻔한 일도
있었다.

운정과 일행을 가뒀던 노승이 시체를 확인하려 철벽을 열
었기 때문이다.

철벽이 열린 사실을 알고 일행은 서둘러 화신동을 빠져나가려 했지만 놀란 노승이 다시 철벽을 닫아버려 기회를 놓치고 말았다.

한동안 그 일로 모두들 심란해 했지만 요즘엔 다시 맘을 다잡고 무공 수련에 열을 올리고 있었다.

푸른 하늘과 따뜻한 햇빛을 받을 수 없다는 것 빼곤 큰 불편을 느끼지 못하는 화신동 생활이지만 운정의 마음을 아프게 하는 게 하나 있었다.

물과 이끼만을 먹으며 일 년간 생활한 탓에 이곳의 모두가 뼈와 가죽만 남아 있는 상태라는 것이다.

특히 아직 성장기에 있는 영영의 모습은 보는 사람으로 하여금 절로 측은지심이 일게 만들었다.

가뜩이나 눈이 컸는데 볼에 살이 빠지니 더욱 커 보였고, 팔다리가 앙상해 목내이가 따로 없었다.

운정 자신의 모습도 별반 다를 게 없었지만 어린 영영에 비하면 그나마 나은 편이었다.

"오늘따라 유난히 고기가 먹고 싶네……."

운정이 화신동 천장을 보며 중얼거리자 영옥이 그런 운정을 보며 조용히 말했다.

"만약 이곳을 나가게 된다면 꼭 오리 구이를 먹겠어요."

영옥의 말에 운정은 쓴웃음을 지었다.

"소면도 같이!"

옆에서 영영이 끼어들었다.

"그래 우리 나가면 다 같이 소면과 오리 구이를 사먹도록 하자."

"나도 동파육(東坡肉)이 먹고 싶어."

옆에서 듣고 있던 원영이 불쑥 끼어들며 자신이 먹고 싶은 요리를 말했다.

"난 청초육사(青椒肉絲)랑 규화동계(叫化童鷄)!"

원영이 끼어들자 감진광도 지지 않겠다는 듯 끼어들었다.

"너는 왜 끼어들고 지랄이야?"

"그러는 너는?"

"넌 내가 하는 건 뭐든지 따라하겠다는 거냐?"

"그만들 하세요. 또 싸우겠네."

운정은 이들이 또 싸울 것 같자 서둘러 말렸다.

"자네도 봤다시피 저놈은 내가 하는 건 뭐든지 따라하려 든다네. 참신성이라곤 쥐새끼 꼬리만큼도 없는 놈이야."

원영이 손가락으로 감진광을 가리키며 한심하다는 투로 말했다.

"내가 하고 싶은 말이다! 쥐새끼 수염 같은 놈아!"

원영의 말에 감진광이 분통을 터뜨리며 말했다.

"봤지? 방금 내가 말한 쥐새끼를 그새 써먹는다니까."

"너 이 새끼 오늘 진짜 죽어볼래!"

"말로만?"

원영이 이죽거리자 감진광이 더는 참지 못하고 달려들었다.

"그만!"

이들이 진짜로 싸울 기세이자 관진이 나섰다.

"형님! 이놈이 하는 말 들었잖아요."

감진광이 억울하다는 듯 관진을 보며 말했다.

"어린애도 아니고……."

원영은 관진에게 이르는 감진광을 보며 옆에서 능글맞게 중얼거렸다.

"원영, 그쯤 했으면 됐다. 어린애 보는 앞에서 부끄럽지도 않나?"

관진이 영영을 바라보며 말하자 원영은 오히려 피식 웃었다.

"형님이 몰라서 그러나 본데 영영이 얘는 저보다 더 심하다고요."

원영의 말에 관진은 그게 무슨 뜻이냐는 표정을 지었다.

"흐흐. 이곳에서 형님 빼곤 영영에게 모두 한 번씩은 당해봤을 걸요? 아, 영옥 소저도 아직 당해보진 않았겠네요. 애가 누굴 닮았는지 사람 속 뒤집는데 천부적이 재능을 타고났어요. 그 방면으론 중원제일일 겁니다."

"원영 아저씨, 사람 함부로 모함하면 안 되죠."

원영의 말에 영영이 양손을 허리춤에 올리곤 눈썹을 씰룩거렸다.

"아, 아니다. 내가 잠시 다른 사람이랑 착각했나 보다. 하하."

영영의 눈썹이 꿈틀대자 원영이 화들짝 놀라 둘러대기 시작했다.

관진은 그런 원영의 모습을 보며 어떤 상황인지 이해가 된다는 듯 피식 웃었다.

지난 일 년간 운정 일행과 자룡단은 꽤나 친해졌다.

처음 만났을 땐 적이었지만 함께 이곳을 빠져나가는 것을 목표로 수련을 하다 보니 자연스럽게 가까워진 것이다.

관진은 고지식한 면이 있고 나이가 많아 아직 영영과 많은 이야기를 나눠보지 못했지만 단원들은 영영과 스스럼없이 농담을 주고받을 정도로 친해져 있었다.

그 과정에서 모두 영영에게 한 번 이상씩 놀림을 받았었다. 운정이 처음 영영을 만났을 때와 비슷한 일들이었다.

어린 꼬마의 장난이 괘씸하게 느껴지기도 했지만 한편으론 수련에 지친 이들에게 활력이 되기도 했다.

"원영 아저씨, 오늘 나의 비무 상대가 되어줘야겠어요."

영영이 느닷없이 원영을 가리키며 말했다.

"또?"

"당연하죠."

"오늘은 대머리로 하면 안 될까?"

"안 돼요. 오늘 꼭 원영 아저씨랑 해야겠어요."

영영의 단호한 대답에 원영은 울상을 지었다.

원영은 영영과의 비무가 부담스러웠다.

어린 꼬마 애를 상대로 진산무공을 펼칠 수도 없고, 가만히 맞고만 있자니 그것도 고역이었다.

게다가 최근 영영의 무공이 일취월장해서 맞아주는 것도 쉬운 일이 아니었다.

원영이 어깨를 늘어뜨린 채 영영에게 끌려가자 감진광이 바람처럼 달려와 영옥에게 말했다.

"설 소저, 오늘 저와 비무를 하시는 게 어떻겠습니까?"

"감사하지만 단 소협과 이미 약속이 되어 있습니다."

감진광은 벌써 열 번도 넘게 영옥에게 비무를 청했지만 번번이 퇴짜를 맞았다.

처음 운정과 영옥이 연인 사이인줄 알고 큰 관심을 갖지 않았는데, 얼마 전 둘이 연인 사이가 아닌 걸 안 이후로 이렇게 조르고 있는 것이다.

한데 영옥은 운정 외엔 다른 사람과 비무를 하지 않고 이야기도 잘 나누지 않았다.

가뜩이나 다가서기 힘든 분위기를 가진 영옥인데, 말수도 적은 편이라 자룡단은 영옥을 조금 어려워하면서도 왠지 모를 호기심을 가지고 있었다.

"저는 괜찮으니… 윽!"

운정이 괜찮으니 둘이 비무를 해보라고 말하려다 갑자기 허리를 굽히며 인상을 썼다.

영옥의 팔꿈치가 운정의 옆구리로 깊숙이 파고들어 있었다.

"하하… 어서 수련하러 가지요."

운정은 의아해하는 감진광을 뒤로하고 영옥과 함께 수련을 하기 위해 한쪽으로 걸어갔다.

"젠장, 오늘도 대머리랑 수련을 해야 하나?"

감진광이 입맛을 다시고 있는데 뒤에서 장패가 다가와 말했다.

"난 오늘 형님이랑 비무를 할 거야. 그러니 혼자 잘 놀아봐."

장패가 씨익 웃으며 감진광의 어깨를 한 번 두드린 후 관진이 있는 곳으로 걸어갔다.

"혼자선 수련을 못하는 줄 아냐!"

감진광은 말은 그렇게 했지만 왠지 모를 외로움이 가슴속 깊이 파고들었다.

영옥과 비무를 할 곳으로 걸어가던 운정이 품속에서 실을 꼬아 만든 줄을 두 개 꺼내며 말했다.

"오늘은 비무보단 비도를 회수하는 법을 배우도록 하지요."

"비도를 회수하는 법이요?"

"네, 잠시 비도 좀 줘보세요."

영옥이 의아해하며 비도 두 자루를 건네자 운정은 품속에서 꺼낸 줄을 비도에 묶기 시작했다.

"원래는 은사 같은 걸 묶어서 사용하는 거지만 지금은 없으니 아쉬운 대로 이걸로라도……."

운정은 말을 하다 갑자기 어디선가 이와 비슷한 걸 본 듯한 기분이 들어 고개를 갸웃했다.

하지만 아무리 생각해도 그게 무엇인지 기억이 나지 않았다.

"왜 그러세요?"

"아니요. 왠지 비도에 줄을 묶고 나니 예전에 이와 비슷한 걸 본 것 같아서요."

"저한테 비도술을 가르쳐 주시고 있으니 예전에 사용을 해봤던 거겠지요."

영옥은 운정이 자신에게 비도술을 가르치니 당연히 익히고 있을 거라 생각했지만 운정은 비도술을 익히거나 사용해본 적이 전혀 없었다.

영옥에게 가르치고 있는 비도술은 종가휘의 기억에 남아 있는 비도술일 뿐이다.

머릿속에 비도술에 대한 정보는 있는데 직접 익혀 본 적이 없는 터라 막히는 부분이 있거나 가르치기 힘든 부분은 종가휘를 만날 때마다 자문을 구하고 있는 실정이다.

그런 운정인데 왠지 비도 끝에 줄을 달고 나니 어디선가 본 듯한 기분이 드는 것이다.

'종가휘의 희미한 기억이 머릿속에 남아 있는 거겠지.'

운정은 자신이 본 듯한 기분이 드는 게 종가휘의 기억으로 인한 것이라 생각했다.

"자, 비도에 묶은 줄을 팔목에 묶어보세요."

운정은 비도의 줄을 영옥의 팔목에 묶은 후 비도를 던지는 법과 탄성을 이용해 회수하는 방법을 가르쳤다.

"비응낙섬(飛鷹落殲)의 초식으로 목표를 향해 날린 후 바닥에 떨어지기 전 자윤도수(自尹道收)의 초식을 사용하면 비도가 절로 돌아올 것입니다."

운정의 설명을 들은 영옥은 비도를 던졌다가 다시 회수하는 연습을 하기 시작했다.

처음엔 곧장 바닥으로 떨어지던 비도가 운정의 도움으로 조금씩 반응을 보이기 시작했다.

하지만 수련은 얼마 지나지 않아 중단해야 했다.

옷의 실을 꼬아 만든 줄이 내기를 견디지 못하고 중간에 끊어져 버린 탓이다.

"음… 이런 식이면 아무리 줄을 만들어도 연습이 안 되겠는데요."

운정은 내기를 견딜 만한 줄이 없어 비도를 회수하는 수련은 포기하고 대신 목표를 향해 정확히 비도를 던질 수 있는 방법을 가르쳤다.

종가휘의 기억을 물려받아 아직 자신의 경험으로 만들지 못했던 운정은 영옥에게 비도술을 가르치며 조금씩 자신의 것으로 만들어가고 있었다.

그렇게 영옥에게 비도술을 가르친 후 운정은 구멍을 통해 위층으로 올라갔다.

얼마 전부터 운정은 철벽이 있는 이곳에서 수련을 하고 있었다.

철벽을 만지며 잠시 숨을 고르던 운정은 음양종선검을 형상화시킨 후 내기를 돌려 양손에 기운을 모았다.

백색 권기가 형성되자 거침없이 철벽을 두드려 대기 시작했다.

쾅! 쾅! 쾅!

백색 섬광이 터지며 폭탄이 터지는 듯한 굉음이 울렸지만 철벽은 잔잔한 진동만 일으킬 뿐 흠집조차 생기지 않았다.

운정은 자신의 능력으론 철벽을 부술 수 없다는 걸 잘 알고 있었지만 온몸의 내기를 모두 쏟아붓듯 일 권, 일 권에 혼신의 힘을 담아 내쳤다.

콰쾅! 쾅! 쾅!

"저놈 또 시작했네."

영영과 비무를 하던 원영은 위층에서 폭음이 들리자 질린 표정을 지었다.

그동안 운정과 여러 번 비무를 했던 터라 저 폭음을 내는 일 권에 얼마 만한 위력이 담겨 있는지 잘 알고 있었다.

그렇기에 저런 주먹을 지치지도 않고 연거푸 내뻗는 운정과 그런 주먹에도 흠집조차 나지 않는 철벽 모두에게 질린 것이다.

자룡단은 하루 일과와도 같은 운정의 폭음 소리에 맞춰 수련의 집중도를 한층 높였다.

운정이 끄덕도 않는 철벽에 무의미한 주먹질을 연거푸 해대는 이유는 음양종선검 때문이었다.

음양종선공의 효능으로 남들보다 단전에 쌓는 내공의 양이 많고, 발출한 기운을 다시 회수할 수도 있지만 무한한 것은 아니었다.

상대적으로 남들보다 내기를 사용하는데 제약을 덜 받을 뿐이지 계속 끌어다 쓰다 보면 운정도 단전의 내공이 모두 바닥나고 만다.

운정은 단전의 내공을 모두 바닥내기 위해 철벽을 향해 주먹을 날리고 있는 것이었다.

주변의 암벽에 대고 주먹질을 할 수도 있었지만 같은 값이면 다홍치마라고 언젠가 부수고 나가야 할 철벽에 조금의 충격이라도 주고 싶은 마음에 이곳에 주먹질을 하고 있었다.

운정은 자신의 단전에 내공이 마르면 그때 음양종선검이 어떠한 움직임을 보일지가 궁금했다.

그동안은 수련 기간이 짧고 경험이 적어 더 이상의 진전이 없는 거라 생각했는데, 최근엔 검왕이 남겨준 음양종선검 때문에 오히려 방해를 받는다는 느낌이 들었다.

자신이 절정의 벽을 넘기 위해선 반드시 음양종선검의 의미를 깨달아야 한다고 생각했다.

그래서 단전의 내기를 모두 배출한 후 음양종선검의 움직임을 관찰하고 있었던 것이다.

"하… 분명 무언가 방법이 있을 텐데……."

무언가 실마리가 잡힐 듯 잡히지 않자 답답한 마음만 더해 갈 뿐이었다.

운정이 음양종선검에 매달려 있는 동안 시간은 유수와 같이 흘러갔다.

"우리가 이곳에 갇힌 지 얼마나 됐지?"

원영이 벽에 붙은 이끼를 떼먹으며 감진광에게 물었다.

"밤낮도 구별이 안 되는데 시간의 흐름을 어떻게 알겠냐?"

감진광이 원영을 보며 톡 쏘듯 말했다.

"모르면 모르는 거지 말본새 하고는……."

"아마 일 년하고 십일 개월 정도가 지났을 거예요."

옆에서 이끼를 떼어먹고 있던 운정이 지나가는 투로 말했다.

"벌써? 아니 그것보다 자네가 그걸 어떻게 아나?"

운정은 종가휘와 꿈속에서 만나는 날짜로 계산했다고 말할 수는 없었기에 자신의 머리카락을 가리키며 말했다.

"머리카락 길이를 보니 대충 시간이 나오네요."

"뭐? 자넨 머리카락 길이로 시간 계산도 된단 말인가?"

원영이 믿기지 않는다는 표정을 지으며 말했다.

"네."

운정은 표정 하나 바꾸지 않고 거짓말을 천연덕스럽게 했다.

종가휘와 동거를 하게 된 이후 운정의 거짓말 실력은 날이 갈수록 늘고 있었다.

"허, 참 기인이 따로 없네."

"그러게."

원영의 감탄사에 감진광이 동조했다.

운정의 표정이 어쩌나 진지했던지 원영과 감진광은 운정의 말을 사실로 믿었다.

이런 거짓말을 진지한 표정까지 지으며 할 이유가 없었기 때문이다.

"벌써 일 년하고 십일 개월이 지났다니… 맹에선 우리가 사라졌는데 찾지도 않는단 말인가?"

"어쩌면 우리가 사라져서 잘됐다고 생각할지도 모르지. 그동안 우리가 고분고분하게 말을 들었던 적이 한 번이라도 있었어야 말이지."

자룡단은 스스로도 무림맹의 명을 거슬렀던 자신들의 모습을 잘 알고 있는지, 무림맹이 자신들을 찾지 않아도 할 말이 없다는 표정을 짓고 있었다.

　"그럴 리가요. 저 노괴가 흔적을 지워 찾지 못하는 것이겠죠."

　운정은 원영과 감진광의 얼굴에 그늘이 드리워지자 애써 위로하듯 말했다.

　"원영 아저씨, 나랑 비무해요!"

　운정이 두 사람과 이야기를 하고 있는데 등 뒤에서 영영이 불쑥 튀어나와 원영에게 말했다.

　영영은 최근 무공 실력이 하루가 다르게 상승할 시기인지라 수련하는 재미에 푹 빠져 있었다.

　조금 늦은 나이에 무공에 입문했지만 현재 환경이 마치 면벽수련에 든 듯한 환경인 데다가 운정을 비롯해 조언을 해줄 사람이 많아 부쩍 실력이 늘고 있었다.

　원영도 일 년 전과 달리 영영과의 비무에 나름 재미를 느끼고 있었다.

　최근엔 영영의 실력도 많이 늘어 자신의 삼성 공력까진 감당할 수 있었기 때문이다. 이젠 더 이상 맞고만 있을 필요없이 공력을 줄여 비무다운 비무를 할 수 있었다.

　게다가 영영이 워낙 영특해 생각지도 못한 공격과 대응을 보여줄 때가 많았다.

"오늘은 아저씨가 엉덩이를 두드려 주마!"

"췌! 아저씨가 내 엉덩이를 두드리기 전에 내 검이 아저씨 엉덩이를 먼저 찌를 거예요."

원영과 영영은 서로 상대에게 어떤 치명타를 날리겠다는 이야기들을 나누며 한쪽으로 사라졌다.

"운정, 우리도 오랜만에 비무 한 번 할까?"

감진광은 매번 운정에게 당하지만 그런 비무 속에서도 많은 깨달음을 얻을 수 있었기에 과감히 운정에게 비무를 요청했다.

"비무요?"

운정은 한동안 음양종선검에 매달려 있느라 비무를 하지 못했다. 한데 감진광이 비무를 요청하자 불현듯 내기를 모두 소모한 상태에서 생사를 넘나드는 비무를 펼치면 음양종선검이 어떤 반응을 보일지 궁금해졌다.

"비무를 하는 것도 좋은데, 제가 요즘 수련하는 게 있어서 그런데… 도와주실래요?"

"응? 뭘 도와죠?"

"요즘 깨달음을 얻기 위해 일부러 몸을 혹사시키는 방법을 사용하고 있거든요. 그래서 하는 말인데……."

운정은 음양종선검에 대해 말할 수는 없었기에 수련의 일종이라 말하며 자신이 내기를 모두 소모한 후 비무를 해달라고 부탁했다.

"너무 위험하잖아."

감진광은 운정의 말을 듣고 말도 안 된다는 듯 말했다.

자신이 삼류무사라면 운정이 내기를 모두 뽑아낸 후 비무를 치르더라도 생명에 문제가 있진 않겠지만 절정에 이른 자신의 공격은 단 한 번의 실수로도 절명할 수 있는 위험이 있었다.

"그래서 부탁하는 거예요. 깨달음을 얻으려면 그에 걸맞는, 아니, 제 자신의 한계를 극복해야 해요."

운정이 부탁했지만 감진광은 위험하다는 이유로 끝내 비무를 받아들이지 않았다.

"자네가 온전한 상태라 해도 위험한 비무인데, 내공을 비운 후에 비무를 하자니. 그건 내 손으로 자네를 죽여 달라는 것과 마찬가지네. 자네 한 명 죽는다면 별 상관이 없지만 영영이와 설 소저는 어쩔 셈인가? 이게 결과가 좋아서 자네가 깨달음을 얻으면 우리 모두 이곳을 빠져나갈 수 있으니 좋지만 그건 너무 낙관적인 생각이야. 성공 확률이 채 일 할도 되지 않는 도박에 목숨을 걸지 말게. 자네나 우리나 이제껏 열심히 수련했고 잘 지내 왔네. 언젠가 이곳을 빠져나갈 수 있을 테니 너무 조급해하지 말게."

감진광은 절대 운정의 부탁을 들어주지 못하겠다며 등을 돌려 사라졌다.

감진광은 이곳에 오랫동안 갇혀 있게 되자 운정이 조급한 마음에 무리한 방법을 사용하려 한다고 생각했다.

"하… 그게 아닌데……."

운정은 꿈속에서 종가휘와 생사를 건 비무를 해볼까도 생각했지만 그곳에선 아무리 무리를 해도 죽지를 않으니 긴장감이 일지 않아 효과가 없었다.

자신이 알아보고 싶은 건 진정한 생명의 위협을 느꼈을 때, 음양종선검이 어떤 반응을 일으키는 가였다.

그날부터 운정은 자룡단원들을 찾아다니며 자신의 수련을 도와줄 것을 부탁했다.

하지만 어느 누구도 운정의 부탁을 들어주지 않았다.

이유는 모두 감진광과 같은 이유에서였다.

그때부터 자룡단은 운정의 비무 상대가 되어주지 않았다.

아무도 비무 상대가 되어주지 않자 운정은 홀로 철벽을 상대로 방법을 모색할 수밖에 없었다.

'한꺼번에 내기를 소모시킬 수만 있다면 비무 중에 임의로 위급한 상황을 만들 수 있을 텐데…….'

운정은 자신이 내기를 모두 소모한 상태에선 아무도 비무 상대를 해주지 않으려 하자 비무가 벌어진 상태에서 내기를 일시에 소모할 방법을 모색했다.

그렇게 단전의 기운을 일시에 소모시킬 방법을 모색하던 운정에게 생각지도 못했던 발견이 있었다.

한 번 바닥이 났던 단전에 다시 내기가 쌓이기 시작할 무렵

아주 미세한 양의 내기가 음양종선검으로 흡수되고 있었던 것이다.

워낙 음양종선공이란 심공 자체가 발출한 내기를 거두어 들이는데 뛰어난 효능을 지닌 심공이라 이제껏 느끼지 못하고 있었는데 최근 기운을 분출하는 방법을 모색하다 보니 알게 된 사실이었다.

이러한 사실을 깨닫게 된 운정은 지금까지 시도했던 방법과 반대로 기를 운용해 보기로 했다.

이제까진 기운을 밖으로 배출하기만 했는데 이번엔 반대로 음양종선검으로 내기를 모아보려는 것이다.

음양종선검 자체가 하나의 내단이었고, 그동안 조금씩 자신의 내기를 흡수하고 있었기에 충분히 가능성이 있을 것 같았다.

운정은 기운을 밖으로 배출시키던 일을 중단하고 자신의 내기를 음양종선검 쪽으로 몰아가기 시작했다.

처음엔 운정이 몰아간 기운을 흡수하지 않던 음양종건검이 어느 순간부터 서서히 기운을 흡수하기 시작했다.

'됐다!'

운정은 음양종선검이 자신이 몰아간 기운을 흡수하기 시작하자 속으로 환호성을 질렀다.

어쩌면 음양종선검을 이용해 단전의 내기를 일시에 소모시킬 수도 있을 것 같았기 때문이다.

'응?'

음양종선검으로 내기를 몰아대던 운정의 표정이 갑자기 변했다.

좀 전부터 음양종선검이 내기를 빨아들이는 속도와 양이 급격히 증가하고 있었기 때문이다.

'너무 빠른데……'

운정은 내기가 빠져나가는 속도가 생각보다 빨라지자 속도를 조절하려 했다.

"어……."

하지만 미처 운정이 손을 쓸 새도 없이 단전에 꽉 차 있던 모든 기운이 한순간에 음양종선검 속으로 빨려 들어가 버렸다.

'컥!'

그 순간 운정은 단전에서 일어난 극심한 통증에 정신을 놓을 뻔했다.

음양종선검은 운정의 단전에 가득 차 있던 그 많은 양의 기운을 흡수하고도 모자랐는지 운정의 텅 빈 단전을 쥐어짜내기 시작했다.

빈 단전에 조금씩 내기가 차고는 있었지만 이전에 흡수했던 많은 양의 내기와 비교가 되지 않을 정도로 미미한 수준이었다.

그 마저도 모조리 흡수해 버린 음양종선검이 갑자기 요동을 치기 시작했다.

음양종선검의 요동에 따라 운정의 신형도 요동치기 시작했다.

'도대체… 어떻게 되는 거야!'

운정은 갑자기 일어난 괴사에 어쩔 줄을 몰라 했다.

이게 말로만 듣던 주화입마의 징조인가도 싶었다.

크드드득!

터질 듯 요동을 치던 음양종선검이 마침내 움직이기 시작했다. 운정은 움직임을 멈추려 안간힘을 섰지만 내기로 충만한 음양종선검은 이미 자신의 제어권을 벗어나 있었다.

음양종선검이 움직이기 시작하자 운정은 불로 달군 칼로 온몸을 저미는 듯한 극심한 고통에 시달렸다.

느릿느릿 움직이는 음양종선공은 운정의 몸을 한곳씩 확인해 가며 고통을 주듯 느릿하게 움직이더니 이내 기경팔맥을 따라 정수리로 향하기 시작했다.

느릿한 움직임이지만 절대 멈출 것 같지 않던 음양종선검은 임맥을 만나서야 움직임을 멈췄다.

운정은 너무도 극심한 고통에 지금 음양종선검이 임맥 앞에서 멈추어 섰다는 것도 인식하지 못하고 있었다.

거칠 것 없이 앞으로 나아가던 음양종선검은 임맥이 앞길을 막자 더욱 격렬히 진동을 일으키기 시작했다.

진동이 절정에 달한 순간 음양종선검은 그대로 임맥을 향해 돌진했다.

콰!

운정의 머리가 충격을 이기지 못하고 휘청거렸다.

앞길을 뚫지 못한 음양종선검은 재차 임맥을 향해 돌진했다.

콰!

그 순간 휘청거리던 운정의 코에서 시뻘건 피가 주르륵 흘러내렸다.

운정은 이미 정신을 반쯤 놓은 상태로 자신의 내부에서 무슨 일이 일어나는지도 모르고 있었다.

콰!

세 번째 울림과 함께 운정은 머릿속이 하얗게 비어버렸다.

그 순간 음양종선검은 절대 뚫리지 않을 것 같던 임맥을 뚫고 거침없이 앞으로 나아가기 시작했다.

임맥을 뚫고 정수리로 나아가던 음양종선검이 갑자기 방향을 바꿔 다시 아래쪽으로 내려가기 시작했다.

그곳은 독맥이 가로막고 있는 곳이었다.

음양종선검은 기세를 잃지 않은 채로 그대로 독맥을 향해 돌진했다.

콰!

단 한 번의 부딪침으로 독맥은 너무도 쉽게 뚫려 버렸다.

임맥과 동맥이 동시에 뚫리는 순간 정신을 놓고 있던 운정의 눈이 번쩍 떠졌다.

이제껏 극심한 고통만을 느꼈는데 임맥과 독맥이 뚫리는 순간 고통 속에서 한줄기 상쾌함이 운정의 전신을 휘감았다.

그 순간 운정은 이제껏 느껴본 적이 없는 극도의 황홀경을 느끼며 전신의 모공이 열렸다가 닫히는 듯한 느낌을 받았다.

임, 독맥을 모두 뚫은 음양종선검은 기세를 잃지 않은 채 운정의 몸을 한바퀴 돈 후 다시 정수리로 향했다.

운정은 그 순간 이제껏 느껴보지 못한 극도의 공포심을 느꼈다.

이제껏 느리기만 하던 음양종선검의 속도가 갑자기 상승하기 시작하더니 정수리로 향했을 땐 빛살과도 같은 속도로 변했다.

콰앙!

머릿속을 울리는 천둥 같은 소리와 함께 운정은 자신의 머리가 반쪽이 나는 기분을 느꼈다.

그 순간 운정의 정수리가 열리고 그 길을 따라 음양종선검이 튀어나와 운정의 몸에서 완전히 빠져나가 버렸다.

음양종선검이 느닷없이 정수리를 뚫고 빠져나가 버리자 운정은 말로 표현할 수 없을 정도의 상실감을 느꼈다. 하지만 이대로 넋놓고 있을 수는 없었다.

임, 독맥이 뚫린 지금 서둘러 몸을 수습하지 않는다면 임, 독맥이 뚫린 기연이 일순간 사라지는 것은 물론이고 운이 나쁘면 폐인이 될지도 모르기 때문이었다.

운정은 흐려지는 정신을 다잡기 위해 입술을 깨물었다.

피가 배어 나올 정도로 깨문 입술의 고통으로 정신을 수습한 운정은 서서히 단전으로 차오르기 시작한 기운을 뚫린 임, 독맥으로 유도해 대주천을 시작했다.

음양종선검이 훑고 간 운정의 몸은 망신창이가 된 상태인지라 길을 정비하고 몸을 추스르는데 반나절이 넘는 시간이 걸렸다.

자룡단은 반나절이 넘도록 운정이 모습을 보이지 않자 무슨 일인지 알아보려 왔다가 운정이 깊은 명상에 빠져 있자 조용히 밑으로 다시 내려갔다.

그들은 운정이 그저 명상을 하는 것이라 생각했지 이런 대단한 기연을 만났을 것이라곤 상상도 하지 못했다.

운정이 눈을 뜬 건 그러고도 한참이 지나서였다.

"후……."

운정의 입에서 절로 한숨이 새어 나왔다.

임, 독맥이 뚫리며 그토록 바라마지 않던 초절정의 경지에 올라섰지만 검왕이 남겨준 음양종선검을 어이없이 잃어버렸기 때문이다. 게다가 초절정으로 올라서며 얻어야 할 깨달음도 없었다.

운정이 한숨을 쉬고 있는데 문득 자신의 눈앞에 무언가 떠 있는 게 보였다.

"헉!"

운정은 너무 놀라 부지불식간에 경악성을 터뜨렸다.

자신의 눈앞에 백색 광채를 머금은 거대한 검 한 자루가 허공에 떠 있었기 때문이다.

다름 아닌 운정의 몸을 빠져나간 음양종선검이었다.

몸속에 있을 때보다 몇 배로 크기가 커져 있지만 분명 음양종선공이었다.

너무 놀란 운정은 한동안 움직일 생각을 하지 못했다.

그렇게 한동안 멍한 시선으로 눈앞에 떠 있는 백색 검을 바라보던 운정이 손을 앞으로 뻗었다.

그 순간 음양종선검이 빨려들 듯 운정의 손 안으로 들어왔다.

설마 하는 생각에 몸 안에 있을 때처럼 움직여 봤는데 자신의 의지대로 움직여졌다.

운정은 손 안에서 느껴지는 음양종선공의 엄청난 기운을 온몸으로 느끼고 있었다.

그 기운은 자신의 몸속에 들어 있을 때와 조금도 다르지 않은 순수한 기운의 결정체였다. 한데 직접 맞닿아 있는 자신의 신체엔 아무런 영향을 주지 않고 있었다.

운정은 잡고 있던 음양종선검을 허공으로 던져봤다.

허공으로 떠오른 음양종선공을 멈춰 있게 했더니 허공에 그대로 떠 있었다.

"허… 허허……."

운정은 눈앞의 현실이 믿기지 않아 헛웃음이 나왔다.

만약 지금 자신의 눈앞에 떠 있는 음양종선검이 자신의 의지대로 움직이는 것이라면, 그동안 전설로 알려져 왔던 이기어검술(以氣馭劍術)과 다를 바가 없기 때문이다.

운정은 바로 확인 작업에 들어갔다.

허공에 떠 있는 음양종선검을 의지에 따라 움직여 보기 시작한 것이다.

빠르진 않지만 분명 자신의 의지대로 움직여졌다.

자신의 의지로 움직일 수 있는 거리가 반경 삼 장 이내라는 게 아쉬웠지만 이것만 해도 어디인가.

허공에 띄운 음양종선검을 한동안 조정하던 운정은 이내 음양종선검의 위력을 알고 싶어졌다.

운정의 눈이 향한 곳은 당연히 자신들을 이곳에 가두고 있는 철벽이었다.

운정은 이제 갓 초절정의 경지에 들었기에 강기를 만들지 못하지만 혹시라도 음양종선검으로 철벽을 뚫을 수 있지 않을까란 생각을 했다.

운정은 생각을 하는 것보다 직접 확인해 보기로 했다.

음양종선검을 허공에 띄운 채로 철벽이 있는 곳으로 걸어갔다.

"어쩌면… 어쩌면 오늘 이곳을 빠져나갈 수 있을지도 모르겠구나."

운정은 허공에 떠 있는 음양종선검을 보며 중얼거렸다.

마치 운정의 중얼거림에 음양종선검이 대답을 하듯 더욱 더 밝은 광채를 뿌렸다.

　　운정은 이내 허공에 떠 있던 음양종선검을 몇 번 움직여 보더니 철벽을 보며 소리쳤다.

　　"부탁한다!"

　　운정은 간절한 마음을 담아 음양종선검을 철벽으로 힘껏 날렸다.

　　쉬이이익!

　　콰아아아아앙!!

　　운정이 연공하고 있던 위층에서 거대한 폭음이 들리더니 이내 화신동 내부가 진동하기 시작했다.

　　자룡단과 영옥 자매는 위층에서 들린 폭음과 진동에 깜짝 놀라 달려왔다.

　　그리고 그들은 너무 놀라 입을 벌린 채 한동안 말을 잇지 못하고 있었다.

　　운정이 뿌연 먼지를 뒤집어쓴 채 산산조각이 난 철문 앞에 명한 표정으로 서 있었기 때문이다.

　　"도대체 어떻게 된 건가?"

　　가장 먼저 정신을 차린 관진이 물었다.

　　운정은 한동안 대답 없이 산산조각이 난 철문을 바라보다 이내 말을 했다.

　　"제가… 제가 초절정의 벽을 넘어선 것 같아요."

"뭐?"

운정의 목소리가 워낙 작았던 데다가 입 안에서 웅얼거렸기에 제대로 알아들을 수가 없었다.

"제가 초절정에 올랐다고요!!"

운정도 너무 갑작스러운 일을 당했는지라 자신이 초절정의 경지에 오른 걸 크게 실감하지 못했었는데 철문이 부숴지고 나자 비로소 실감할 수 있었다.

"정말인가! 축하하네!"

"와하하하! 설마 우리 중에 진짜로 초절정고수가 나올 줄이야!"

"와! 오빠, 대단해!"

"단 소협, 축하해요!"

운정의 성취를 모두가 축하해 주었다. 그중 가장 기뻐한 사람은 영옥과 영영이었다.

"자네, 그럼 벌써 강기를 형성할 수 있게 되었단 말인가?"

모두 들떠 있는 가운데 관진이 이해되지 않는다는 듯 물었다.

"강기는 아니고요. 이걸로요."

운정이 철벽 너머에 떠 있던 음양종선검을 회수하며 말했다.

"그, 그게 뭔가!"

관진이 하얀 순백의 광채에 휩싸여 허공에 떠 있는 음양종선검을 보고 깜짝 놀라 소리치듯 물었다.

"저도 아직 잘 모르는데……. 이름은 음양종선검이에요."

"뭔지는 모르는데 이름은 안다니… 아니, 그것보다 자네 지금 강기를 유형화해서 허공에 띄워 놓고 있는 건가?"

음양종선검은 강기와 전혀 다른 성질을 지니고 있었지만 눈으로 보기엔 강기를 검의 모양으로 형성화해 띄워놓은 걸로 보였다.

"뭐… 그런 셈이죠."

운정은 음양종선검을 설명하기 힘들어 그렇다고 대답했다.

운정의 대답에 자룡단원들은 경악에 찬 표정을 지었다.

어떻게 이제 갓 초절정에 들어선 자가 강기를 형상화해 허공에 띄워놓고 있단 말인가.

눈으로 보고도 믿을 수가 없었다.

강기를 형성하는 것만으로도 어려운데 신체에서 떨어진 곳에 형성하다니. 아니, 그보다 형성된 강기를 의지로 움직일 수 있다는 말은 이제껏 들어본 적도 없었다.

전설의 이기어검도 검을 의지로 움직이지 강기를 의지로 움직이지는 않는다.

모두들 놀라 말을 잃고 있는 가운데 갑자기 운정이 휘청거리기 시작했다.

"단 소협!"

운정이 휘청거리며 바닥에 주저앉자 가장 먼저 영옥이 달려와 부축했다.

"갑자기 현기증이……."

"사라졌네."

운정이 현기증을 느끼며 주저앉자 허공에 떠 있던 음양종선공이 흔적도 없이 사라져 버렸다.

"아직은 장시간 사용하는데 무리가 있나 보네요."

사용할 땐 크게 느끼지 못했는데 어느 순간 갑자기 온몸의 기운이 모두 빠져나가며 현기증이 일었다.

운정은 아직 익숙지 않은 음양종선검이라 긴 시간 사용하면 몸에 무리가 온다는 걸 알 수 있었다.

"몸에 무리가 온 듯하니 잠시 휴식을 취하도록 하게."

운정의 성취로 인해 화신동 안의 분위기가 한껏 들떠 있었다.

운정이 철벽 하나를 부쉈으니 이제 남은 하나만 더 부순다면 밖으로 나갈 수 있기 때문이다.

"나, 나가면 제일 먼저 고기를 먹을 거야!"

생각만으로도 군침이 도는지 감진광은 입가에 침을 흘리며 말했다.

"난 닭 요리!"

원영이 옆에서 거들었다.

"난 생선 요리!"

모두들 제각각 먹고 싶은 요리를 얘기했다.

"시끄럽다! 떠들려면 밑에 내려가서 떠들거라."

관진이 음식 얘기를 하며 수선을 피우는 단원들을 조용히 시켰다.

영옥의 부축을 받고 있던 운정이 어느새 잠에 빠져 있었기 때문이다.

"쳇, 나도 조금만 시간이 있었어도 그깟……."

원영은 노려보는 관진의 눈빛에 말을 하다 급히 입을 닫았다.

"그럼 나는 밑에서 한숨 자고 올까……."

원영은 이곳에 더 있어봤자 관진의 눈총만 받을 것 같자 서둘러 아래층으로 내려갔다.

원영이 아래층으로 내려가자 감진광과 장패도 따라 내려갔다.

잠에 빠진 운정은 다음날이 되어서야 일어났다.

그동안 자룡단과 영옥은 한숨도 자지 못하고 운정 곁을 지켰다. 운정이 깨어나기만 하면 근 이 년간이나 갇혀 있었던 감옥과도 같은 이곳을 빠져나갈 수 있단 설렘에 좀처럼 잠을 이룰 수가 없었던 것이다.

운정이 일어나 보니 모두가 눈이 벌겋게 충혈된 채 자신을 바라보고 있었다.

"모두 잠을 안 잔 듯한 얼굴이네요?"

"넌 지금 우리가 잠이 올 거라고 생각하냐?"

원영이 으르렁대듯 말했다.

"하하. 그런가요? 혼자 자서 왠지 미안한 마음이 드네요."

"그렇게 미안하면 더 이상 시간 지체하지 말고 빨리 저 빌어먹을 철벽 좀 치워봐라."

"알았어요."

운정이 자리에서 일어나자 모든 이들이 운정의 뒤를 오리 새끼 마냥 따라왔다.

철벽 앞에 도착한 운정은 한동안 서 있기만 했다.

"뭐 해? 빨리 부숴 버리지 않고?"

원영이 재촉했지만 운정은 운정대로 사정이 있었다.

'어떻게 불러내지?'

전날 첫 번째 철벽을 부쉈을 땐 음양종선검이 스스로 모습을 드러낸 것이었다. 한데 사라지고 나자 어떻게 불러내야 할지 알 수가 없었던 것이다. 아니, 어디로 사라졌는지도 알 수가 없었다.

운정은 혹시나 하는 마음에 평소 음양종선검을 불러내듯 정수리 쪽으로 정신을 집중했다.

'역시!'

놀랍게도 음양종선검은 평소대로 운정의 정수리로 돌아가 있었다.

'이걸 밖으로 빼내려면.'

운정은 정신을 집중해 음양종선검을 정수리 밖으로 이동시키기 시작했다.

'윽, 기분 참 더럽네.'

음양종선검은 운정의 의지대로 정수리를 뚫고 나오긴 했는데 그 기분이 말로 표현할 수 없을 정도로 기묘한 것이었다.

"오옷! 나왔다!"

"뭐? 왜 머리통에서 솟아나는 거야?"

"거참, 신기하네."

"오빠, 머리에 뿔난 것 같아……."

운정의 정수리를 뚫고 나오는 음양종선검의 모습을 본 이들은 신기한지 저마다 한마디씩 했다.

운정은 음양종선검을 철벽 앞에 띄워놓고 뒤에 서 있는 이들을 돌아보며 말했다.

"모두 준비됐죠?"

운정의 목소리에도 살짝 흥분이 묻어나왔다.

"당연하지!"

"후딱 해치우고 나가자! 나가면 이 늙은 중놈 갈기갈기 찢어 죽여 버릴 테다!"

"그럼 갑니다!"

운정이 소리치며 음양종선검을 철벽을 향해 날렸다.

콰아아앙!!

거대한 폭음과 함께 앞을 가로막고 있던 철벽이 와르르 무너졌다.

"윽!"

철벽이 무너지는 순간 운정은 밝은 햇살로 인해 고개를 돌려야 했다.

이 년간이나 어두운 화신동 속에서 살다 보니 밝은 햇살에 눈이 부신 것이다.

일행들은 당장 뛰쳐나갈 기분에 충만했는데 눈이 부셔 뛰어나가지 못하고 오히려 다시 화신동 속으로 돌아와야 했다.

"햇빛이다! 햇빛이야!!"

햇빛에 눈이 부셔 화신동 속으로 돌아오면서도 일행의 목소리가 잔뜩 격앙되어 있었다.

화신동 속으로 돌아와 햇빛에 눈을 익숙하게 만들고서야 일행은 밖으로 나갈 수 있었다.

"이 빌어먹을 땡중 어딨어!!"

원영이 바람처럼 신법을 전개하며 절 안을 샅샅이 뒤졌지만 자신들을 가뒀던 노승과 괴승들의 모습은 찾을 수가 없었다.

"먼지가 잔뜩 쌓여 있는 게 오래전에 이곳을 버리고 떠난 듯한데요."

절 안을 뒤지고 돌아온 장패가 관진에게 말했다.

"젠장! 그 새끼 잡아다가 사지를 끊어놔야 하는데!"

원영이 분통을 터뜨렸지만 이미 이곳을 떠난 그들을 잡을 방법은 없었다.

"오늘만 날이 아니고, 분명 어딘가에서 다시 만날 수 있을 것이니 복수는 잠시 미뤄두도록 해라."

관진이 씩씩거리는 원영을 진정시켰다.

"형님, 그런 몰골로 근엄하게 말하면 코흘리개 어린애도 안 듣겠소."

원영이 낄낄거리며 관진에게 말했다.

어두운 곳에서 야명주 하나만으로 살아갈 땐 못 느꼈는데 밝은 곳으로 나오고 보니 일행들의 몰골이 말이 아니었다.

옷은 다 해지고 피부는 하얗다 못해 푸르스름했다.

그중 가장 결정적인 건 일곱 명 모두가 뼈와 가죽밖에 남아 있지 않을 정도로 깡말라 있다는 것이다.

"밤중에 만나면 담이 작은 사람은 까무러치겠는데요."

일행의 모습은 마치 관을 박차고 나온 반쯤 섞은 시체 같았다.

"객쩍은 소리 그만하고 서둘러 마을을 찾아보자. 그곳에 가서 옷도 새로 장만하고 제대로 된 음식도 먹어야 할 것이 아니냐."

"내가 지금 하려던 말이 그 말이었소."

"그만 떠들고 빨리 가요!"

옆에서 듣고 있던 영영이 원영의 허리춤을 잡아끌며 소리쳤다.

"그래 가자!"

第十章
세상으로

單車情歌

화신동을 벗어난 일행은 근처에 있는 마을을 찾기 위해 경공을 펼쳤다.

영영과 영옥도 이 년 동안 잠을 자는 시간 외엔 무공만을 수련했기에 상당한 경공 실력을 발휘했다.

산 아래로 내려와 예전에 세워뒀던 마차를 찾아봤지만 역시나 없었다. 이 년이란 시간이 흘렀으니 분명 누군가 가져갔을 것이다.

"와! 시원해!"

뺨을 스치는 시원한 바람을 맞자 영영의 비쩍 마른 얼굴에 미소가 피어올랐다.

일행들은 밝은 햇빛을 받는 것만으로도 이렇게 기분이 좋아질 수 있다는 걸 처음 알았다.

일행 모두의 얼굴에 절로 미소가 감돌았다.

쉬지 않고 경공을 펼쳤지만 마을은 쉽게 보이지가 않았다.

일행이 마을을 발견한 건 절을 떠나고 두 시진이 지나 해가 저물어갈 무렵이었다.

운정과 일행이 마을로 들어서자 지나는 사람들마다 모두 수군거리며 쳐다봤다.

"사람 처음 보나!"

원영은 자신들의 몰골이 어떤지 잘 알고 있었지만 사람들이 너무 쳐다보는지라 신경이 쓰였다.

"뭘 봐!"

장패는 사람들이 계속 쳐다보자 호통을 치며 성질을 부렸다.

그 기세가 얼마나 대단했는지 구경하던 사람들이 모두 화들짝 놀라 뒤로 물러섰다.

"역시, 장패 네놈은 얼굴이 무기다. 사람들이 네놈 얼굴보기 무섭게 다 달아나는구나."

원영은 그와 중에도 장패를 놀리며 키득거렸다.

"그러게, 생긴 것도 더러운데 피골이 상접한 데다가 얼굴까지 퍼렇게 떴으니 얼마나 무서웠겠어. 낄낄낄."

감진광이 장패를 손가락질하며 대놓고 웃기 시작했다.

"네놈이 웃을 자격이 있냐? 네놈 얼굴은 장패보다 더하면 더했지 절대 못하지 않거든."

장패를 놀리는 감진광을 원영이 놀렸다.

"이 자식은 꼭 나를 걸고넘어진단 말이야!"

"이곳까지 나와서도 싸우려는 거냐?"

보다 못한 관진이 끼어들었다.

"어떻게 너희들은 하루도 그냥 넘어가는 날이 없냐?"

"그게 너무 기분이 들떠서리… 헤헤."

원영이 머리를 긁적이며 말했다.

"가뜩이나 사람들이 우리를 경계하고 있으니 자중하도록 해라."

"넵!"

원영과 감진광이 다투는 모습에 겁을 집어먹은 사람들은 섣불리 일행 근처에 다가올 생각을 못했다.

"오! 저기 음식점이 보이네요!"

원영이 거리 한쪽에 보이는 음식점을 가리키며 말했다.

이층으로 지어진 음식점의 모습이 괜찮아 보였기에 일행은 서둘러 음식점으로 향했다.

이곳도 운정과 일행이 들어서자 음식을 먹고 있던 모든 이가 놀라 쳐다봤다.

"자꾸 쳐다보는데 이거 돈 받아야 되는 거 아냐?"

원영이 툴툴거렸지만 일행은 음식을 먹는 게 더 급했기에 대꾸하지 않고 서둘러 자리를 잡았다.

한데 음식점의 점소이가 겁을 집어먹어 일행에게 다가오지를 못했다.

"안 잡아먹을 테니 이리 와서 주문받아라!"

감진광이 험악한 목소리로 말하자 점소이는 쭈뼛거리며 일행에게 다가왔다.

"저… 뭘 드실지?"

"난 청초육사랑 규화동계!"

"난 동파육!"

원영과 감진광은 화신동에서 무엇을 먹을지 미리 정해놓았기에 점소이가 묻기 무섭게 주문했다.

"난 오리 구이랑 소면."

"나도."

"저도요."

운정과 영옥 자매도 화신동 속에서 말했던 오리 구이와 소면을 시켰다.

"음… 난 호박이 들어간 죽을 내오게."

잠시 고민하는 듯 하던 관진은 죽을 시켰다.

"형님, 그렇게 고대하던 음식점에 왔는데 고작 시키는 게 죽이요?"

장패가 관진을 보며 왜 죽을 시키느냐고 물었다.

"마음이 급한 건 알겠는데 자네들도 나처럼 죽을 먹는 게

어떻겠나?'

운정과 자룡단은 관진이 왜 죽을 권하는지 잘 알고 있었다. 그동안 화신동 속에서 이끼만 먹었던 터라 갑자기 기름진 음식이 들어오면 분명 위가 탈나고 말 것이다.

"난 먹고 죽는 한이 있어도 고기를 먹어야겠소!"

장패가 자신의 배를 손으로 탕탕 치며 말했다.

"나도!"

원영과 감진광도 그에 가세했다.

"근데 왜 죽을 먹으라고 하는 거예요?"

영영이 관진에게 묻자 관진은 그 이유를 설명해 줬다.

"그럼 나도 죽 먹어야 해요?"

"꼭 그렇지만은 않아. 천천히 꼭꼭 씹어먹으면 괜찮긴 할 거야."

관진은 영영의 표정이 너무 처량해 차마 먹지 말란 말을 할 수가 없었다.

관진의 말에 영영은 그제야 한시름 놨다는 표정을 지었다. 얼마간의 시간이 흐르자 음식이 하나둘 나오기 시작했다. 먼저 나온 사람들은 신이 나서 먹어대기 시작했다.

아직 음식이 나오지 않은 사람들은 곧 나올 걸 알면서도 왠지 모를 초조함과 조급증을 느꼈다.

'빨리 빨리……'

감진광은 주문을 외우듯 속으로 빨리란 말을 되뇌었다.

곧 감진광과 나머지 사람들의 음식도 모두 나왔다.

그때부터 진풍경이 벌어졌다.

달그락거리는 소리와 함께 현란한 젓가락질을 선보이는 일행의 모습에 음식점 손님들과 종업원들은 놀라 입을 벌린 채 바라보기만 했다.

"웁!"

처음 뛰쳐나간 건 영영이었다.

"웁!!"

바로 이어 영옥이 달려나가고 관진을 뺀 모두가 음식점 문을 박차고 뛰쳐나갔다.

괜찮을 거라 생각했는데 자신들의 위는 전혀 괜찮지가 않았나 보다.

일행은 모두 먹었던 걸 게워내고서야 음식점으로 돌아올 수 있었다.

자리에 돌아온 일행은 내용물을 게워내고 나니 갑자기 식욕이 뚝 사라져 버렸다.

관진은 그런 일행의 모습에 피식 한 번 웃곤 자신의 죽을 마저 비웠다.

식사가 끝나자 졸음이 몰려오기 시작했다.

"어디 이 년 만에 제대로 된 잠자리에서 자봅시다."

원영의 말에 관진은 그렇게 하자는 듯 운정을 바라봤다.

"해도 이미 저물었고, 딱히 급한 일도 없으니 그렇게 하시죠."

자룡단은 운정을 쫓을 때 넉넉한 자금을 지니고 있었기에 음식 값이나 방을 빌리는 데 큰 어려움은 없었다.

일행은 음식점을 나와 근처에 방을 잡고 점원을 시켜 옷을 사오게 했다.

관진이 철벽을 부숴준 답례로 운정과 영옥 자매에게 옷을 선물하겠다고 했다.

일행은 이 년 만에 따듯한 물로 몸을 씻고 편안한 잠자리에 들 수 있었다.

다음날 해가 중천에 뜰 때까지 이불 속에서 나오지 못하던 일행은 해질녁이 돼서야 일어났다.

간만에 푹신한 이불 속에서 자니 너무도 행복해서 일어나기가 싫었던 것이다.

어린 영영부터 관진까지 모두 다 같은 생각을 가지고 있었다.

배고픔에 억지로 몸을 일으켜 아래층 식당으로 내려온 일행은 모두들 부스스한 모습을 보고 자신들과 같은 생각을 하고 있었던 걸 알고 피식 웃었다.

일행은 식당 한쪽에 자리를 잡고 또다시 게걸스럽게 음식을 먹어치웠다.

음식을 먹고 나니 점소이가 어제 주문했던 옷을 가지고 왔다.

전날 뜨거운 물에 목욕도 했던 터라, 목내이처럼 깡마른 몸과 푸르스름한 피부색을 제하면 일행의 모습은 그럭저럭 봐줄 만했다.

하지만 영영의 마른 모습은 아무리 옷으로 감출래야 감출 수가 없었다.

어른의 마른 모습은 그러려니 하고 그냥 넘어갈 수 있겠지만 어린아이의 마른 모습은 주변인들의 자질을 의심케 했다.

그런 영영을 바라본 사람들은 운정 일행을 영영을 착취하는 사람으로 보고 있었다.

"젠장, 기분 더럽네."

감진광이 침을 바닥에 퉤하고 소리나게 뱉었다.

마치 그 모습이 전형적인 난봉꾼으로 비쳐져 안 그래도 영영을 착취하는 일당 같아 보였는데 더욱 그래 보였다.

"넌 왜 그렇게 생겨서 우릴 곤란하게 만드냐?"

감진광이 영영을 보며 되지도 않는 시비를 걸었다.

"뭐라구요?"

영영의 눈꼬리가 하늘로 향하며 눈빛이 앙칼지게 변했다.

"하하. 너무 귀여워서 깨물어주고 싶다고."

영영의 앙칼진 눈빛에 감진광이 헤헤거리며 애써 변명을 해댔다.

"흥!"

영영이 코웃음을 치며 운정 옆으로 붙었다.

감진광과 상대하기 싫다는 표현이었다.

"그러다 코 헐겠다."

"재미없거든요."

영영이 코웃음을 칠 때마다 감진광이 하는 대사였다.

"이제 어떻게 하실 생각이세요?"

운정이 관진에게 물었다.

"글쎄……."

관진은 이대로 무림맹으로 돌아가야 할지 아니면 이대로 독자적으로 움직이며 정일학과 홍선문의 뒤를 캐야 할지를 고민했다.

"형님, 우리 이제 자유롭게 다닙시다. 이 년 넘게 맹을 떠나 있었는데 지금 돌아가서 뭐 합니까?"

원영이 말했다. 그러자 감진광과 장패가 동조하며 관진에게 독자적으로 움직일 것을 청했다.

"맹을 등지는 것쯤이야 아무것도 아니다만 구 형이 걱정하고 있을 것이기에 그런다."

"그럼 구 형에게 서신을 보내 우리가 무사함을 알리고 앞으로 우리끼리 독자적으로 다닌다고 말하면 되잖아요. 그동안 살았는지 죽었는지도 몰랐는데 살아 있는 걸 알게 되면 반대하진 않을 겁니다."

감진광과 원영의 성화에 관진은 잠시 생각에 잠겨 있다가 이내 말했다.

"음, 좋다. 너희들 생각이 정 그렇다면 이번 기회에 맹과의 인연을 끊어보도록 하자."

"형님! 정말 생각 잘하셨소. 우리가 그동안 그 맹꽁이 같은 놈들이랑 부대끼느라 얼마나 속이 터졌는지 아쇼?"

"크크크. 이제 그놈들을 만나면 맘껏 조져 줄 수 있단 말이지."

관진의 말에 단원들은 서로 좋다고 떠들어댔다.

"여기서 이럴 게 아니라 목적지를 정해 움직이는 게 어떨까요?"

산을 내려오면서 당분간 함께 움직이기로 했기에 운정이 말했다.

"어디부터 출발하면 되겠나?"

관진의 말에 운정은 잠시 생각하다 말했다.

"괜찮으시다면 감숙으로 갔으면 합니다."

운정의 말에 자룡단은 운정이 어디로 가고 싶어하는지 알 것 같았다.

"좋네. 목적지는 감숙으로 하세."

"좋아, 가자고!"

감진광이 힘차게 말하며 앞장서서 감숙을 향해 걸어가기 시작했다.

무림맹이 자신을 쫓고 있을 테니 자신을 완전히 드러낼 순 없지만 영호우겸에게 만은 그간의 이야기를 모두 들려줄 생각이었다.

그와 함께 마교를 타도하고, 왠지 구린내가 나는 무림맹주의 뒤도 캐볼 생각이었다.

그 모든 일의 시작점이 감숙의 영호세가에서 시작될 것이다.

'세가는 얼마나 복구했을까?'

운정은 가능하다면 자신 때문에 무너진 세가를 재건하는 일에 힘을 보태고 싶었다.

죽은 사람을 다시 살릴 순 없겠지만 자신으로 인해 일어난 모든 일을 제자리로 돌리고 싶었다. 가능하면 거기에 마교 멸문이라는 덤도 보태고 싶었다.

일행은 옥평까지 걸어서 가기로 했다.

청해성 악도(樂都)에서 옥평까지는 걸어서 두어 달 정도 걸리는 거리였지만 급한 일이 있는 것도 아니었고, 그간 좁은 화신동에서 제대로 된 신법을 연습하지 못했던 영옥과 영영에게 경공을 수련할 시간을 주고 싶었다.

그중 가장 큰 이유는 일행이 모두 탈 만한 마차를 살 돈이 없다는 것이었다.

하지만 일행은 아무도 걸어가는 것에 불편을 느끼지 못했다. 현재 일행은 화신동을 벗어났다는 것만으로도 행복하고 즐거웠다.

어두운 화신동 속에서 그렇게 간절했던 햇빛을 맘껏 맞으니 절로 기분이 좋아졌다. 그뿐 아니라 이제부턴 모든 일이 잘 풀릴 것만 같은 기분이 들어 절로 호연지기(浩然之氣)가 이는 듯했다.

일행은 마치 소풍이라도 나온 사람들처럼 신이 나서 이런저런 이야기를 주고받으며 청해성의 성도인 서녕(西寧)으로 향했다.

『단운정가』4권에 계속.

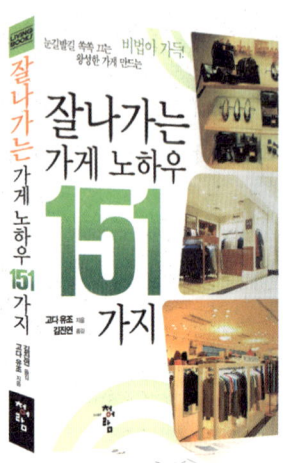

눈길발길 쏙쏙 끄는   **비법이 가득!**
왕성한 가게 만드는

잘나가는
가게 노하우
151가지

고다 유조 지음
김진연 옮김
가격 9,800원

물건이 팔리지 않는 시대!
왕성한 가게 만드는 비법이 가득!

가게 안에 웅덩이를 만들어라
조명만 조금 바꿔도 매출이 팍 늘어난다
보기 쉽고, 집기 쉬운 가게 배치는 '경기장 형'이 최고 등등
가게에 실제로 적용했을 때 매출이 오른 노하우만 알차게 수록
외관, 입구, 배치, 내장, 조명, 디스플레이에서 사원교육까지

도움이 되는 '발견'이 가득가득.
당신 가게를 회생시키기 위한 소중한 책!

유행이 아닌 자유추구 -

WWW. chungeoram.com

초등학생이 반드시 읽어야 할 좋은 책 49권

각 학년별로 초등학생이 반드시 읽어야할 좋은 책을 선정하여 통합논술의 기본이 되는 '올바른 독서법'을 일깨워 줍니다.

교과서와 함께하는
초등학교 통합논술

초등1학년 | 값 12,000원 / 초등2학년 | 값 9,500원 / 초등3학년 | 값 11,000원 / 초등4학년 | 값 9,500원 / 초등5학년 | 값 9,500원 / 초등6학년 | 값 11,000원

♣ 혼자 할 수 있어요.

엄마가 책 읽는 방법을 가르쳐 주어도 좋아요.
독서지도하는 선생님이 가르쳐 주어도 좋답니다.
"초등 교과서와 함께하는 **통합논술 시리즈**"는
아이 스스로 독서할 수 있도록 꾸며진 책이에요.
엄마와 선생님은 요령만 가르쳐 주시면 된답니다.

♣ 교과서의 중요한 내용이 총정리되어 있어요.

각 학년별로 중요한 교과 내용이 함께 수록되어 있어요.
초등학생은 교과서 내용을 충실하게 공부해야 합니다.
아울러 그와 병행한 독서가 대단히 중요하지요.
"초등 교과서와 함께하는 **통합논술 시리즈**"는
두 가지 방법 모두 알려준답니다.

♣ 이 책은 훌륭하신 선생님들이 함께 쓰신 책이랍니다.

동화작가 선생님들이 쓰셨어요. 소설가 선생님도 쓰셨답니다.
국어 논술독서지도 선생님들도 함께 쓰셨지요.
"초등 교과서와 함께하는 **통합논술 시리즈**"는
엄마의 마음으로 모든 선생님들이 함께 꾸민 책이랍니다.

입소문을 통해 아는 분은 다 알고 계십니다!
올 한해 공인중개사 최고의 화제작!

1~2권 합본 | 이용훈 지음
3~4권 합본 | 이용훈 지음
5~6권 합본 | 이용훈 지음
용어해설 | 이용훈 지음

수험생 기본 필독서
만화 공인중개사

제목 : 만화공인중개사 쓰신 분에게 감사드립니다.

학원을 두 달 다녔어요. 근데 과연 그 숫자 외우기 그런 게 몇 문제나 나올까 생각을 했어요
아니라는 생각이 드네요. 학원강의를 뒤로하고 서점을 갔어요. 내 머리에 가장 이해될 수 있는
책이 없나 하구요. 거기서 만화를 발견했어요. 무조건 세 번 봤어요. 3개월 걸렸어요. 문제집을 보라고
했는데 그거 시행을 못했어요. 근데 합격을 했네요.
어떻게 감사의 말을 해야 될지……
도서관에서 만화책 들고 다니니까 사람들이 비웃더라구요. 만화책으로 공인중개사를 공부한다고
미친 사람처럼 보더라구요. 근데 그거 다 감수하고 했던 내가 자랑스럽습니다.
어떻게 감사의 말을 해야 할지… 정말 감사합니다.
부디 행복하세요. 제 나이 41살에 좋은 스승을 만난 것 같습니다.
엎드려 감사드립니다.

－본사 홈페이지에 독자분이 올린 메일 中에서 발췌－